Rosina Lippi

Im Schatten der Drei Schwestern

Rosina Lippi

Im Schatten der Drei Schwestern

Roman

Deutsch von Peter Blickle

Wunderlich

Die Originalausgabe erschien 1999 unter dem Titel
«Homestead» bei Houghton Mifflin Company,
New York

1. Auflage Juli 2002

Umschlaggestaltung Susanne Hinselmann
(Abbildung: Reproduktion des Triptychons
von Giovanni Segantini,
«Werden – Sein – Vergehen»/
Eidgenössische Kommission der Gottfried Keller-Stiftung)
Satz Janson PostScript, PageMaker,
bei Pinkuin Satz und Datentechnik, Berlin
Druck und Bindung Clausen & Bosse, Leck
Printed in Germany
ISBN 3 8052 0708 5

Die Schreibweise entspricht den Regeln
der neuen Rechtschreibung.

Für Marlies, die mir zeigt, wie eine Mutter ist
Für Elisabeth, die eine Mutter aus mir macht

Vergelt's Gott

Wir schreiben nicht, um verstanden zu werden,
wir schreiben, um zu verstehen.

Cecil Day-Lewis

Inhalt

Vorbemerkung der Autorin

Rosenau, der Ort, in dem dieser Roman spielt, setzt sich aus zahlreichen Dörfern des Bregenzerwaldes zusammen. In Höhenlage und Topographie ist es Damüls und Schröcken ähnlich: Es liegt so abgelegen wie Sibratsgfäll oder die Alphütten bei Schönebach. Seine Kirche kann man in Hirschau oder Großdorf finden; sein Kirchplatz könnte der in Andelsbuch oder Hittisau sein; seine Bauernhöfe liegen verstreut in den Dörfern von Egg bis Schoppernau.

In den fast vier Jahren, in denen ich im Bregenzerwald lebte und forschte – zuerst studierte und unterrichtete ich, dann sammelte ich Daten für eine Studie des unfassbar schönen und herausfordernden Dialektes –, verbrachte ich zahlreiche Stunden in den Dörfern Andelsbuch, Egg und besonders in Großdorf im Gespräch mit Frauen jeden Alters. Während ich ihren Vokalen lauschte, lehrten sie mich, was es bedeutet, eine Geschichtenerzählerin zu sein. Diese Frauen werden bestimmt hier, ich weiß es, die eine oder andere Einzelheit von sich selbst wieder erkennen, doch keine der Figuren dieses Buches soll eine tatsächliche Person darstellen – oder als eine solche missverstanden werden. Dieses Werk ist letzten Endes ein Roman.

Anna
Bengathof, 1909

«Der Mensch denkt, GOTT lenkt» stand in verblassten Lettern auf den Schindeln über der Haustür des Wagenschmieds. Anna vom Bengathof zögerte an der Tür des Dorfladens. Neben ihr stand ihr Neffe Stante. Um sie herum ragten in einem beinahe geschlossenen Rund Berge in die Höhe.

Der Hof des Wagenschmieds nahm einen Großteil der Ortsmitte von Rosenau ein. Er erstreckte sich entlang des Dorfplatzes. Gegenüber standen die Kirche, der Goldene Adler und die geordnete Hofstatt des Geißenkäs Willi. Vor vielen Jahren war das Haus nach alter Sitte mit Stierblut gestrichen worden, doch nun lösten sich rotbraune Flecken der Farbe von den Schindelwänden. Entlang der Westseite des Hauses verlief der Schopf, eine lange zweistöckige Galerie aus silbergrauem Holz. Hier lagerten hoch aufgehäuft löchrige Futtersäcke, aus denen Haferkörner rieselten. Reparaturbedürftige Wagenräder stapelten sich im Tor der Werkstatt und bis hinaus auf die staubige Straße. Am anderen Ende des Gebäudes, wo das Wohnhaus in Stall und Scheune überging, pickte ein Huhn traurig um einen Misthaufen, der so alt war, dass selbst die Fliegen seiner überdrüssig waren. Nach hinten hinaus führte eine Prozession von Sonnenblumen mit hängenden Köpfen auf die Weide und Richtung Gottesacker.

Stante zupfte Anna am Ärmel. Sie nahm ihn bei der Hand, und zusammen betraten sie den Dorfladen, der nach Essig, Achsenfett und Zimt roch. Hier bediente die unverheiratete Tochter des Wagenschmieds jeden Morgen ihre Kunden mit kühlem Sachverstand und einem bemerkenswerten Mangel an guter Laune. Mochte ihr Vater den Hof noch so vernachlässigen, Haushalt und Laden waren die Domäne der Grantigen Marie. Hier ließ sie die ihr eigene Strenge und Sauberkeit walten. Im Tausch gab sie Tuch, Bänder, Knöpfe, Haarnadeln, Faden und Flickzeug, Lauge, Wetzsteine, Pfennignägel, Blecheimer, Schnurrbartwichse, Nagelscheren, Tabak, Papier und Tinte, Pferdetropfen, Kochtöpfe und Tongefäße, Kaffeebohnen und Teeblätter, braunen und weißen Zucker, Salz, Gewürze, Futterkuchen und drei Sorten Maismehl und nahm dafür Münzen, überzählige Eier und ab und zu eine Flasche selbst gebrannten Schnaps oder einen kleinen Eimer Honig entgegen und hörte sich den Dorfklatsch an. Montags und donnerstags war Marie nicht ganz so mürrisch, denn an diesen Tagen sortierte sie morgens die Post, die der Bote von Ackenau heraufgebracht hatte. Machte im Winter Schnee die Straße unpassierbar und hielt den Boten fern, zögerten die Leute, in den Laden der Grantigen Marie zu gehen, und schoben ihre Besorgungen hinaus.

An diesem Montagmorgen Anfang Juli war Anna überrascht, Marie, umgeben von einer Gruppe Frauen, hoch oben auf einer Kiste mitten im dunklen Laden stehen zu sehen. Klein und schlank stand sie da. Die Aufregung hatte ihr Farbe ins Gesicht getrieben und brachte die Luft im Raum zum Summen. Anna konnte sich nicht vorstellen, was sie an einem Werktagmorgen mit all diesen Frauen zu schaffen haben sollte – Frauen, jung und alt, aus dem ganzen Dorf. Doch sie war gerufen worden, und sie war gekommen.

«Endlich», sagte Marie, als sie Anna erblickte. «Hast lang genug gebraucht. Jetzt können wir anfangen.» Sie richtete ihre Augen auf Stante und warf den Kopf zur Seite. «Geh, kümmere dich um deinen Bruder.»

Der Junge blickte kurz zu Anna und rannte dann zur Tür hinaus.

Marie biss die Zähne zusammen und schaute wortlos in die Runde, als trügen all diese Frauen ein Zeichen an der Stirn, das nur sie sehen konnte. Die Frauen erwiderten ihren Blick, verwirrt, aber neugierig genug, um abzuwarten.

«Ihr alle schreibt euch Anna Fink», sagte sie.

«Klar», stimmte ihr Gides Annakatrin zu, mit lang gedehntem Vokal. «Klar, so ist's. Eine jede von uns ist eine Fink, und eine jede von uns ist auf den Namen Anna-dies und Anna-das getauft worden.»

«Das halbe Dorf heißt Fink», sagte Annabüblis Anna. Sie war sechzehn und langweilte sich schnell. «Hast du uns alle hierher bestellt, um uns zu sagen, wie wir heißen?»

Mit einem Blick brachte Marie das Mädchen zum Schweigen. Es senkte die Augen. Marie sagte: «Heute hat der Bote eine Ansichtskarte gebracht, adressiert an Anna Fink.»

Die Frauen schwiegen und schauten einander an.

«Für mich kann die Karte nicht sein», sagte Anna verwirrt. «Peter hat mich vor zehn Jahren auf den Bengathof geführt, und seither schreib ich mich Sutterlüty.»

Marie zuckte die Achseln. «Du hast dem Jodok Fink von der Bachkehre gehört, bevor du den Bengater Peter geheiratet hast. Und ich hab hier eine Karte, die an Anna Fink adressiert ist und die ich zustellen oder wieder zurückschicken muss.»

«Steht denn kein Hausname darauf?», fragte Annimi und

ließ dabei ihre Augen über die Kattun- und Musselinballen gleiten.

Mit einem vernichtenden Blick griff Marie in die Schürzentasche und zog die Karte heraus. Wässrige Blau- und Grüntöne schienen durch ihre Finger. «Anna Fink», las sie. «An der Bachkehre, Rosenau.»

Alle Augen richteten sich auf Bengater Peters Anna.

«Es ist zehn Jahre her!», sagte sie noch einmal und krümmte sich ein wenig.

«Aber vorher warst du eine Anna Fink», sagte Annakatrin. «Und keine Fink außer dir und der Rosa hat je an der Bachkehre gewohnt.»

«Zehn Jahre sind eine lange Zeit», räumte des Gabelmacher Paulus Annatheres nachdenklich ein.

«Da gibt's eine einfachere Lösung», sagte Felleles Annele. Sie stellte sich von einem Fuß schwerfällig auf den anderen, versuchte so, das Gewicht einer Schwangerschaft im neunten Monat erträglicher zu machen. «Sag mir, von wem die Karte ist, Marie!»

«Ich lese die Post anderer Leute nicht!»

«Natürlich nicht», sagte Annimi etwas zu sanft. «Gib uns die Karte, und wir machen das unter uns aus.»

«So geht das nicht», sagte Marie barsch und zog die Karte zurück, als ob Annimi danach gegriffen hätte. «Ich habe das Gefühl, dass das etwas mit dir zu tun hat», sagte sie und drehte sich zu Anna. «Egal, wie lang du schon droben auf Bengat wohnst.»

«Ich weiß bloß, dass ich seit Gründonnerstag achtzig bin», sagte Annakatrin und schüttelte den Kopf. «Und ich hab noch nie eine Ansichtskarte mit der Post bekommen. Ich weiß nicht, wer mir eine schicken sollte.»

«Dann solltest du sie nehmen, Annakatrin», sagte Anna jetzt ein wenig ungeduldig.

Aber Marie brummte und streckte Anna die Karte entgegen. Diese einfache Geste entwaffnete alle; und Anna, die sich eben noch gesagt hatte, dass sie die Karte auf keinen Fall annehmen wolle, fand sie nun in ihrer Hand.

«Jetzt hab ich etwas angerichtet, das werdet ihr sehen», sagte Marie mit grimmiger Zufriedenheit und lehnte sich über Anna, als sei die eine Fremde aus dem Flachland und sie, Marie, wäre eben wider besseres Wissen gezwungen gewesen, ihr ein Neugeborenes in die Arme zu legen.

Anna befühlte das feste Kartenpapier. Sie sah die feine Zeichnung eines eindrucksvollen Gebäudes, einen Rasen, der zu einem Anlegesteg abfiel, Spaziergänger, Segelboote auf kleinen Wellen: den Bodensee – glatt und klar, wie man ihn nur auf teurem Papier abbilden konnte. «Hotel Zum Weißen Rössel» stand in schrägen, geschwungenen Buchstaben am unteren Rand, und: «Für den anspruchsvollen Gast».

«Mach schon!», drängte Marie. Anna drehte die Karte um und las laut vor. Die dürre Buchsprache in ihrem Mund erinnerte Anna an unreifes Obst, hart und ohne Geschmack: etwas Unnatürliches, das kaum Nutzen oder Schönheit besaß.

«‹Liebe Anna›», las sie. «‹Es ist schon lange her. Bitte verzeih mir. Ich habe nie gewollt, dass es so lange dauern würde. Bitte sei geduldig. Dein Anton. PS: Bitte schreib mir hierher, ich bin sehr einsam.›»

Einen Augenblick lang war es still.

«Schau dir diese Boote an. Wie viele Leute, meinst du, können in so einem fahren?»

«Anton heißt der? Von denen haben wir hier in der Gegend auch genug, aber ich glaub nicht, dass der einer von hier ist.»

«Er schreibt schön.»

«Was heißt ‹PS›?»

«Das heißt: ‹Ich bin noch nicht fertig.›»

«Wo ist denn das?»

«Bin noch nie dort gewesen, aber vom Nordkamm der Dritten Schwester kann man an einem klaren Tag den See sehen.»

«Warum trägt die Frau da einen Regenschirm bei hellstem Sonnenschein?»

«Das ist kein Regenschirm, du Dummkopf. Das ist ein Sonnenschirm, und der hält ihr die Sonne von der weißen Haut», warf Annatheres ein, die von ihrer Mutter, einer Flachländerin, drei Exemplare der *Illustrierten Damen-Zeitung* geerbt hatte: Januar 1891, Februar 1895 und, das Lieblingsheft im Dorf, Juli 1900. Annatheres hatte den größten Teil der drei Hefte auswendig gelernt und konnte ausführlich über Kleidungsstücke berichten, die seltsam geschnitten und von fragwürdigem Nutzen waren.

«Was heißt dann ‹anspruchsvoll›, wenn du alles weißt?»

«Reich», sagte Annatheres. «Stinkreich.»

Anna schaute kein einziges Mal von der Karte auf. Sie sah, dass dieser Mann, der denselben Namen trug wie ihr Jüngster, in teuren Hotels wohnte und eine elegante Handschrift besaß. Anna hatte noch nie dergleichen gesehen, nicht einmal von Vater Meusburger, der ihr das Alphabet beigebracht hatte. Sie sah, dass dieser Mann dreimal in fünf kurzen Sätzen «bitte» geschrieben hatte, und überlegte, wie enttäuscht er sein würde, wenn er keine Antwort von seiner Anna bekäme.

Marie streckte ihre Hand aus. «Ich schicke sie dorthin zurück, wo sie hergekommen ist», sagte sie in einem Ton, der keine Widerrede duldete. Doch Annakatrin schritt ein.

«Marie, an dir ist eine gute Nonne verloren gegangen. Du hättest das Zeug dazu gehabt.»

«Und das Mundwerk auch», murmelte Annatheres.

«Wir haben hier etwas zu erledigen», sagte Marie aufgebracht.

«Wir sind doch gerade dabei, es zu erledigen, oder etwa nicht? Geh, lass die Anna sagen, was sie zu sagen hat.»

«Sie ist für mich», sagte Anna und überraschte sich damit selbst ebenso wie die Grantige Marie. Sie legte die Karte in ihren Korb, drehte sich um und ging hinaus, auf den Dorfbrunnen in der Mitte des Kirchplatzes zu. Dort setzte sie sich auf den Rand des Pferdetroges und legte sich die Ansichtskarte auf den Schoß.

Marie stand in der Ladentür, die Hände in die Hüften gestemmt, und sah zu, wie eine Frau nach der anderen Anna zum Brunnen folgte.

Nachdem sie mehrmals hin- und hergerutscht waren, gelang es allen sieben, nebeneinander auf dem Trogrand Platz zu finden. In Reih und Glied saßen sie da, sieben Frauen mit sieben blauen Arbeitsschürzen über sieben schwarzen Faltenröcken aus Leinen. Röcke, die einmal vor Stärke geglänzt hatten, nun aber schlaff nach unten hingen und aussahen wie rissiger Zuckerguss. Unter ihnen ragten sieben Paar nackte, staubige Füße hervor. Wortlos reichte Anna die Karte weiter. Eine Anna nach der anderen nahm die Karte in die Hand, las sie langsam, ließ eine Fingerspitze über die kühle Oberfläche gleiten, buchstabierte die geheimnisvollen Abkürzungen auf Briefmarke und Poststempel. Besenmachers Annamariele, die bei der Grantigen Marie nicht den Mut gehabt hatte, den Mund aufzutun, seufzte leise, als sie sich erhob und Anna die Karte zurückreichte.

Die Kirchenglocke schlug neun Uhr. Alle erschraken, denn der Morgen war halb vorüber. Mit wirbelnden Röcken stoben sie auseinander und eilten nach Hause.

Auch Anna erhob sich, blieb aber gleich wieder stehen, als Annakatrin sich vor dem Goldenen Adler zu ihr zurückwandte und ihr quer über den Dorfplatz zurief: «Ich rat dir, schreib dem Mann und sag ihm, dass er sich geirrt hat!»

Auf halbem Weg auf Bengat hinauf hielt Anna an und holte die Karte aus dem Korb: das blaugrüne Wasser, die kleine Anlegestelle, das Gras, das sich wie ein kühles Tuch bis zum Seeufer hinunter ausbreitete. Ein Herr mit Spazierstock und eine Dame in weißem Leinenkleid mit langen Handschuhen und Sonnenschirm, das Haar zu einer kunstvollen Frisur gesteckt. Anna griff sich an ihre geflochtenen Zöpfe.

Sie wollte eben weitergehen, als sie aus dem Augenwinkel etwas Farbiges aufleuchten sah: Stante. Als sei der Teufel hinter ihm her, eilte er geradewegs den Unteren Hang der Zweiten Schwester hinauf, direkt auf sie zu. Wie auf einer Leiter erklomm er die Steigung, ohne dem Pfad und seinen Kehren zu folgen. Die Julisonne leuchtete auf seinem Kopf.

Direkt vor ihr hielt er an und lächelte. Er war nicht einmal außer Atem.

«Was ist los?», fragte Anna. «Hat die Marie dich mir nachgeschickt?»

Stantes blaue Augen hoben sich eindrucksvoll von seiner sonnengebräunten Haut ab. Ihr Blick war Ausdruck einer steten Verwirrung. Anna sah sein erfolgloses Ringen nach Worten. Oft schon hatte sie den Wunsch verspürt, diesem Kind, dem Sohn ihrer verstorbenen Schwester, das geben zu können, was Gott ihm vorenthalten hatte: die Fähigkeit, seinen Mund zu öffnen und zu sagen, was er dachte. Einen Augenblick lang war Anna versucht, sich ins Gras zu setzen, sich Stante auf den Schoß zu ziehen und ihn zu wiegen.

«Wolltest du mich droben auf Bengat besuchen?»

Das plötzliche Leuchten in seinen Augen zeigte ihr, dass sie richtig geraten hatte. Als er die Augen sofort wieder niederschlug, wusste sie, dass er ohne Erlaubnis gekommen war.

Nur selten erlaubte der Wagenschmied Stante oder Michel, hinauf auf Bengat zu gehen. Die Zwillinge bedeuteten ihm nicht viel, doch gehen ließ er sie auch nicht. Jedes Jahr am Geburtstag der Zwillinge, der auch der Todestag ihrer Schwester war, fragte Anna erneut, ob sie die beiden Buben zu sich nehmen und aufziehen dürfe. Jedes Jahr lehnte der Wagenschmied ab.

«Du solltest jetzt umdrehen», sagte Anna leise. «Aber bald kommst du wieder und bringst den Michel mit. Im Schubkarren. Meinst du, dass du deinen Bruder bis ganz nach oben schieben kannst? Dann essen wir Zwetschgenknödel.»

Stante grinste sie an und nickte.

«Aber das nächste Mal kommst du die Straße hinauf», sagte sie und lachte. Sie streichelte ihm übers Haar. Er drückte den Kopf gegen ihre Hand wie eine Katze.

Die Männer beeindruckte besonders der Rasen. Ihr Leben wurde beherrscht von einem einfachen Kreislauf: Sie brauchten Milch von den Kühen, um Käse zu machen; die Kühe brauchten Gras, um Milch zu geben; das Gras brauchte Kuhdung, um zu wachsen. Peter und sein Vater konnten sich Gras ohne einen Nutzen, ohne Tiere nicht vorstellen.

«Vielleicht weiden sie da die Geißen in der Nacht», meinte Annas Schwiegermutter Isabella.

Aber sie schauten alle ehrfürchtig auf den Rasen, der glatt war wie ein Seidentaschentuch, und schenkten Isabellas Vermutung keinen Glauben.

«Du schreibst zurück», sagte Alois. Ihr Schwiegervater war ein vernünftiger, wenn auch wortkarger Mann.

«Wenn du meinst –» Anna schaute zu Peter hinüber. Der nickte.

«Stell dir den Mann vor», sagte Peters Schwester Barbara. «Wartet und wartet auf ein Wort von ihr, von dieser Anna. Wer sie auch sein mag.»

«Ich schreib es für dich, Mama», meldete sich Olga. Sie war neun und Annas Älteste. Sie machte lieber Hausaufgaben, als auf ihre zwei kleinen Brüder aufzupassen, und war stolz auf ihre Handschrift.

«Das entscheidet deine Mutter», sagte Peter sanft.

Alois gab Anna seinen Federhalter und zeigte ihr, wie man den Kolben füllte. Die Schwägerin schnitt die Ränder vom *Bauernblatt* ab, damit Anna darauf üben konnte. Olga spitzte den Bleistift mit Alois' Taschenmesser, während Isabella sie genau beobachtete. Nur Peter schien geduldig genug, Anna die Sache so langsam angehen zu lassen, wie sie wollte.

«Da gibt's ein anderes Rosenau, hinter Innsbruck, glaub ich», sagte Peter, als er an diesem Abend ins Bett stieg. «Vielleicht solltest du das schreiben.»

«Es macht dir nichts aus, dass ich an einen Fremden schreibe?»

«Ich glaub nicht, dass du dich in einen Mann verlieben kannst, nur weil er eine schöne Handschrift hat», sagte Peter und gähnte. Dann schlief er ein, so wie er es immer tat, von einem Augenblick zum anderen.

Während sie müde, doch ausnahmsweise zufrieden mit ihrem Wachsein neben ihm lag, wurde Anna klar, dass sie sich an Peters Handschrift nicht mehr erinnern konnte. Sie hatte seine Schrift in ihrem Leben nur ein paar Mal gesehen. Seine vierjährige Schulzeit war vorbei gewesen, bevor ihre begonnen hatte. Als sie ihn heiratete, hatte sie ihn noch nie mit einem Federhalter in der Hand gesehen. Dann erinnerte sie sich an das Standesamt und an Peters unsichere und ungeschickte Unterschrift. Sie schob diesen Gedanken beiseite, streckte sich lang aus und wartete auf den Schlaf.

Am nächsten Nachmittag, nachdem Isabella und Barbara mit Olga zum Heurechen auf die Verlorene-Kälbeles-Wiese gegangen waren, legte Anna ihre zwei Buben zum Mittagsschlaf ins Bett. Dann zog sie sich eine saubere blaue Arbeitsschürze über ihre Werktagsjuppe, kreuzte die breiten, gestärkten Bänder sauber auf ihrem Rücken, wand sie um die Hüften und band die Enden zu einer Schleife. Aus Gewohnheit hängte sie sich den Einkaufskorb an den Arm und ging hinunter ins Dorf, um dort eine Postkarte zu kaufen. Unterwegs wurde sie dreimal angehalten von Leuten, die ihre Postkarte mit dem vornehmen Hotel sehen wollten und die enttäuscht waren, dass Anna sie auf Bengat gelassen hatte.

«Weit drüben im Pustertal gibt's ein Dorf, das Rosanna heißt», rief ihr der Geißenkäs Willi über seinen Misthaufen zu. Der Wirt vom Goldenen Adler kam heraus, um ihr das Gleiche zu sagen.

Aus dem Sonnenlicht trat Anna in den Schatten des scharf riechenden Dorfladens. Sie hörte den Wagenschmied, bevor sie ihn sah. «Wolle-wolle», sang er leise mit seiner rauen Altmännerstimme. «Wollekopf».

Stante stand mit rotem Gesicht neben seinem Großvater. Der Wagenschmied schob mit seiner schaufelartigen Hand den Kopf des Jungen hin und her. Als Anna eintrat, schaute er ihr ins Gesicht und hörte damit auf. Nicht dass es ihn gekümmert hätte, dass Anna sein Spiel missbilligen könnte: Er hatte einfach genug davon.

Nachdem sie dem Wagenschmied kurz zugenickt hatte, richtete Anna ihre ersten Worte an Stante und wurde dafür von ihm sofort mit einem Lächeln belohnt.

In der hinteren Ecke des Ladens raschelte etwas. Anna ging hin und fand Michel, der mit einem Stück Seil an einen Fuß des gekachelten Ofens gebunden war.

«Sonst läuft er davon», sagte der Wagenschmied, obwohl Anna ihm den Rücken zuwandte. «Sonst weiß man nie, wo er sich rumtreibt. Weiß der Himmel, was für eine Teufelei er anstellen würde.»

Während Stante unfähig schien, von Anna etwas anderes zu erwarten als Sanftmut und Milde, konnte Michel sie nur mit halb gesenkten Lidern anschauen. Sie hockte sich neben ihn und streckte ihm die Arme entgegen. Michel wehrte sich nicht gegen ihre Liebkosung. Wieder einmal war Anna überrascht, wie viel von ihrer Schwester sie in seinem Gesicht erkennen konnte.

«Du hast uns schon lange nicht mehr auf Bengat besucht, Michel», sagte Anna. Der Junge schaute sie hoffnungsvoll an. «Mal sehen, was sich machen lässt», flüsterte sie.

Rosa war gestorben, bevor sie um Stante oder Michel gewusst hatte. Stante hatte von ihr ihre Schönheit bekommen, doch sonst nichts. Michel war ein aufgeweckter Junge, doch sein Körper war schwach. An manchen Stellen waren seine Knochen seltsam verbogen. Stante konnte kaum einen Satz herausbringen; Michel hingegen hatte eine klare, hohe Stimme und einen Kopf voller Dinge, die er sagen wollte, doch entschied er sich selten zum Sprechen. Rosa war gestorben und hatte diese Jungen ihrem Mann hinterlassen. Der hatte die Grippe bekommen und starb nur ein Jahr später. Er hinterließ die Zwillinge nicht Anna, die sie gerne zu sich genommen hätte, sondern seinem Vater, dem Wagenschmied.

«Deine Schwester», sagte der Wagenschmied, der hinter Anna stand, als ob das alles erklären würde – Stantes Tränen, die roten Druckstellen vom Seil an Michels Knöchel.

Anna richtete sich auf und schaute dem Wagenschmied direkt in die Augen. Ihr Gesicht war starr vor Wut. «Meine Schwester?»

«Wie sie das selber geschafft hätte, das frag ich mich oft», sagte der Wagenschmied. «Zwei halbe Buben statt eines ganzen.»

«Die Kinder sind auf Bengat jederzeit willkommen», sagte Anna, aber ihre Worte schienen ihr zu knapp, zu klein und ungenügend.

«Das sind meine einzigen Enkel, armselig, wie sie auch sein mögen. Niemand soll einmal sagen, dass ich an diesen zweien nicht meine Pflicht getan hätte, nachdem mein Richard das Zeitliche gesegnet hat. Der Wolle hier wird wohl nie der Handwerker, der sein Vater war, aber geschickt ist er in der Werkstatt, wenn er sein bisschen Verstand zusammennimmt, stimmt's, Wolle?»

«Wo ist sie?», fragte Marie von der Tür her. Anna und der Wagenschmied drehten sich beide überrascht um. «Hast du sie zurückgebracht?»

Anna schaute Marie an.

«Hast du die Ansichtskarte zurückgebracht?», fragte Marie noch einmal und schlug die Hände auf die Schürze.

«Ich bräuchte eine Postkarte», sagte Anna.

Marie richtete sich auf. «Dann willst du also schreiben.»

Anna legte eine Münze auf den Ladentisch.

«Ich bräuchte eine Postkarte», wiederholte sie.

«Ist das alles, was du zu sagen hast?»

«Und eine Briefmarke.»

Der Wagenschmied hob eine Hand, unterbrach Marie. «Lass mich dich was fragen», sagte er, während er die Postkarte vor Anna auf den Ladentisch legte. «Wann hast du die Buchsprache das letzte Mal benutzt?»

Diese Frage überraschte Anna. Sie senkte die Augen vor seinem breiten Lächeln.

«Ich wette, du hast die Buchsprache schon jahrelang nicht mehr benutzt. Du kannst diese Sprache gerade so wenig schreiben wie Griechisch.»

«Ich bin hier die Posthalterin», sagte Marie mit einem bösen Blick auf ihren Vater, der nicht begriffen hatte, um was es hier ging. «Das ist meine Sache.»

Anna wandte sich von ihnen ab, von der Bitterkeit, von der grimmigen Selbstgerechtigkeit. Sie ging hinaus, ohne ein weiteres Wort an ihre Neffen gerichtet zu haben.

«Jede von euch hätte diese Anna Fink sein können!», rief Marie ihr nach. «Oder auch keine von euch!»

Anna zwang sich, mit gleichmäßigem Schritt über den Dorfplatz zu gehen, obwohl sie die fordernden Blicke in ihrem Rücken spürte: Stantes Augen, die wie staubige Fenster waren und die wollten, dass sie sich umdrehe, weil er sie liebte; Maries Augen, die zusammengekniffen waren und flackerten vor Wut, weil Anna die Oberhand gewonnen hatte und weil ihr, Marie, noch nicht klar war, wie sie die Dinge wieder in die rechte Ordnung bringen konnte.

An diesem Abend war Anna nicht bei der Sache. Sie schürte das Herdfeuer gedankenlos und ließ die Milch überkochen; sie fuhr Olga an und befahl den Buben, sie sollten ruhig auf einem Stuhl sitzen bleiben, damit sie ihnen die Haare schneiden konnte. Toni war gerade ein Jahr alt geworden. Bei ihm gab es wenig zu schneiden. Jos dagegen ließ Anna zu lange warten und fuhrwerkte noch mit der Schere an ihm herum, als der Bub nur noch aufstehen wollte. Barbara presste die Lippen zusammen und ging aus der Küche. Doch Isabella schaute Anna eindringlich an. Anna wandte sich ab und verließ sich darauf, dass ihre Schwiegermutter zu jener Art Frauen zählte, die ihre Meinung für sich behielten.

Später, bei Lampenschein, saß Anna mit ihren Sachen allein am Tisch: Die weiße Postkarte lehnte gegen die Öllampe, der Federhalter steckte in seinem Ständer, die Papierstreifen lagen in einem kleinen Haufen bereit. Sie nahm einen Bleistift und schrieb: «Geehrter Herr». Und dann: «Ihre Postkarte ist angekommen.»

Anna spürte, wie sich ihre Finger am Bleistift verkrampften. Feiner Schweiß stand auf ihrer Stirn. Plötzlich fragte sie sich, weshalb sie die Karte genommen und was sie damit bezweckt hatte. Sie drehte die Karte um und las sie noch einmal. Noch einmal zählte sie: Er hatte dreimal «bitte» geschrieben.

Obwohl sie wusste, dass dies ungerecht war, obwohl sie wusste, dass sie mit ihrer Ehe Glück gehabt hatte, versuchte Anna, sich daran zu erinnern, wann Peter das letzte Mal «bitte» zu ihr gesagt hatte. Mit wachsender Unruhe rief sie Gespräche in ihr Gedächtnis, die Tage und Wochen zurücklagen. Kein Zweifel, Peter benutzte das Wort nicht oft. Aber er hatte eine so sanfte Art, dass sie das Wort noch nie vermisst hatte. Der Fremde, dieser Anton, war eine andere Art Mensch als Peter. Selbst in diesen paar Zeilen konnte sie es spüren. Anna nahm den Bleistift wieder zwischen die Finger und versuchte zu schreiben, was er ihrer Meinung nach wissen sollte.

Ich bin auf dem Hof an der Bachkehre in Rosenau aufgewachsen. Das ist einige Jahre her, bevor der Vater und die Mutter gestorben sind und meine Schwester Rosa und ihr Mann den Hof übernommen haben und ich weggeheiratet habe, weiter den Berg hinauf. Der Hof an der Bachkehre steht leer, seit Rosa und ihr Mann gestorben sind. Die Wiesen sind verpachtet. Ich wohne mit meinem Mann und seinen Eltern und meinen Kindern auf dem Bengathof. Ich bin eine Bauersfrau und weiter nichts. Ihre Karte ist sehr schön, aber sie ist nicht für mich.

Anna schaute diese Worte eine Weile an, und es schien ihr, als höre sie Vater Meusburger hinter sich, wie er seine Finger leise in den Falten seiner Soutane rieb. Sie empfand dieselbe Beklemmung, die sie im Klassenzimmer des kleinen Pfarrhauses gespürt hatte, wo sie tief über ihre Schiefertafel gebeugt Katechismussätze von der Tafel abgeschrieben hatte. In der sauberen, aber kantigen Handschrift des Priesters hatten die an der Tafel gestanden.

Die Buchsprache war ihr ein seltsamer Irrgarten, doch jetzt erkannte sie, dass sie einen Weg durch ihn finden konnte, ihren eigenen Weg, wenn sie behutsam vorging und sich – das war das Wichtigste – mit Halbwahrheiten zufrieden gab. Der Bleistift lag schwer in ihrer Hand. Langsam bewegte er sich auf dem Papier. Was er schrieb, überraschte sie. Doch sie ließ den Worten ihren Lauf.

Einmal ist ein junger Mann auf einer Bergtour durch Rosenau gekommen. Er war groß und seine Haut hatte die Farbe von reifem Honig. Seine Augen und Haare haben schwarz geglänzt. Er hat sonderbar geredet, wie in Büchern, aber auch nicht wie in Büchern. Manchmal sagte er seine Sätze verkehrt herum. Er hat ein paar Nächte in unserer Scheune geschlafen, hat mit uns gegessen und dem Vater gutes Geld dafür bezahlt. Unsere Rosa hat ihn gern gehabt. Sie hat sich immer ans Fenster gesetzt und geschaut, wie er den Weg heruntergekommen ist. Das war, bevor sie den Wagenschmied Richard geheiratet und bevor sie ihre Zwillinge gehabt hat. Rosa ist im Wochenbett gestorben.

Als Anna die Treppen hinaufstieg, schlief Peter bereits. Langsam zog sie sich aus, ohne das Licht anzumachen. Sie wollte ihn nicht stören. Dann legte sie sich ins Bett und rüttelte ihn wach.

«Diese Buben sind mein Fleisch und Blut, und ich will, dass sie zu uns heraufkommen», sagte sie. Ihre Stimme war hart und voll. Dann ließ sie sich von Peter in den Arm nehmen. Er sagte ihr nicht all die Dinge, die sie bereits wusste, aber nicht hören wollte. Er machte ihr keine leeren Versprechen über Kinder, auf die sie keinen Anspruch hatte, denen sie jedoch in Schuld und Liebe zugetan war.

Am nächsten Abend arbeitete Anna wieder an ihrer Postkarte. Die Familie saß draußen im Schopf. Die Holzläden waren zusammengeklappt und oben an der Decke eingehängt, damit die kühle Abendluft hereinwehen konnte. Die leeren Zeitungsränder, die Barbara abgeschnitten hatte, waren bald aufgebraucht. Mit einem verstohlenen Blick aus dem Fenster nahm Anna drei Blätter des vergilbten Briefpapiers aus der eichenen Schreiblade ihres Schwiegervaters. Sie hoffte, dass diese Blätter ausreichen würden. Sie schrieb mit dem Bleistift. Ihre Handschrift war klein und verkrampft. Doch mit jeder Zeile wurde sie lockerer, größer, komplexer. Schließlich musste sie nicht mehr darauf warten, dass die Worte der Buchsprache zu ihr kamen. Es war, als hätte sie ein knarrendes Tor geöffnet, das jetzt locker in den Angeln schwang.

Zuerst schrieb sie von ihrer Schwester und den Söhnen ihrer Schwester, von Michels Schädel, der eiförmig war und auf dem Hals zur Seite hing, als sei eines seiner Ohren an der Schulter angewachsen, sodass man nie wissen konnte, wohin er schaute. Sie schrieb von Stantes blauen Augen. Sie holte mehr Papier und schrieb: wie Peter das erste Mal kam und um sie warb, von der Gewohnheit ihres Schwiegervaters, den Schwalben im Stall vorzupfeifen, und wie es schien, als hörten sie ihm zu.

Sie vergaß, dass sie an einen Fremden schrieb, an einen Mann, den sie nie gesehen hatte. Sie stellte ihn sich verliebt vor, einsam, in einem weißen Leinenanzug und mit einem

Hut aus Seide. Unter der gestreiften Markise des Hotels Zum Weißen Rössel rauchte er eine geschnitzte Pfeife. Langsam verblasste dieses Bild, bis sie viel weniger von ihm und viel mehr von sich selbst sah, als junges Mädchen, als Braut, als Mutter, als Tante.

Als sie all das Briefpapier von der Schreiblade aufgebraucht hatte, zehn Blätter waren es gewesen, schaute Anna überrascht auf und bemerkte, dass es fast Mitternacht war. Sie faltete die Zeitungsschnipsel und Papierbögen zusammen und verschnürte sie zu einem kleinen Paket. Dann nahm sie die leere Postkarte und den Federhalter und schrieb in schnellen, leichten Schwüngen die Adresse.

An
Anton, Gast im Hotel,
der an Anna an der Bachkehre in Rosenau
geschrieben hat
Hotel zum Weißen Rössel
Bodensee

Auf die andere Seite schrieb sie: «Geehrter Herr», und dann, fast ohne zu zögern:

Ich habe Ihre Karte irrtümlich bekommen. Ich kenne Sie nicht. Es gibt hier in Rosenau keine andere Anna, die an der Bachkehre gewohnt hat, so wie ich, bevor ich geheiratet habe. Wenn Sie von Ihrer Anna nichts gehört haben, ist das vielleicht, weil sie Ihre Karte nie bekommen hat. Ich wünsche Ihnen alles Gute.
Hochachtungsvoll,
Anna Sutterlüty, geborene Fink
Bengathof
Unterer Hang der Zweiten Schwester

Auf dem Weg hinauf ins Schlafzimmer schaute Anna kurz, ob Olga schlief. Dann ging sie ins Zimmer der beiden Buben. Toni war weit unter seine Decke gekrochen. Sie zog die Decke zurecht und strich ihm die feuchten Haare aus dem Gesicht. Jos hatte es wie jede Nacht geschafft, sich ganz aus seinem Schlafanzug zu strampeln. Jetzt lag er nackt auf seiner Decke. Während Anna ihn zudeckte, bewunderte sie den Glanz des Mondlichtes auf seiner Haut. Sie setzte sich auf den Rand seines Bettes und hörte ihren Buben beim Atmen zu. Sie wechselten sich ab beim Einatmen, und Anna fragte sich – so, wie sie es zum ersten Mal getan hatte, als Olga geboren wurde, und so, wie sie es seither jeden Tag wieder tat –, was sie tun würde, wenn der nächste Atemzug ausbliebe, wenn eines ihrer Kinder von ihr glitte und sich weigern würde zurückzukehren.

Peter war wach und wartete auf sie.

«Gut, dass wir schon einen eigenen Toni haben», sagte er und schlug die Bettdecke zurück.

Anna zog eine Augenbraue in die Stirn. Der verspielte Ton in seiner Stimme überraschte sie. «Wie meinst du das?»

«Weil wir jetzt keinen Sohn mehr Anton taufen könnten, ohne dass das ganze Dorf sich fragen würde, was bei uns hier heroben los ist.»

Sie lachte. «Was bei mir los ist, meinst du.» Mit dem Rücken zu Peter zog sie sich das zugeknöpfte Nachthemd über den Kopf. «Bist du eifersüchtig?»

«Weiß nicht. Nicht genau», sagte Peter und streckte den Arm aus nach ihr. Er fing ihr Handgelenk und zog sie zu sich ins Bett. «Bist du fertig mit dem Schreiben?»

Sie nickte.

«Dann bin ich nicht eifersüchtig.» Er machte eine Pause. «Was hast du denn geschrieben?»

Anna streichelte seine Wange. «Willst du es lesen?»

Peter grinste. «Ich bin kein großer Leser.»

«Es könnte dich interessieren», flüsterte Anna.

«Es gibt Interessanteres im Leben», sagte er und machte sich an den Knöpfen ihres Nachthemds zu schaffen.

«Rechnest du mit einer neuen Taufe?», fragte sie. Diese Frage ließ ihn von ihrem Nachthemd aufblicken.

«Ich denk, wir hätten noch Platz für ein paar Esser mehr an unserem Tisch», sagte Peter langsam.

Ich habe Michel noch nie jemand anderem zulächeln sehen als seinem Bruder, hatte Anna geschrieben.

«Kinder brauchen mehr als nur ihr Essen», sagte sie. Ihre Lippen berührten beinahe seine Haare. Dann spürte sie die Wärme in seinem Schweigen, spürte seine Aufmerksamkeit, und sie schloss die Augen.

Am nächsten Morgen überreichte Anna der Grantigen Marie die Karte und schaute zu, wie sie sie an Ort und Stelle las. Sie sprach jedes Wort einzeln aus. Anna schaute im Laden herum. Weder Stante noch Michel waren zu sehen.

«Und damit wird die Geschichte ein Ende haben», sagte Marie. Anna spürte nicht Spott oder Verachtung in Maries Stimme, sondern Bedauern. Die Grantige Marie war auf diesem Hof mit seinen Tieren, der Wagenschmiede, dem Laden, den zwei oft lästigen Buben und einem streitsüchtigen, alternden Vater, auf den sie aufpassen musste, die einzige Frau. Anna war nicht überrascht, weiße Strähnen in Maries Haaren zu sehen, obwohl Marie noch keine dreißig war. Sie war auch nicht überrascht, die Erschöpfung zu sehen, die der Grantigen Marie den Rücken krümmte. Doch Anna war zutiefst überrascht, Maries Einsamkeit zu sehen. Anna hatte diese Einsamkeit noch nie bemerkt. Sie spürte eine Welle des Mitleids für diese Frau, und einen Augenblick lang wünschte sie, sie hätte die ganze Sache mit der Postkarte

Marie überlassen, die sie jetzt mit glänzenden Augen anschaute.

«Ich gebe mein Bestes», sagte Marie. «Ich gebe mein Bestes für diese Buben. Denen fehlt es an nichts.»

Anna wandte sich ab. Sie wusste, dass dies die Wahrheit war, doch das tröstete sie kaum.

Am Nachmittag saß Anna mit ihrem Flickzeug im Schopf. Jos und Toni spielten vor der Haustür. Der dunkle Himmel kündigte Regen an. Doch sie hatten das Heu schon vor dem Frühstück eingefahren und seither nichts frisch gemäht. Immer wieder spürte Anna das zusammengefaltete Papierbündel, das sie immer noch in ihrer Schürzentasche trug. Mit den Augen verfolgte sie das Gewitter, das sich zögerlich näherte wie ein launischer Liebhaber, dem man nicht ganz trauen konnte.

Der Schopf überschaute den Garten und weit unten das Dorf. Die schmale Straße oberhalb des Hauses und den Weg, der scharf von ihr abfiel und zum Hof herabführte, konnte Anna vom Schopf aus nicht sehen. Es dauerte eine Weile, bis sie bemerkte, dass sich jemand näherte. Eben legte sie ihr Flickzeug zur Seite, als sie den ersten Schrei hörte, klar und schrill. Ihre Buben schauten von ihrem Spiel auf. Sie waren aufgewachsen mit den Schreien von Schweinen, Geißen und Kühen, die geschlachtet wurden. Doch dieser Schrei war ein anderer. Anna sprang auf, lief die Treppe hinunter und sah Stante, der die Straße heruntergerannt kam, beinahe flog. In einem klapprigen Schubkarren schob er Michel in vollem Lauf über die hart getrocknete Erde. Michels Gesicht leuchtete vor Freude. Sein Mund war weit aufgerissen, seine milchige Haut rot vor Aufregung. Aus dem Schubkarren heraus bellte er ein sonderbares, tiefes Lachen. Wie zarte Flügel sahen die Hände aus, mit denen er sich an den Seiten des hüpfenden und ratternden Schubkarrens festhielt.

Anna sah, wie Isabella sich zu einem Fenster hinauslehnte. Alois trat mit einem Schraubenschlüssel in der Hand aus dem Stall. Olga, die mit einem kleinen Sack Futter auf dem Rücken einen Moment wie angewurzelt in Stantes Weg gestanden hatte, sprang zur Seite, als die beiden an ihr vorübersausten. Dann stand sie da und blickte ihnen sehnsuchtsvoll nach. Peter, seine Arme bis an die Ellenbogen weiß von geronnener Milch, war aus der Milchküche getreten. Jetzt lehnte er sich an die Wand, hielt das Kinn fast auf die Brust gesenkt, während er lachte, ein ehrliches und klares Lachen, das Lachen eines jungen Buben.

Sie schauten zu, wie Stante seinen Bruder auf das Haus zufliegen ließ, immer schneller, außer Atem, wie er mit aller Kraft schob und wie Michel im Schubkarren sich wälzte, die Fersen aufs Holz schlug, den Kopf an die Schulter legte, lachte und schrie, hinaufschrie in den Sommerhimmel.

Johanna
Ellenbogenhof, 1916

Eines Morgens, der Frühling wich bereits einem voreiligen Sommer, verweilten, nachdem sie ihren Handel abgeschlossen hatten, zwei alte Männer auf der Türschwelle der Milchküche des Bengathofes. Obwohl ein arbeitsreicher Tag vor ihnen lag, gingen sie nicht weiter, denn schon einige Zeit hörten sie vom Hang der Zweiten Schwester den Klang von Kuhglocken. Sie standen still und lauschten, der kleinere von ihnen gebeugt, seine ledrigen Ellbogen aufgestützt auf den Deichselgriff seines Handkarrens, der andere mit geneigtem Kopf.

«Ellenbogen», sagte der Bengater Alois und scharrte mit seinem schweren Holzschuh im Schotter.

Der Wagenschmied brummte. Er wusste, dass Alois' Gehör und Urteilsvermögen zuverlässiger waren – schließlich war er selbst nur nebenher ein Bauer und besaß nur eine einzige Kuh. Außerdem machte Alois einen guten, starken Käse, den der Wagenschmied gern aß. Er schaute auf das Käserad, das er gerade gekauft hatte. In ein Tuch gewickelt lag es in seinem Handkarren. Der Bengatkäse war beliebt. Dennoch konnte der Wagenschmied einem anderen nicht das letzte Wort lassen. Er schob seine verbeulte, blaue Mütze über den Schädel und überlegte.

«Halbmondsenke», erwiderte er, gerade als Johanna vom Ellenbogenhof und ihre Schwester Angelika auf dem Weg erschienen. Sie trieben zwei Milchkühe vor sich her. Angelika führte das Pferd. Ihre Tochter Mikatrin saß angegurtet in einem Korb, der am Seitensattel befestigt war. Auf Neros anderer Seite schwankte sanft ein Turm von Haushaltsgeräten.

Johanna ging vor Nero her in schnellen, ungleichmäßigen Schritten, die ihren Strohhut gegen ihren Rücken schlagen ließen. Ihr Stock warf bei jedem Schritt kleine dunkle Erdklumpen auf. Angelika folgte ihr. Obwohl sie nicht hinkte, war auch ihr Gang nicht elegant. Er verriet, wie erschöpft sie war.

«Klar», sagte Alois lang gedehnt. «Ellenbogen.»

Mürrisch nickte der Wagenschmied in Richtung der größeren Kuh, eines besonders schönen Tieres: tiefbraun das Fell, breit die Schultern, schwer das Euter. «Die Jupiter hinkt links ein bisschen», meinte er. Dann, mit einem schmalen Lächeln, das eine Reihe schiefer Zähne entblößte: «Nicht, dass der Johanna das etwas ausmachen würde.»

«Eine so gute Milchkuh kann gehen, wie's ihr passt.»

«Da hast du wohl Recht», sagte der Wagenschmied widerwillig. «Die Kuh schon. Aber die Johanna macht der Kuh noch was vor.»

Die gleichgültigen Wolken am glasigen Himmel versprachen Hitze und anhaltend gutes Wetter für die Heuernte. Alois lenkte seine Aufmerksamkeit auf die kleine Brise in der Luft, um seiner Gereiztheit Herr zu werden. Aus dem Augenwinkel beobachtete er den Wagenschmied.

Dann sah Alois Johanna an: Trotz ihrer Hüfte war sie eine stolze und geschmeidige Frau. Er hatte immer viel von ihr gehalten. Er hatte einmal gehofft, dass sein Sohn das erkennen und ihr die Beachtung schenken würde, die sie verdiente. Doch daraus war nichts geworden. Und jetzt war Peter irgendwo in Galizien, mitten im Krieg, und seine Anna wartete mit leeren Augen auf Post, beklommen vor Sorge und kurz angebunden mit den Kindern.

«Wenn du zur Front müsstest, hättest du die Johanna auch gern auf deinem Hof», sagte Alois, obwohl er sich vorgenommen hatte, nichts mehr zu sagen.

Der Wagenschmied grinste. «Das bestreite ich gar nicht, kein bisschen. Nein, der Hans hat ein gutes Geschäft gemacht, wo er die Angelika geheiratet hat: Die bessere Arbeiterin hat er gratis dazubekommen.» Da er seine Antwort überaus geistreich fand, spann er den Gedanken weiter: «Klar. Man muss die beiden Mädchen im Gespann nehmen. Die Johanna, damit sie einen ab und zu ein bisschen kneift und die Dinge vorwärts bringt. Die Angelika zum Kinderkriegen.»

«Dummes Geschwätz», murmelte Alois. Er richtete sich auf. In seiner ganzen Größe wirkte er jünger als seine einundsiebzig Jahre. Um seiner Bewunderung Ausdruck zu geben, winkte er und rief: «Sei gegrüßt, Johanna. Zurück vom Vorschass!»

Johanna wandte sich um nach der Stimme, die plötzlich ihren Namen gerufen hatte. Ihr blonder Haarkranz leuchtete in der Morgensonne und hob sich deutlich ab von ihrer gebräunten Stirn. Sie schaute vorsichtig, lächelte aber und hob den Stock zum Gruß.

«Ist's Vieh gesund?», rief der Wagenschmied.

Wieder hob Johanna den Stock und nickte. Doch ihr Lächeln verblasste.

Als sie Bengat hinter sich gelassen hatten und auf den Pfad abbogen, der südlich des Dorfes zum Ellenbogen führte, näherte sich Angelika ihrer Schwester, um mit ihr zu reden.

«Sie wollten dich nicht beleidigen», sagte sie. «Das fragen die auch jeden Mann, der vom Vorschass herunterkommt. Das weißt du doch.»

Johanna warf den Kopf zurück. «Die warten doch bloß darauf, dass wir einen Fehler machen.»

Fast eine weitere Stunde lang gingen sie wortlos in der heißen Morgensonne nebeneinanderher. Dann begannen Mikatrin die scheuernden Gurte zu stören, die sie in ihrem Korb hielten. Sie wand sich aus einem der Schulterriemen und schrie vor Freude auf. Ohne das Pferd anzuhalten, lockerte Angelika die Gurte ein wenig.

«Wir werden Fehler machen, das stimmt», murmelte sie, während sie das sich windende Kind umständlich aus dem Korb hob. «Ich weiß nicht, ob wir das Heuen ohne den Hans schaffen.»

«Ich schon!», sagte Johanna verärgert. «Solange das Wetter mitmacht, schaffen wir es.»

«Aber das Wetter macht eben nicht immer mit», beharrte Angelika. «Und weiß der Himmel, was passieren könnte, wo du jede zweite Nacht weg bist.»

Mikatrin begann zu heulen und krümmte sich in Angelikas Armen. «Nab!», verlangte sie. «Will laufen!»

«So kommen wir nie heim», seufzte Angelika, als sie das Kind auf die Füße stellte. Mikatrin grinste triumphierend in Richtung ihrer Mutter und stapfte hinter Johanna her.

«Du bist einmal ein widerspenstiges Ding», sagte Johanna, ihre Stimme rau vor widerwilliger Bewunderung. Sie hob Mikatrin, drückte sie an sich und stellte sie dann wieder auf die Füße, wobei sie ihre Schwester ein wenig verlegen ansah. Das Kind legte seine kleine, feuchte Hand in Johannas.

«Vielleicht kannst du mir auch sagen, was wir zum Heuen übrig haben sollen, wenn alles Vieh die Weiden um den Hof herum abgrast», sagte Johanna zu ihrer Schwester. «Kannst du mir das sagen?»

Als Angelika nicht antwortete, nickte Johanna. «Das geht nicht. Gib's zu.»

«Klar können wir nicht alles Vieh auf dem Hof behalten. Das hab ich nie gesagt», sagte Angelika. «Aber ich glaube, dass es reichen würde, wenn du jede dritte Nacht hinaufgehst, um nach den paar Jährlingen zu sehen.»

«Zwei Stück Jungvieh und eine Kalbin», verbesserte Johanna sie. «Ganz zu schweigen von den Geißen. Willst du dem Hans erklären, wo sein Vieh ist, wenn eines krank wird und niemand da ist, es zu versorgen?»

Angelikas Unterlippe schob sich ein wenig nach vorn. «Du weißt, dass ich Angst habe allein bei Nacht auf Ellenbogen.»

Johanna dachte einmal mehr, dass Mikatrin auf ehrliche Art zu ihrem Dickkopf gekommen war. «Ich wüsste nicht, was du da zu fürchten haben solltest.»

Angelika machte plötzlich einen Schritt auf die Seite und stellte sich mitten auf die Straße, sodass Johanna in die Zügel greifen und anhalten musste. Neben ihr kam Nero zum Stillstand und schnaubte leise vor Überraschung. Angelika legte ihre Hand auf die Schulter der Schwester. Sie zeigte nach Südosten. «Wenn man einfach losginge und zwei Wochen lang nicht anhielte – zehn Tage lang, wenn man den Weg kennen würde –, wo wäre man dann? An der Südfront. Und genauso schnell könnte die Front auch hier sein, oder?»

«Wir haben keine andere Wahl», sagte Johanna, die nicht recht wusste, ob sie ihre Schwester schütteln oder trösten sollte. «Wenn du eine andere Lösung für uns weißt, dann hoffe ich, dass du sie nicht für dich behältst.»

Genauso schnell, wie Angelikas Gefühlsausbruch gekommen war, war er auch wieder vorbei. Ihr Gesicht fiel in sich zusammen, und sie ließ ihre Schultern hängen. «Ich bitt dich doch nur darum, dass du nicht jede zweite Nacht hinaufgehst aufs Horn.»

Johanna errötete. Die dünnen Fältchen um ihren Mund vertieften sich, und sie legte den Kopf zur Seite, als sei er plötzlich zu schwer geworden für ihren Hals.

«Schwester?»

«Es sieht aus, als müsstest du dir keine Sorgen mehr machen ums Alleinsein», sagte Johanna und zeigte mit ihrem Stock nach vorn.

Angelika wandte sich schnell um.

An der Gabelung der Straße, die sich gen Ackenau hinabwand und schließlich bis ins Rheintal führte, hatte ein Mann sich in ihre Richtung gewandt. Selbst aus der Ferne konnten sie die Infanterieuniform erkennen, die schlaff von seinen dünnen Schultern hing. Seinen linken Arm trug er in einer Schlinge.

Nero machte einen überraschten Schritt zur Seite, als Angelika losrannte. Ihre nackten Fersen ließen ihren Rocksaum auffliegen, ihre Schürze flatterte, ihr Sonnenhut wehte davon. Die Arme hatte sie ausgestreckt nach ihrem Mann.

«Däta», gab Mikatrin ruhig bekannt. Dann steckte sie sich den Daumen in den Mund.

«Ja, so ist's», bestätigte Johanna. «Dein Däta ist heimgekommen.»

Die Kühe trotteten auf eine Weide, auf der sie nicht grasen durften. Doch Johanna stand bewegungslos mitten auf der Straße, an ihrer Seite das Kind ihrer Schwester. Sie schaute zur Felswand der Dritten Schwester auf und spürte die Sommerhitze im Gesicht, einem Gesicht, das brannte vor Enttäuschung und Scham: Enttäuschung darüber, dass aus ihren Plänen nun nichts mehr werden konnte. Scham darüber, dass sie ihren Schwager wegwünschte, irgendwohin, selbst in ein namenloses Soldatengrab auf dem

Schlachtfeld, irgendwohin, nur nicht auf diese Straße, auf der er heimkam, um das einzufordern, was rechtmäßig ihm gehörte.

Spät in der Nacht, als das Knarren des Bettes in der Kammer nebenan Johanna zum zweiten Mal aufweckte, rollte sie sich am Rand ihrer Matratze zusammen, grub das Gesicht ins Kissen und begann, Gebete zu flüstern. Für sich und für ihren Gott rief sie sich all die Dinge ins Bewusstsein, für die sie dankbar sein musste: Vieh, das fett war vom Berggras; frische Käselaibe, die gut reiften und wie Stapel kleiner, blasser Monde im Dämmerlicht des Kellers glühten; Mikatrins gerade Beine, ihr ernstes Gesicht, den Geruch ihres Nackens; die Ankunft des Sommers und des guten Heuwetters.

Trotz der warmen Brise, die durchs offene Fenster wehte, zog Johanna die Bettdecke hoch bis zu ihrem Hals.

Sie dankte Gott für ihren Schwager: dass seine Verletzung leicht war, doch schwer genug, um ihn gute sechs Wochen zu Hause zu halten, für die schwersten Wochen der Heuernte. Jetzt, wo er zu Hause war und sich um den Hof kümmern würde, konnte Johanna zurück aufs Guntarhorn.

Die Alm am Guntarhorn mit ihren Weiden und ihrem lang gestreckten, niedrigen Gebäude – halb Stall, halb Wohnraum – war das Einzige von Wert, was Angelika und Johanna von ihrem Vater geerbt hatten. Angelikas Hälfte des Besitzes war mit ihrer Heirat an Hans übergegangen. Dennoch war dies der einzige Ort, an dem sich Johanna wohl fühlte. Von Mai bis in den späten September, wenn der Schnee sie vertrieb, hatte sie ein eigenes Zuhause. Jetzt konnte sie dorthin zurückkehren und allein in den karg eingerichteten, windigen Kammern schlafen. Bei Tagesanbruch würde sie in der großartigen Stille der Drei Schwestern aufwachen und sich von ihnen wie in einer Umarmung umschlungen fühlen. Tagsüber, wenn die Arbeit getan war und das Vieh auf den endlosen Bergweiden graste, konnte sie sich von Nero in die versteckten Täler und an geheime Orte tragen lassen. Auf Neros Rücken war ein verkrüppeltes Bein bedeutungslos.

Leises Lachen, Flüstern, ein leichtes Seufzen.

Wenn das Heu in der Scheune wäre und Hans geheilt, würde sie wieder Herrin des Hofes sein. Johanna dankte Gott, dass Hans in sechs Wochen zurück zur Ostfront musste.

Bald zeigte sich, dass Hans mit dem Arm in der Schlinge keine Sense führen konnte; Johanna musste jetzt doch das Heu mähen. Spät am Nachmittag war sie mit dem ersten Stück fertig und richtete sich auf, um auf das Gemähte zurückzublicken. Sie zog an ihrem Mieder, das klebrig war von Schweiß. Hans und Angelika konnten das Gemähte wenden und rechen, dachte Johanna; in zwei Tagen würde sie von der Alp zurückkommen, dann würde Nero die Buschel in die Scheune tragen, während sie das nächste Stück mähte. Dieser Plan gefiel ihr, doch es gab eine Schwierigkeit: Es würde nicht ausreichen, Hans davon zu überzeugen, dass er allein sich diesen Plan ausgedacht hatte. Es musste ihm auch scheinen, als habe er ihn gegen ihren Rat durchgesetzt. Johanna war so tief in die Ausarbeitung ihres Planes versunken, dass sie nicht bemerkte, wie Hans quer über die Wiese auf sie zukam. Beim Klang seiner Stimme fuhr sie zusammen. In heißen Wogen stieg der Geruch des frisch gemähten Grases auf.

«Johanna.» Hans sprach ihren Namen widerwillig aus, als bezeichne er etwas, woran ihm nicht viel lag, was ihm aber dennoch gehörte. Er ließ seinen Hut vor seinem Knie pendeln. Er hob seinen Blick bis zu Johannas Kinn, senkte die

Augen dann aber wieder. Er versuchte ein Lächeln, doch es geriet zur Grimasse.

Sie blinzelte unruhig unter dem Rand ihres Sonnenhutes hervor. «Ich bin fertig hier», sagte sie.

«Ich habe Dinge gesehen», antwortete Hans; die Worte glitten ihm aus dem Mund wie ein dünnes Rinnsal. Er stand nah bei Johanna, und sie sah, dass er einen Backenzahn verloren hatte und dass er graue Schatten unter den Augen trug.

«Dinge, die einen Mann dazu bringen, über sein Leben nachzudenken», sagte er weiter. «Ich habe einiges dazugelernt.»

«Das ist gut so», sagte Johanna langsam, mit einem schmalen Lächeln, dabei fühlte sie, wie ihre Entschlossenheit und Selbstbeherrschung allmählich schwanden. «Das heißt wohl, du kennst jetzt den Wert der Dinge, die dir gehören. Und den Wert der Dinge, die dir nicht gehören.» Sie gab sich einen Ruck und sah ihm direkt in die Augen. «Ich geh hinauf zum Horn und kümmre mich dort ums Vieh.»

Seine Wangenknochen zuckten, und Johanna konnte zunächst nicht glauben, was sie sah: In seinen Augen glänzten unvergossene Tränen. Nichts sonst hätte sie so treffen können. Mit einem dumpfen Geräusch ließ sie die Sense zu Boden fallen.

Sie wischte sich über die Stirn. «Ich wünsch euch nur das Beste. Bestimmt. Aber ihr kommt auch ohne mich zurecht.»

Hans räusperte sich und schaute sie schräg an. Sie kannte diesen Blick gut; er brachte sie immer dazu, ihre Zähne aufeinander zu beißen: Hans konnte ihr nicht in die Augen blicken, wenn er ihr etwas befahl. «Wir brauchen dich», sagte er grob und zeigte auf das Gras, das noch zu mähen war.

«In zwei Tagen bin ich wieder da und mäh das nächste

Stück», sagte sie. «Dann bringen wir auch dieses Heu in die Scheune.»

Johanna wartete darauf, dass er die Gründe aufzählen würde, weshalb sie nicht gehen sollte, nicht gehen konnte, dass er sie anweisen würde, welche Tätigkeiten sie verrichten müsse und wie sie sie verrichten solle.

In diesem Augenblick begann die Kirchenglocke im Dorf zu schlagen. Johanna erschrak über den blechernen Klang; sie konnte sich nicht an diesen schlechten Ersatz für die alte Glocke gewöhnen, die wegen ihres Metalls vom Militär beschlagnahmt worden war. Trotzdem hob sie den Kopf, wie auch Hans, um die Schläge zu zählen: Es waren vierzehn, für den Tod eines erwachsenen Mannes.

«Hänslars Jok geht's schon seit Wochen schlecht.»

«'s wird ein Soldat sein», erklärte Hans mit ausdrucksloser Stimme.

Bevor sie sich zurückhalten konnte, sagte Johanna: «Das hättest du sein können.»

Hans setzte seinen Hut auf und wandte sich zurück zum Hof. «Hätte sein können», stimmte er zu.

Als Johanna zwei Tage später zurückgeritten kam, rannte Mikatrin ihr entgegen und vergrub ihre Fäuste im Rock ihrer Tante. Kein Tröstungsversuch von Johanna konnte sie zum Loslassen bewegen. Erst nach einem scharfen Wort von Hans ließ Mikatrin sie gehen, fing dann aber an zu schluchzen: Harte, zornige Tränen fielen, die nicht nachließen, bis Johanna eine ganze Länge des Feldes gemäht hatte.

Am Abend reichte Angelika Mikatrin zu Johanna hinauf und schaute zu, wie ihre Tochter es sich im Sattel bequem machte.

«Sie ist ganz durcheinander», sagte Angelika. «Die Alp wird ihr gut tun.» Sie wurde rot, weil sie froh war, diese Ausrede zu haben, um mit Hans allein zu sein, und weil sie wusste, dass das allen klar war, sogar dem Kind.

Johanna versuchte nicht, ihre Schwester zu trösten. Sie wollte Mikatrin mitnehmen; sie liebte das Kind, und seine Gesellschaft war genau, was sie brauchte auf der Alp. Aber sie wusste auch, dass Angelika ihre Tochter früher oder später wieder selbst beanspruchen würde – sobald der erste Rausch des Zusammenseins mit Hans abgeklungen war.

Als Hans fünf Wochen zu Hause war, stand Johanna im Morgengrauen auf und sah, dass sich über den Gebirgsketten im Süden Gewitterwolken zusammenzogen. Sie nahm Mikatrin aus dem Bett, warm und süß war ihr Geruch, und zog sie dick an. Sobald Johanna sich vergewissert hatte, dass alle Tiere in Reichweite eines Unterstandes waren, zogen sie los. Nero brauchte nicht angetrieben zu werden, er wusste besser als Johanna, was kommen würde, und trabte zügig voran. Johanna wickelte ihren Umhang um Mikatrin und ließ Nero in einen leichten Galopp fallen, sobald sie an Bengat vorbei waren.

Das Gewitter war schneller. Ein Platzregen brach los, der Mikatrin vor Überraschung und Vergnügen aufjauchzen ließ. Der erste Donner kam plötzlich, als Johanna eben das Kind seiner Mutter, die im Stalleingang stand, hinabreichte.

«Jetzt können wir für mindestens drei Tage nichts mähen», sagte Angelika.

Johanna wischte sich mit dem Handrücken übers Gesicht. «Ist der Hans im Dorf?»

«Klar. Ich denk, der wird im Adler warten, bis das Schlimmste vorbei ist.»

Nero drückte die Nüstern an Johannas Schulter, und sie rieb ihm mit den Fingerknöcheln über den Hals.

«Du wirst mich hier nicht brauchen bei diesem Wetter.

Ich warte, bis ich wieder trocken bin, und dann reit ich zurück hinauf.»

Angelika räusperte sich. «Du hast viel gearbeitet.»

Johanna zog den Sattel von Neros Rücken und nickte.

«Hans ist dankbar für alles, was du getan hast», sagte Angelika weiter. «Es tut mir Leid, dass ich das für ihn sagen muss, Schwester.» Sie nahm Johanna das Zaumzeug ab und hängte es an die Wand. «Er hat auch gesagt, dass du Recht gehabt hast. Dass das Vieh nicht bis auf die Hochalp hinaufgetrieben werden muss.»

Aus der offenen Stalltür heraus beobachteten sie, wie die Bäume sich im Wind bogen; der Regen kam in Wellen, die anschwollen und sich wieder zurückzogen.

Angelika wandte sich erneut Johanna zu, mit erhobenem Kopf und zitterndem Kinn. «Ich möchte sie dieses Mal hier bei uns behalten, wenn du wieder hinaufgehst», sagte sie, und ihre Stimme schwankte zwischen Entschuldigung und Anklage.

Um sie herum knarrten und krachten die Stämme der Fichten. Regen kroch übers Dach. Blitze streckten scharfe Finger in die Schatten; der Donner folgte sofort. Die Kühe im Stall bewegten sich unruhig. Wieder drückte Nero seine Nüstern in Johannas Halsmulde. Sie ließ sich von ihm nach hinten drücken.

«Sie ist deine Tochter», sagte Johanna und begann, Nero abzureiben.

Angelika konnte ein Lächeln nicht unterdrücken. «Manchmal scheint es, als hätte sie dich lieber als mich.»

Johanna lachte, ein Lachen aus Härte und Schmerz. «Wenn sie bei mir ist, hat sie meine ganze Aufmerksamkeit, das ist alles.»

«Es tut mir Leid, dass ich so abgelenkt war. Er muss ja so bald wieder zurück ...» Angelikas Stimme verlor sich.

Beim Anblick seines Futtersacks wieherte Nero leise. Johanna nahm sich viel Zeit, ihm den Sack richtig umzuhängen.

«Du brauchst dich nicht entschuldigen», sagte sie schließlich. «Es ist nicht deine Schuld, dass ich euer Dach über meinem Kopf brauche.»

Angelika holte Luft, um zu widersprechen, schloss dann ihren Mund aber wieder, mit einem verletzten Blick.

«Du brauchst Vorräte und frische Kleidung», sagte sie.

Als Johanna später an diesem Tag am Guntarhorn auf den Soldaten traf, war der erste klare Gedanke, den sie wieder fassen konnte, voller Dankbarkeit, dass sie Mikatrin nicht mitgenommen hatte.

Völlig durchweicht, ihren Gehstock über das Handgelenk gehängt und die Arme voller Feuerholz, hatte Johanna mit dem Ellbogen die Tür zwischen Haus und Stall aufgestoßen und ihn schlafend auf dem alten Sofa gefunden. Er lag auf die Seite gerollt, die Hände unter dem Kopf, sein Gesicht abgekehrt. Seine lehmigen Stiefel streckte er über die Sofakante. Ein Schnürsenkel hing in eine Wasserpfütze auf dem Boden, die sich stetig vergrößerte.

Johannas zweiter klarer Gedanke war, dass er rücksichtsvoll war; ein Mann, so müde wie dieser hier, der trotzdem daran dachte, seine Stiefel von den Polstern zu halten, musste richtig erzogen worden sein. Sie sah ein Bild vor sich: ein kleiner Junge, seine Mutter mit erhobenem Zeigfinger, eine Haustür sonderbaren Aussehens an einem fremden Ort, davor schmutzige Stiefel auf einer Matte und ein Topf mit Geranien. Da sprang der Fremde mit einem plötzlichen Ruck auf.

Jetzt standen sie einander gegenüber. Johanna hielt noch immer das Holz in den Armen. Sie blinzelte ein paar Mal, um ihre Wimpern vom Regen zu befreien.

«Wo ist dein kleines Mädchen?», fragte er.

Sie bemerkte viele Dinge auf einmal: dass er einen breiten Tiroler Dialekt sprach; dass Teile seiner Kleidung wohl einmal zu einer Uniform gehört hatten, jetzt aber blass und abgetragen waren; dass er versucht hatte, sich das dunkle Haarbüschel zu schneiden, das ihm über die Augen hing; dass er mindestens ein paar Jahre älter war als sie; und dass ein Gewehr in seiner unmittelbaren Reichweite an der Wand lehnte.

Auch bemerkte sie, dass feiner Schweiß sie bedeckte.

Johanna atmete tief ein und wandte sich ab. Das Feuerholz fiel ihr aus den Armen, als sei es irgendwie angesteckt worden von ihrer Panik; und ihr Stock fiel gleich mit zu Boden. Sie wankte durch das Durcheinander und über die Türschwelle.

«Ich dachte, du wärst bist morgen weg», sagte er und machte einen Schritt auf sie zu.

Johanna hielt sich eine Hand vor den Mund.

Er hob Johannas Stock auf und reichte ihn ihr, lehnte sich dabei zur Seite, damit sein Kopf nicht an den Türrahmen stieß.

«Ich habe seit zwei Monaten keine menschliche Stimme gehört», sagte er.

Nach einem Moment der Stille, als sie wieder besser atmen konnte, antwortete Johanna: «Hier kannst du nicht bleiben.» Dann lehnte sie sich vor und nahm ihren Stock aus seiner Hand.

Er bückte sich, um das Feuerholz aufzuheben; auf den Fußballen hielt er sich geschickt im Gleichgewicht, den Rücken gerade. Als er zu ihr aufschaute, trat sie überrascht einen Schritt zurück hinaus ins Unwetter. Sie hatte nicht mit seinem Lächeln gerechnet: den tiefen Lachfältchen um seine Augen, dem Aufblitzen seiner Zähne im offenen, sonnengebräunten Gesicht. Sie hatte nicht erwartet, dass er sie so leicht von ihrer Angst befreien könnte.

«Darf ich mich noch vollends trocknen, bevor ich gehe?», fragte er. «Du bist auch nass. Ich kann Feuer machen. Ich hätte auch gern eins.»

«Wer bist du?»

Er beugte den Kopf nach vorn. «Donati, Francesco.»

Sie blinzelte. «Bist du ein Italiener oder ein Deserteur?»

«Was würde dir mehr Angst machen?»

«Ich weiß nicht», sagte Johanna abgelenkt. «Du redest nicht wie ein Italiener.»

«Dann muss ich wohl ein Deserteur sein.»

Sie rechnete aus, wie lange er brauchen würde, sie einzuholen, sollte sie versuchen, zu Nero zu rennen.

«Ich werde dir nicht hinterherlaufen, wenn du gehen willst», sagte er mit weicher Stimme. «Aber es wäre schön, wenn du erst einmal bleiben und ein wenig mit mir reden würdest.»

Johanna lehnte sich mit ihrem nassen Umhang an den Türrahmen.

«Wo ist dein kleines Mädchen?», fragte er ein paar Minuten später noch einmal. Er hatte die Öllampe angezündet und schichtete im Herd Holzscheite aufeinander.

«Ich habe sie zu Hause gelassen bei – meiner Schwester.»

«Ist dein Mann an der Front? In Frankreich?»

Sie schaute hinab auf ihre Schuhe und auf das Wasser, das sich um sie herum sammelte. «Die meisten unserer Männern sind nach Südtirol geschickt worden. Oder in den Osten, nach Galizien.»

«Ich hoffe, er ist in Galizien, seinetwegen.» Und dann, nach einer kurzen Pause: «Deinetwegen.»

Johanna wunderte sich über sich selbst, wunderte sich,

dass sie Neugier empfand, wo sie doch eigentlich Angst haben sollte. Sie schloss die Augen und wartete darauf, dass die Angst zurückkäme, doch da war nur vertraute Dunkelheit.

Sie spürte, dass er reden wollte. «Ich habe eine Tochter. Sie ist daheim bei meiner jüngsten Schwester.»

«Wo wohnt deine Schwester?»

Er blickte auf zu ihr. «Verona.»

Plötzlich war das Vertrauen, das angefangen hatte, zwischen ihnen zu wachsen, wieder verschwunden.

«Du hast gesagt, du wärst kein Italiener.»

«Nein. Du hast gesagt, dass ich nicht rede wie ein Italiener.»

Johanna schluckte schwer. «Tust du auch nicht. Du redest wie ein Tiroler, nur gescheiter.»

Er lachte. Ein tiefes, abruptes Lachen. «Ich war viel im Vintschgau, bei den Verwandten meiner Mutter. Kennst du Südtirol?»

«Ich bin noch nie aus diesem Bergtal herausgekommen», sagte Johanna.

«Mein Großvater war der Oberförster vom Antholzertal. Er war ein störrischer, alter Mann.»

«Dann bist du Österreicher.»

«Halb ja. Halb nein. Der andere Großvater war Arzt in Verona. Genauso störrisch.» Er lächelte, dann wurde sein Gesicht traurig.

Johanna sah auf seine Schuhspitzen. «Auf welcher Seite kämpfst du?», fragte sie, ohne aufzuschauen.

«Auf keiner», sagte er schließlich. «Ich bin im März desertiert.»

«Du kannst nicht mehr zurück?», fragte Johanna und bereute es sofort. Sie schaute ihn immer noch nicht an.

«Wenn ich zurückgehe, werde ich erschossen», sagte Francesco. «Deshalb sitze ich hier bei dir.»

«Und dein kleines Mädchen?»

«Das werde ich wohl nie wieder sehen», sagte er.

Johanna hängte schließlich ihren Umhang neben den Herd und beschäftigte sich damit, Essen auf den Tisch zu stellen: Käse, Brot, Eier.

«Ich hätte das ohne deine Erlaubnis gegessen, wenn du nicht zurückgekommen wärst», sagte er. «Ich kann dir nichts bezahlen.»

«Und ich kann nicht essen und einen hungrigen Mann zuschauen lassen.»

«Dann dank ich dir für deine Gastfreundschaft. Und für deine Gesellschaft.»

«Du kannst auf dem Stuhl schlafen, auf dem du sitzt», sagte Johanna nervös. «Oder auf dem Sofa.» Sie warf einen Blick hinüber auf die geschlossene Kammertür und überlegte, ob er dort auch gewesen war. «Morgen früh musst du gehen. Ich – ich werde es niemandem sagen.»

Er hob eine Augenbraue. «Ich habe dir gesagt, dass ich von dir gestohlen hätte. Du weißt nur Schlechtes über mich.» Er machte eine Pause. «Warum traust du mir?»

«Ich kann dich nicht in den Regen hinausschicken. Du könntest den Schrofen hinunterfallen», sagte Johanna. Sie wandte sich ab, denn sie wusste, dass dies nur die halbe Wahrheit war, und sie fürchtete, dass die andere Hälfte der Wahrheit ihr ins Gesicht geschrieben stand. Als sie das Brot nahm, zitterte ihre Hand. «Nur ein Feigling würde einer wehrlosen Frau wehtun, noch dazu in ihrem eigenen Haus», sagte sie noch.

Dann hob sie den Kopf und betrachtete ihn genau. Sie sah die Falten in seinen Fingerknöcheln, die dunklen Haare, die sich unter seinen ausgefransten Ärmelaufschlägen vorschoben, die Ärmel, die um die Oberarme herum spannten. An den Schläfen war schon ein wenig Grau; seine Stirn war feucht. Schließlich erlaubte sie sich, ihm in die Augen zu schauen; und sie sah da nichts als ein wenig Müdigkeit.

«Ich bin jetzt seit drei Monaten in den Bergen», sagte er ruhig. «Und es ist noch viel länger her, seit ich allein war mit einer Frau.»

Johannas Brot zerbröselte zwischen ihren Fingern.

Er sagte: «Ich will nichts von dir, außer deiner Gesellschaft. Du brauchst mir nicht einmal zu sagen, wie du heißt, wenn du nicht willst.»

Sie starrte ihn an, überrascht und voll unversteckten Schmerzes. Die Muskeln in ihrer Kehle zuckten. Bevor er ein weiteres Wort sagen konnte, nahm sie ihren Umhang und ging hinaus.

Er überlegte sich, ob er weggehen sollte, tiefer in diese fremde Bergwelt hinein, die so anders war als die südlichen Alpen und die Dolomiten seiner Kindheit, so viel sanfter. Es wäre das Sicherste. Er hatte gelernt, zuerst an seine Sicherheit und dann erst an seinen Magen zu denken. Alle anderen Gedanken hatte er sich streng rationiert.

Aber die Frau war errötet.

Francesco hatte gefürchtet, zu viel von ihr zu erbitten; zu spät sah er, dass er zu wenig erbeten hatte. Immerhin hatte sein mangelndes Feingefühl sich in einer Hinsicht gelohnt: Es hatte ein kurzes, farbiges Aufblühen hervorgebracht; er hatte gesehen, wie sie als junges Mädchen ausgesehen haben musste.

Manchmal, bei Nacht, wenn er den Mut gefunden hatte, sich die Dinge aufzuzählen, die er nie wieder sehen würde, hatte Francesco auch an solch ein Erröten gedacht, wie sie es ihm geschenkt hatte. Es hatte ihr Gesicht überlaufen, bis hinauf an die blasse Haut ihres zarten, blonden Haaransatzes. Er erinnerte sich, wie sich diese Farbe ausgebreitet hatte über die weiße Haut ihres Halses, dann über die Schultern und bis zum ersten Ansatz ihrer Brüste.

Francesco schaute ins Feuer und dachte an die Frau. Ein Teil von ihm, jener kleine Kern, der noch ein Junge war, wollte ihr nachgehen und sie finden, wie sie im Heu zwischen den Tieren saß, die Arme um die Knie gelegt. Er blieb sitzen, weil er wusste, dass er sie erschrecken würde. Er wollte in ihren Augen keine Angst sehen. Es wäre besser, sie nie wieder zu sehen.

Der Soldat hatte das Warten gelernt. Er konnte nicht ändern, was geschehen würde: Sie würde kommen, oder sie würde nicht kommen.

Als sie Stunden später zum Fenster hereinschaute, saß Francesco am Tisch, hatte den Kopf auf die Arme gelegt. Er war eingeschlafen. Sein Gewehr lehnte an der Wand direkt hinter ihm, und der Lauf der Pistole, die an seinem Schenkel lag, glänzte schwach im Lampenlicht.

Hans und Angelika schauten überrascht von der Frühstückspfanne auf, als Johanna hereintrat. Mikatrin, breiverschmiert, winkte mit dem Löffel.

«Hanna!», rief sie.

Johanna lehnte sich über den Tisch und küsste die klebrige Wange des Kindes.

«Du musst vor Sonnenaufgang losgegangen sein», sagte Hans.

«Ja. Ich habe ein paar Sachen vergessen.»

«Hast du Fieber?», fragte Angelika und stand auf, um eine Hand an die Stirn ihrer Schwester zu legen.

Johanna schob ihre Hand weg. «Mir geht's gut», sagte sie gereizt. «Ich habe nur schlecht geschlafen.» Dann, plötzlich, umarmte sie ihre Schwester.

Überrascht klopfte Angelika Johanna auf den Rücken. «Was ist los mit dir?»

«Nichts», antwortete Johanna. «Gar nichts.»

«Ist's Vieh gesund?», fragte Hans.

«Putzmunter», sagte Johanna und nahm sich eine Tasse vom Regal.

«Bleib bis morgen», sagte Angelika. «Ich wollte backen. Du kannst Kuchen mitnehmen.»

«Wenigstens könntest du lang genug bleiben, mir mit dem Käs zu helfen», sagte Hans.

Johanna fand ihren Löffel in der Tischschublade und lehnte sich über die Pfanne, die auf einem Topfständer in der Tischmitte stand.

Sie wandte sich dem Stopfar zu, löffelte das geröstete Maismehl in ihre Milchtasse, während sie beobachtete, wie die goldenen Butteraugen aus dem knusprigen Brei heraufstiegen. Nachdem sie drei in Milch eingeweichte Löffel gegessen hatte, schaute sie auf zu ihrer Schwester.

«Ich muss zurück», sagte sie. «Ich will zurück.»

«Man könnte meinen, du hättest dort droben einen Schatz versteckt», zog Angelika sie auf, «statt ein paar Stück zottigem, halb wildem Vieh.»

«Sie ist selber halb wild», meinte Hans.

Angelika gluckste zu ihm hinüber.

«Er hat Recht», sagte Johanna zu ihrer Schwester und lehnte sich wieder über ihre Tasse. «Schimpf deinen Mann nicht dafür, dass er die Wahrheit sagt.»

Johanna arbeitete bis nach dem Mittagessen. Am frühen Nachmittag brach sie auf. Sie ritt nicht auf dem direkten Weg durchs Dorf, sondern durch den Wald, durch Buchen und Eichen, Weißdorne und Eschen, die die niedereren Hänge der Betenden Hände bedeckten. Nero setzte seine

Hufe vorsichtig auf dem unsicheren Weg auf, der steil und rutschig hinanführte. Seine Flanken hoben und senkten sich schwer. Sie erreichten den Weg, der über die erste Baumgrenze hinaus führte und stiegen weiter auf die Gebirgskämme zu, in denen sich das Gewitter niedergelassen hatte und eine Wolkenschicht nach der anderen anzog: dunkle Kopftücher über knochigen Schultern.

Einmal hielt Johanna an, um aufs Dorf hinunterzuschauen, und sah, dass es verschwunden war. Sie war allein in einer Welt, die ihr plötzlich unbekannt und schemenhaft erschien. Der warme Regen sickerte durch die gefilzte Wolle ihres Umhangs und ihrer Mütze.

Am späten Nachmittag erklomm Nero den letzten Höhenzug. Johanna fühlte sich, als ob er sie direkt im Himmel abliefere: Die Felsen und Steilhänge, die die Weide einrahmten, schwebten über niedrigen Wolken, einer Schicht weich gesponnenen Dunstes. An manchen Stellen bildete der Nebel eine undurchdringliche Wand, die das Licht als graue und weiße Perlen reflektierte. Immer wieder bewegten sich diese Nebelwände träge und gaben den Blick auf einen kleinen Schatz frei: eine hohe Felssäule, tiefe Rinnen und kleine Schluchten, die sich wanden wie knorrige Finger; der Kuhstall, dessen verwitterte Schindeln nass glänzten.

Die Nebelwand schloss sich wieder; Johanna beobachtete, wie das Gebäude verschwand. Bewegungslos wartete sie, bis es wieder auftauchte. Eine kleine Gruppe von Bergkiefern. Die Stalltür. Das Aborthäuschen. Der Wassertrog und die Pumpe. Ein plötzlicher Sonnenstrahl, unerwartet und schmerzhaft hell, tanzte einen Augenblick wild auf dem Blech der Kamineinfassung. Dann war alles wieder verschwunden.

Nero tastete sich vorwärts. Der Nebel dämpfte jedes Geräusch, verzerrte das Echo. Zuerst schien das Vieh weit in der Ferne zu grasen, dann war es verschwunden, dann erschien es direkt vor Nero. Johanna zog die Zügel, erwartete, dass er auf einen überraschten Jährling prallen würde. Als er an der Stalltür zum Stehen kam, sah sie, dass alle Tiere Schutz gesucht hatten. Gelangweilt schauten sie auf und ließen sich in ihrem Wiederkäuen auch dann nicht stören, als Johanna anfing, jene Arbeiten zu verrichten, auf die sie für ihr Überleben angewiesen war.

Johanna zögerte an der Tür zu den Wohnräumen. Sie stellte sich die leeren Räume vor, die Brosamen auf dem Tisch, den erkalteten Herd. Deutlich sah sie das in ihrer Vorstellung. Als sie die Tür öffnete und Francesco im halbdunklen Raum sitzen sah, dachte sie, sie sähe nur eine weitere Erscheinung des Unwetters, aus Nebel, Licht und seltsamen, halb geahnten Wünschen.

«Ich habe dich gebeten zu gehen», sagte sie heiser.

«Ich habe gelogen», sagte Francesco und stand von seinem Stuhl auf.

Johanna bewegte sich nicht.

«Ich will mehr als nur deine Gesellschaft. Ich will alles über dich wissen. Aber ich hatte Angst, ich würde dich verscheuchen, und ich war ungeschickt. Verzeih mir.»

Sie sagte: «Ich habe keinen Mann und keine Kinder. Ich arbeite um meinen Unterhalt auf dem Hof meines Schwagers. Dieser Ort ist alles, was ich habe.»

«Du hast einen Namen. Bitte, sag mir, wie du heißt.»

«Johanna», sagte sie und errötete. «Ich heiße Johanna.»

«Was für einen Beruf hast du?», fragte sie ihn nach einem Abendessen aus Geißenmilch und mit frischer Butter dick bestrichenen Broten.

Er griff in seinen zerschlissenen Rucksack unter dem

Tisch und zog ein Bündel Papiere heraus. Er breitete das Papier vor ihr aus und strich die Faltlinien glatt.

«Ich bin Kartograph. Das hier ist mein Tagebuch, das ich angefangen habe, als ich die Front verließ.»

Johanna lehnte den Kopf über die Karten. Eine Strähne ihres Haares, weißblond im Lampenlicht, fiel über das Papier.

Er griff danach mit einem Finger; und seine Berührung lief die Länge eines einzelnen Haares hinauf, wie Licht, durch ihre Kopfhaut, die Wirbelsäule hinunter.

Sie steckte das Haar in die Zöpfe, die um ihren Kopf gewunden waren.

«Du wirst rot wie ein Schulmädchen», sagte er leise.

«Ich bin siebenunddreißig Jahre alt.» Johanna lächelte. «Kaum mehr ein Mädchen.»

«Da bin ich nicht so sicher.»

«Erklär mir deine Karten», sagte sie; ihre Stimme zitterte.

«Dies sind die Höhenlinien. Steilhänge, Bergrücken, Kämme. Wildwechsel, Forstwege, Wald. Hier, verschiedene Zeichen für jede Art Baum – Weißbuche, Rotbuche, Weißtanne, Fichte, Eiche, Esche, Pappel, Eibe –»

Er zog seinen Stuhl näher an ihren; sie konnte spüren, wie sehr es ihn danach verlangte, ihr diese Blätter zu zeigen, die bedeckt waren mit Beweisen seines Fleißes und seines Könnens.

«Hier habe ich angefangen.» Sein Finger schwebte über Bergspitzen, die in klaren, dünnen Bleistiftstrichen gezeichnet waren. Jede Bergspitze trug einen winzigen, sorgfältig geschriebenen Namen: *Croda Rossa*, *Cristallo*, *P. Tre Croci*, *Col. S. Angelo*. «Das hier ist ziemlich maßstabsgetreu. Ich konnte mich an den Feldkarten orientieren.»

Er zögerte einen Augenblick.

«Da war noch viel Schnee. Es gab kleine Lawinen – hier und hier. Manchmal war ich gezwungen, viel tiefer in die Täler hineinzugehen, nachts sogar in die Dörfer, sonst wäre ich erfroren. Oder verhungert.»

«Haben sie dich gesucht?», fragte Johanna.

Er zuckte mit den Schultern.

«Was hast du gegessen?»

«Ich habe gestohlen. Einmal habe ich in der Dunkelheit gestanden und einen ganzen Strudel verschlungen. Der hat noch gedampft. Ich hatte tagelang Blasen im Mund. Ein andermal habe ich Holz für eine alte, blinde Frau gespaltet. Sie nannte mich Markus. Dachte, ich sei ihr Sohn. Sie gab mir frisches Brot und ließ mich so viel Milch trinken, wie ich wollte.»

Sein Gesicht entspannte sich, während er sich erinnerte. «Milch habe ich am meisten vermisst. Einmal habe ich eine Ziege gestohlen, nur um sie zu melken.»

«Milch ist das Einzige, von dem wir genug haben», sagte Johanna.

«In den Schützengräben haben wir manchmal Kondensmilch getrunken. Die hat nach der Dose geschmeckt.» Francesco rieb sich die Stirn. «Hier, an der Grenze zum Engadin, haben meine Feldkarten aufgehört und ich musste aus dem Gedächtnis arbeiten, mit sehr einfachen Geräten. Was du hier siehst, ist das Österreich meiner eigenen Vorstellung.» Sein Finger glitt auf der Karte aufwärts. «Ich bin nach Westen gegangen, dann nach Norden.»

«Warum bist du nicht im Engadin geblieben?»

«Die Schweizer hätten mich zurückgeschickt.»

«Das tun die? Die schicken Soldaten zurück?»

Francesco ließ seine Augen über ihr Gesicht wandern. «Ihr lebt sehr behütet vor dem Krieg hier», sagte er.

«Die Neuigkeiten erreichen uns hier erst Wochen später,

außer einer ist gefallen –» Sie schwieg einen Augenblick. «Willst du nicht wissen, wie der Krieg steht?»

«Nein», sagte er schnell; er lächelte so grimmig, dass Johanna sich ein wenig zurücklehnte. Sie räusperte sich; Francesco strich sich mit der Hand durch die Haare und erzählte weiter.

«Nach der Silvretta habe ich die Namen der Gipfel nicht mehr gewusst, deshalb habe ich sie selbst getauft, nach meinen Schwestern. Verena, Ariane, Maria, Elena. Hier war ich, als es zum ersten Mal richtig warm wurde. Ich habe den Gipfel Marta genannt, nach meiner jüngsten Schwester. Auf dem Bergrücken gleich unter ihm ist eine Hochalp ...»

«Schadona. Mein Großvater hat einmal einen Anteil an dieser Alp gehabt, aber das ist einige Jahre her.»

«Dort bin ich geblieben, bis die Älpler mit dem Vieh heraufkamen.» Er lächelte sie an. «Und nun bin ich hier. Du treibst dein Vieh nicht auf die Hochalp?»

«Wir konnten uns keinen Anteil leisten», sagte Johanna.

«Da hab ich also Glück gehabt.»

Johanna lehnte sich wieder über die Karte. «Ist Marta die Schwester, bei der deine Tochter ist?»

«Ja. Sie nahm Olivia zu sich, als ich eingezogen wurde.»

«Und deine Frau?»

«Sie ist vor fünf Jahren gestorben. Da war Olivia acht.»

«Das tut mir Leid.»

Er nickte.

«Was hast du getan, als dir die Schwestern ausgegangen sind?»

«Ich taufte die Berge nach Frauen in der Literatur, an die ich mich von der Schule erinnerte: Griselda, Héloïse, Beatrice, Desdemona, Iphigenie.»

Sie berührte mit einem Finger leise die Karte. «Orietta? Laura? Angela? Sind die aus Geschichten?»

Seine dunkelbraunen Augen hatten einen grünen Rand. Er zögerte, dann schüttelte er den Kopf.

«Laura, so hieß eine Frau – Petrarca schrieb Gedichte über sie. Aber Laura, so hieß auch meine Frau. Das sind die Namen der Frauen, die ich geliebt habe.»

Johanna lehnte sich zurück und faltete die Hände in ihrem Schoß. Sie wollte aufstehen und weggehen, denn sie wusste, wenn sie nicht ginge, würde sie vielleicht ihren Kopf zurück in den Lichtkreis über der Karte lehnen. Sie hatte Angst, dass sie in der sorgfältig gezeichneten, präzise detaillierten Welt, die er für sich aus seiner Vergangenheit und Gegenwart geschaffen hatte, keinen Platz für einen weiteren Namen finden würde. All diese Gedanken zeigten sich in ihrem Gesicht; sie spürte es und konnte sehen, wie Francesco sie in sich aufnahm. Das machte alles noch schmerzhafter – und gleichzeitig leichter, weil er sie ruhig anblickte dabei, ohne ein Anzeichen von Mitleid oder Verachtung.

«Jetzt weiß ich, dass du Italiener bist», sagte sie und versuchte ein Lächeln, das ihr aber misslang. «Kein Österreicher würde auf so etwas kommen. Oder er würde es nicht zugeben.»

«Jedem Soldaten kommen solche Gedanken. Besonders an der Front.»

Er war sehr nahe. Sie roch ihn: die schwache Süße vor langer Zeit gerauchten Tabaks, die Schärfe gelber Seife und eine Spur Schweiß, der sich in groben Stoff und Stiefelleder eingegraben hatte.

Johanna sagte: «Ich muss nach dem Vieh schauen.»

Diesmal wusste er, dass sie zurückkommen würde. Er hatte es gemerkt an der entschlossenen Haltung ihres Kinns, als sie durch die kleine Tür in den Stall gegangen war.

Francesco dachte wieder daran, die Hütte zu verlassen.

Er war entzückt, tief erregt; und er hatte Angst. Er stellte sich ihre Haare über ein Kissen ausgebreitet vor, ein seidig-goldenes Netz. Sie würde ihn wiegen, bis er sich selbst vergäße, bis er vergäße, wie man flüchtet und überlebt – dann erst würde er sich erinnern, warum er hatte leben wollen.

Er sah seine von harter Hornhaut überzogenen Hände an und fragte sich, wie er die Zärtlichkeit finden sollte, die diese Frau von ihm erwartete, die Sanftheit und die warmen Worte, die sie verdiente. Er hatte diese Dinge einmal gekannt, dann jedoch im Schützengraben zurückgelassen: Sie waren zu schwer gewesen, um sie auf der Flucht durch fremde Gebirge mitzunehmen.

Als sie wieder zurückkehrte, war der Raum nur vom Feuer erhellt, dessen Flackern durch einen Herdspalt schien.

Sie hängte ihren Umhang an die Wand neben seinen Soldatenmantel. Als sie sich dazu in der Lage fühlte, wandte sie sich zu ihm um. Als sie auf ihn zuging, befürchtete sie, trotz ihres Stockes das Gleichgewicht zu verlieren.

Er saß auf dem Rand des breiten Sofas. Den Munitionsgürtel hatte er abgelegt, doch sein Hemd war noch bis zum Kragen zugeknöpft. Dass er so versuchte, noch eine gewisse Form zu bewahren, rührte und ängstigte sie zugleich. Johanna stand vor ihm, die Finger ihrer rechten Hand in ihrem Rock.

«Das Unwetter ist schlimmer geworden», sagte sie leise.

Licht und Schatten spielten in Francescos Gesicht, das feierlich war und doch entspannt. Er legte eine Hand an ihre Hüfte, sanft und zögernd. Sie fühlte seine Wärme durch die Stoffschichten auf dem verdickten, zu kurzen Knochen; sie legte ihre Hand auf seine. Er zog sie neben sich; eine Weile saßen sie nur da und hörten das gedämpfte Klirren der Glocken der Tiere, die sich für die Nacht niederließen, das Zischen des Feuers, das unregelmäßige Flüstern des Regens und des Windes.

Johanna dachte, ihr Herz müsse aufhören zu schlagen, doch es schlug weiter. Sie fühlte es deutlich an ihren Schläfen, in ihrer weichen Armbeuge und in ihrem Bauch. Jetzt kann ich noch aufhören, sagte sie sich, doch sie wusste, dass das nicht zutraf: Sie wollte nicht weggehen.

«Wenn ich ein jüngerer Mann wäre, würde ich dir sagen, dass dein Haar mich an das Gold und Weiß frischer Daunen erinnert. Ich würde dich Paparella nennen. Entchen.»

Johanna atmete tief ein. «Wenn ich jünger wäre, würde ich denken, dass du dich über mein Hinken lustig machst.»

Francescos Hand legte sich um ihr Handgelenk. «Dann werde ich dich eben *Fragolina* nennen. Erdbeerchen. Weil du so schnell rot wirst.»

Sie schüttelte schwach den Kopf und öffnete den Mund ein wenig.

Dann sagte er: «Sag mir, was du mehr willst als alles andere auf der Welt.»

Johanna lächelte überrascht. «Ich wünschte, ich könnte das ganze Jahr über hier wohnen. Wenn der Schnee mich nicht vertreiben würde, täte ich es. Ich würde es schon irgendwie schaffen.»

«Das ist alles?», fragte er, gerührt davon, wie einfach und wie unmöglich ihr Wunsch war.

Sie runzelte die Stirn und presste die Lippen aufeinander. Zuerst dachte er, sie wäre wütend, doch dann verstand er, was wirklich in ihr vorging: noch nie hatte jemand ihre Fähigkeit zu Mitgefühl und Zärtlichkeit erkannt; nun lag sie offen vor ihm. Leicht lehnte er seine Stirn an ihre Schläfe.

«Ich will dir etwas sagen.»

Sie wartete.

«Johanna. Ich habe genauso viel Angst wie du.»

Drei Tage später, nachdem das Unwetter abgezogen war und Johanna wusste, dass das Gras nun trocken genug war zum Mähen, ritt sie den Berg hinunter. Sie saß aufrecht im Sattel und spürte, wie sie es nie zuvor getan hatte, das rhythmische Wiegen und das Scheuern des abgenutzten Leders. Sie wusste, dass sie jetzt anders roch – ihre Kleidung, ihr Haar, ihre Haut.

Angelika hatte Ausschau gehalten; sie wartete auf dem kleinen Anstieg zum Hof. Sie stand da, ihre Hand auf der Brust, die Lippen aufeinander gepresst.

«Er ist weg», sagte sie, bevor Johanna absteigen konnte.

«Hans?»

«Sie haben gesagt, er sei wieder gesund genug. Gestern ist er gegangen. Er wollte vorher noch heraufkommen und mit dir reden ...»

Johanna erschrak, doch Angelika bemerkte es nicht und sprach weiter. «Aber dann hatte er keine Zeit mehr.» Ihr Gesicht zitterte, als könne es so die Tränen zurückhalten.

«Ich mache mit dem Heu weiter», sagte Johanna schließlich. Sie fühlte eine seltsame Ernüchterung.

«Wirst du heute Nacht hier bleiben?», fragte Angelika und griff nach Johannas Rock.

Im Strudel ihrer eigenen Wut und Sorge sah Angelika nicht, dass genau dieselben Gefühle im Gesicht ihrer Schwester standen. Sie sah nicht, dass Johanna erfüllt war von einem neuen Mitgefühl; sie bemerkte nicht, dass ihre Schwester sie mit anderen Augen ansah.

«Ja», sagte Johanna. «Ich bleibe über Nacht. Aber morgen, wenn das Heu drin ist, muss ich wieder hinauf.»

Angelika wischte sich das Gesicht mit dem Schürzenzipfel. «Die Nächte sind besonders schlimm», sagte sie. «Wenn du wenigstens die Nächte über bleibst.»

Am nächsten Nachmittag kam Angelika und schaute ihrer Schwester beim Packen zu. Plötzlich sagte sie: «Warum hast du den Wagenschmied letztes Jahr abgewiesen, als der dir seinen Antrag gemacht hat?»

Johanna schaute überrascht auf. «Warum fängst du davon wieder an?»

«Ich möchte es wissen.»

«Warum hätte ich ihn annehmen sollen? Er wollte doch gar nicht mich, er hat nur dringend jemanden gebraucht.»

«Du hättest ein eigenes Zuhause gehabt.» Dann merkte sie, wie das klingen musste, und hielt sich eine Hand vor den Mund.

Aber Johanna lachte nur. «Und ich müsste den ganzen Tag in einem Laden stehen. Da bin ich lieber eine Magd», sagte sie, doch ihr Gesichtsausdruck war hart.

Angelika hob ihren Kopf. «Du bist ungerecht.»

«Vielleicht.»

«Vielleicht hättest du den Wagenschmied nehmen sollen», sagte Angelika scharf, getrieben von Schmerz und Wut. «Du hättest vielleicht ein eigenes Kind haben können. Ein Kind wäre es vielleicht wert gewesen, die Hornalp aufzugeben.»

Johanna erwiderte nichts und errötete.

Angelika war bestürzt, dass sie zu solcher Grausamkeit fähig war. Dennoch sprach sie ihren nächsten Gedanken aus.

«Du hast das Richtige getan.»

«Wie meinst du das?»

«Man kann nicht vermissen, was man nie gehabt hat. Man kann nicht verlieren, was man nie besessen hat.»

Johannas Gesicht zitterte voller Verachtung.

«Du hast noch nichts verloren», sagte sie. «Du kennst die Bedeutung von diesem Wort überhaupt nicht.»

Johanna fand Francesco im Stadel, wo er auf dem Melkschemel hockte und die Muttergeiß zwischen seinen Knien festhielt. Das Kitz stand daneben und blökte verwirrt. Johanna scheuchte es zurück auf die Weide; dann lehnte sie sich mit verschränkten Armen gegen den Türrahmen, legte den Kopf auf die Seite und sah zu. Sie zwang sich, ruhiger zu atmen, versuchte so, ihr Herz langsamer schlagen zu lassen.

«Meine Großmutter hatte Ziegen», sagte Francesco über die Schulter. «Ich konnte nie genug kriegen von ihrem Ziegenkäs.» Er stand auf.

Als er so nahe gekommen war, dass sie seinen Atem auf ihrer Haut spüren konnte, hielt Francesco ihr den Rand des Milcheimers an die Lippen, und sie trank. Sie hustete ein wenig; Milch rann ihr vom Mundwinkel. Mit seiner Handfläche wischte er sie ab.

«Du bist lange weg gewesen», sagte er und stellte den Eimer ab. «Ich habe mir Sorgen gemacht. Ich habe mir überlegt, ob ich nach dir suchen soll.»

«Du hättest nach dem Weg fragen müssen.»

Francesco neigte den Kopf zur Seite und zog eine Augenbraue hoch. «Ich finde in der Regel, was ich suche. Vielleicht habe ich auch schon nach dir gesucht.»

«Das würdest du nicht tun. Man könnte dich sehen», sagte sie.

«Ich könnte sagen, ich sei dein entfernter Vetter vom Antholzertal.»

Johanna schnaubte. «Die Frauen im Dorf kennen meinen Stammbaum besser als ich.»

«Dann eben ein ehemaliger Liebhaber.» Als sie errötete, lachte er und lehnte sich näher zu ihr. «Warum hast du dein Haar wieder hochgesteckt?»

Sie berührte die Zöpfe, die mit Nadeln fest an ihren Kopf

gesteckt waren. «Weil ich auffallen würde, wenn ich es nicht täte.»

«Da hast du Recht», sagte er, zog die Haarnadeln aus ihren Zöpfen und ließ sie klimpernd zu Boden fallen. «Aber was für ein Jammer, dieses Haar zu verstecken.»

Seine Finger spielten in ihren Zöpfen, die ihr nun über die Schultern fielen; Johanna ergriff seine Hand und legte sie sich unten an der Taille auf den Rücken.

«Mein Schwager ist zurück an die Front», sagte sie.

Francesco hielt inne. Ein Schatten glitt über sein Gesicht. Angst, dachte Johanna; dann verbesserte sie sich: Mitleid.

«Ich kann nicht lange bleiben», sagte sie ihm.

«Bis zum Morgen?»

Sie senkte den Kopf, drückte ihre Lippen fest zusammen.

«Bis zum Morgen?», fragte er noch einmal, hob ihr Kinn.

«Ich kann nicht über Nacht bleiben.»

«Ich habe Angst allein», sagte er verspielt.

Johanna lachte. «Du willst mich necken. Aber genau das hat auch meine Schwester gesagt, und die meinte es ernst.»

«Ich meine es auch ernst. Überleg doch: Wenn du hinuntergehst zu deiner Schwester, dann schlafen wir alle drei allein. Wenn du hier bleibst, dann schläft nur sie allein.»

«Ich darf nicht nur an mich denken», flüsterte sie, als sie sich von ihm schon in die Tiefen eines Kusses gezogen fühlte, der so weich war, dass sie wusste, sie war in Gefahr, darin zu ertrinken. Seine Umarmung war so fest, dass sie sich fragte, wie ein menschlicher Körper so fest sein konnte, seine Muskeln so schieferhart, dass es die Venen an die Oberfläche trieb und sie direkt unter der Haut pulsierten.

Das Fühlen seiner Kraft und das Wissen, dass sie ihn jetzt gleich haben konnte oder ihm Einhalt gebieten, machten sie trunken und erfüllten sie mit tiefer Zufriedenheit.

«Bleib», murmelte er. Seine Lippen schwebten über den ihren, und seine Hand glitt unter ihre Bluse. Ihre Haut zitterte unter seiner Berührung. Seine andere Hand legte sich auf ihre bloße Schulter, der Daumen ruhte in der Senke am Ansatz ihres Halses.

«Ich bleibe», stimmte sie zu, gefesselt in seinem Kuss. Verwirrt und überrascht stellte sie fest, wie leicht ihr die Entscheidung fiel. Wie leicht es war, alle Gedanken an ihre Schwester beiseite zu schieben, die alleine schlafen würde, während ihre Jugend langsam entschwand. Wie leicht es ihr fiel, nur an sich selbst zu denken, dieses eine Mal.

Beim Morgengrauen wollte er sie nicht gehen lassen; als sie versuchte, die Tür zu öffnen, beugte er sich über sie und hielt die Tür zu, eine Hand gegen den Türrahmen gestemmt.

«Wann kommst du zurück?»

Johanna trat von einem Bein aufs andere, schaute ihm ins Gesicht und lehnte den Rücken gegen die Tür.

«Sobald ich kann. Wirst du warten?»

«Solange ich kann», sagte er.

Ihr Gesicht zuckte zusammen. Zum ersten Mal war ausgesprochen, was unweigerlich geschehen würde.

Sie duckte sich unter seinem Arm hindurch und ging zur anderen Seite des Raumes. Sie sah auf die Gegenstände, die er auf dem Tisch ausgebreitet hatte: Kompass, Zirkel und Bleistifte, Kerzenstummel, Taschenmesser und Wetzstein, Rasierbürste, Seife und Rasiermesser. Direkt unter der Lampe lag eine Karte. Johanna beugte sich über sie.

Plötzlich wandte sie sich um zu ihm. Ihr Gesicht war blass.

«Du bist weiter das Tal hinaufgegangen. Die Nordwand der Betenden Hände – die sieht man nicht von hier. Das Grenathorn und den Kälbelesee auch nicht.»

Er nahm ihr das Papier aus der Hand und ließ es auf den Boden fallen. «Ich habe mich nur umgesehen», sagte er.

Johanna stand da mit herunterhängenden Armen und starrte auf das Papierquadrat.

«Ich hätte dir Karten mitbringen sollen.»

Francesco wog seine Antwort ab. «Ja», sagte er schließlich. «Karten wären mir eine Hilfe.»

Ihr Gesicht verzerrte sich vor Sorge. «Du fühlst dich hier nicht sicher.»

«Frag mich lieber, ob ich glücklich bin hier bei dir.»

Johanna zitterte ein wenig, als er seine Arme um sie legte.

Mit seiner Stirn an ihrer Schläfe sagte er: «Ich bin glücklich hier bei dir.»

Sie versuchte, sich von ihm zu lösen, doch er ließ sie nicht los.

«Johanna», flüsterte er. «Ich werde noch eine ganze Weile hier bleiben.» Dann mit heiserer Stimme: «Ich habe noch lange nicht genug von deinem Erröten.» Er war erleichtert, dass sie sein Gesicht nicht sehen konnte; zum ersten Mal war ihm kein Lächeln gelungen.

«Versprich mir etwas.»

«Ich will's versuchen.»

«Geh, während ich weg bin. Sag mir nichts im Voraus. Kannst du mir das versprechen?»

Nach einer Weile nickte Francesco.

Wenn Johanna zu Hause war, ging Angelika schweigend ihrer Arbeit nach. Seit Hans vor einigen Wochen gegangen war, hatte sie es aufgegeben, ihre Schwester überreden zu wollen, mehr Nächte auf dem Hof zu verbringen. Doch sie murmelte vor sich hin, während Johanna Vorräte zusammenpackte und Mikatrin einen Abschiedskuss gab. Johanna ertrug all dies mit einer Ausgeglichenheit, die den Abstand zwischen ihr und Angelika nur noch vergrößerte.

Auf ihrem Weg ins Tal, weg von Francesco, konnte Johanna zuweilen an andere Dinge denken, an ihr wirkliches Leben, und sie fragte sich, ob sie dieses Gefühl der Fremdheit zwischen sich und ihrer Schwester je würde überwinden können. Sie überlegte, ob sie Angelika die Wahrheit sagen sollte, und versuchte, sich eine Schwester vorzustellen, die sie nicht um diese paar Wochen eines Gefühls beneiden würde, das sie selbst kannte und schätzte. Doch Johanna konnte sich nichts anderes vorstellen als Vorwürfe und Ekel in den Augen ihrer Schwester.

Dann, acht Wochen nachdem der Sturm Francesco zu ihr gebracht hatte, wurde Johanna klar, dass der Tag kommen würde, an dem sie alles gestehen müsste. Wenn der erste Schnee sie von der Hornalp zwingen würde und er weggegangen wäre, würden die Folgen ihrer Zeit mit ihm langsam zutage treten. Zunächst erfüllte sie dieser Gedanke mit Schrecken, und dann, langsam, mit Freude und Stolz.

Am frühen Nachmittag schlief Johanna. Wie ein kleines Kind hatte sie sich an Francesco geschmiegt; auf dem Bett spielte das Sonnenlicht. Jemand kam die letzte Anhöhe herauf und rief ihren Namen.

Francesco war sofort wach und aus dem Bett. Bevor Johanna ganz begriff, was sie gehört hatte, hatte er sein Gewehr und seine Stiefel ergriffen.

Er zog Johanna mit einer Hand auf die Beine, glättete ihr wirres Haar und schob sie aus der Schlafkammer zur Tür.

Die Anspannung in seinen Kiefermuskeln, die so plötzlich zurückgekehrt war, rüttelte sie vollends wach. Sie roch Francescos Angst, und ihr Mund füllte sich mit bitterem Speichel, den sie nicht hinunterschlucken konnte.

Sie dachte an die Hochweide, wo sie den Morgen verbracht hatten. Sie erinnerte sich, wie er im Eiswasser des Baches gestanden hatte, die Hosenbeine hinaufgerollt bis zu den Waden. Sie erinnerte sich, wie er gelacht hatte, als sie ihre Mundwinkel nach unten gezogen und sich geweigert hatte, zu ihm zu kommen. Sie erinnerte sich, wie er sie an den Oberarmen fasste und sie ins Wasser stellte, das so kalt war, dass die Blau- und Grüntöne der Berge vor ihren Augen zu leuchten begannen.

Bei dem Gedanken, dass jemand hier eindringen und alles verändern sollte, einfach indem er ihren Namen rief, stieg Wut in ihr auf. Das Blut rauschte ihr in den Ohren, als sie zur Tür ging, um zu öffnen.

Der Bengater Alois kam auf sie zu und schwenkte seinen Hut zum Gruß; bevor sie hinaustreten und ihn begrüßen konnte, war er unter dem Vordach.

Sie wagte es nicht, die Tür zuzumachen, dies wäre zu grob gewesen, als dass er es nicht bemerkt hätte.

Francesco stand im Schatten, seinen Rücken an die Wand gedrückt. Johanna glaubte, seinen Atem hören zu können.

«Grüß dich Gott, Johanna», sagte Alois, und sein Lächeln erstarb ihm auf dem Gesicht.

Alois wusste nicht, was er von dem Anblick einer erwachsenen Frau, die mitten am Tag mit frei fliegendem und ungekämmtem Haar vor ihm stand, halten sollte. Schlimmer noch, ihre Bluse war am Hals offen, sie trug keine Schürze, und die dünnen Falten ihrer Juppe waren so zerknittert, dass sie nicht mehr geglättet werden konnten. Und ihre Gesichtsfarbe. Ihre Farbe ließ Alois an seine Isabella denken, als sie in der Hochzeitsnacht zum ersten Mal zu ihm ins Bett gekommen war. Dieses Bild, so unvorbereitet, erschreckte ihn mit zärtlicher Macht.

Johanna nickte ihm zu, kämpfte um klare Gedanken.

«Grüß dich, Alois.» Sie schaute über seine Schultern. «Was für eine Überraschung, dich hier heroben zu sehen.»

Beim Ton ihrer Stimme zog er eine Augenbraue in die Stirn; und Johanna, beschämt von sich selbst, stellte sich ein wenig aufrechter.

«Schön, dass du einen Besuch machst», murmelte sie.

«Ja», sagte er und rieb einen gespreizten Daumen über den Nasenrücken. «Bin schon lange nicht mehr hier heroben gewesen.» Er schaute hinauf zu den Drei Schwestern, die sich um die schmale Weide und das dort grasende Vieh drängten.

«Die Jährlinge sind recht munter. Hast du vor, sie bald auf den Markt zu bringen?»

Johanna lächelte. «Entweder das oder zum Metzger», sagte sie und ließ sich in den leichten Rhythmus dieses altbekannten Gesprächs fallen, wusste, was von ihr erwartet wurde. «Ich könnte sie nicht über den Winter im Futter halten. Bist du interessiert?»

«Könnt schon sein», sagte er langsam. «Warum lädst du einen alten Mann nicht ein ins Haus und bietest ihm etwas zu trinken an? Dann werden wir schon sehen, ob wir handelseinig werden.» Er schielte mit einem halben Grinsen hinauf zu ihr, seinen Kopf zur Seite geneigt. «Oder vielleicht hast du da bei dir drin jemanden versteckt?»

Plötzlich waren Johannas Gedanken so kalt und klar wie der Bach, durch den sie morgens mit Francesco gewatet war. Ihre Gedanken eilten genauso sicher und schnell davon und den Abhang der Zweiten Schwester hinunter und dann weiter nach Süden. Sie fegten über die Dolomiten, wo er gekämpft und wo er entschieden hatte, mit dem Kämpfen aufzuhören, flogen über gelbe und weiße Kalksteinwände und Säulen vor einem blauen Himmel des Südens, der blutbefleckt war und das Echo von Artilleriefeuer und von Schreien der Sterbenden zurückwarf. Ihre Gedanken folgten den Wassern der Etsch und weiter bis Verona. Dort machten sie Halt an einem kleinen Haus, wo ein junges Mädchen im Sonnenlicht eines späten Augusttages auf einer Terrasse aus roten Steinen saß und sich fragte, wo ihr Vater sei, ob er wirklich, wie die Tanten es offensichtlich vermuteten, tot wäre oder ob er eines Tages heimkommen würde.

Das Grinsen verschwand aus Alois' Gesicht. Seine Augen flackerten auf, einmal, zweimal. Und ohne sich umzudrehen, wusste Johanna, dass Francesco hinter ihr in die offene Tür getreten war.

Sie streckte ihr Kinn vor, ihr Mund war hart und blass. «Darf ich vorstellen», sagte Johanna. «Mein Vetter aus dem Antholzertal. Franz.»

«Francesco habe ich lieber», murmelte er, während er einen Schritt nach vorn trat und seine Hand bot.

Alois' Blicke wanderten zwischen beiden hin und her; er schien im Kopf etwas auszurechnen. Dann reckte er seine Schultern und nickte. Er schüttelte Francescos Hand.

«Dann musst du mit dem Sennhans Stantes Dokus, der vor vielen Jahren dorthin gezogen ist, verwandt sein. Der hat mit Käse gehandelt.» Doch dies war keine Frage; er wandte sich ab, bevor Francesco sich zu einer Antwort oder einer Reaktion verpflichtet fühlen konnte.

«Ich setz mich gern mit dir und deinem Vetter eine Weile zusammen.» Er machte es sich auf der Treppe bequem und räusperte sich. «Fast hätte ich vergessen, warum ich den Weg hier herauf überhaupt gemacht habe. Ich bin halt ein vergesslicher alter Mann. Meine Bella sagt das immer wieder.»

Alois schwieg einen Moment und schaute das Tal hinauf.

«So einen Sommer – süßes Gras und heißes Wetter – haben wir gehabt, wo dann der Krieg gegen die Preußen gekommen ist. Ich weiß noch, wie ich das Heu gewendet und dabei auf meinen Bruder Bartel geflucht hab, weil der Hof mich nicht hat entbehren können, er aber hat aufbrechen und gegen die Preußen kämpfen dürfen. Hast du gewusst, dass das ganze Regiment in Ackenau einquartiert war, bevor es gen Königgrätz ging?»

Johanna schüttelte den Kopf, denn sie konnte nicht reden. Alois schien dies nicht zu bemerken.

«Und der Bartel ist die Straße hinuntermarschiert zusammen mit dem Kolobaner Kaspars Kaspar und Hickars Tonile, und sie haben gelacht, wo sie gegangen sind, und die Sonne hat so hell geschienen, dass man die Nadeln an den Bäumen hat zählen können, und ich habe gedacht, das sei das Ende der Welt, dass ich nicht mit ihnen in den Krieg ziehen kann. Einundzwanzig Jahre alt, und ich hab gedacht, mein Leben sei vorbei.»

Er schaute zu Francesco auf. «So ein Bub war ich damals, anno 66.»

Francesco verzog das Gesicht ein wenig; ein Wangenmuskel flatterte. Seine Augen strahlten überhell; Johanna dachte einen bangen Augenblick lang, dass er weinen würde. Stattdessen lächelte er unbeholfen und dankbar, und sie verstand, dass zwischen dem alten Mann und Francesco etwas ausgetauscht worden war, was sie nicht bemerkt hatte, was sie nicht hatte bemerken sollen und worüber sie keine Fragen stellen durfte.

Alois räusperte sich noch einmal. «Johanna, es tut mir Leid, dass ich mich immer wieder verheddere. Ich bin heraufgekommen, dich zu holen.»

Er hob die Hand, als hätte sie versucht, ihn zu unterbrechen.

«Es ist wegen der Angelika. Irgendeine Frauensache, nichts, weshalb man den Pfarrer holen müsste, aber sie kommt mit dem Melken nicht mehr nach, und ich kann nicht zweimal am Tag ganz bis hinaus auf Ellenbogen und ihr helfen.»

Die Nachmittagshitze lag plötzlich schwer auf Johanna; sie wiegte sich auf den Fersen vor und zurück, lehnte sich zurück an Francesco. Dann, mit enormer Anstrengung, zwang sie sich dazu, sich zu konzentrieren.

«Das ist lieb von dir, und ich dank dir für die Mühe.»

«Ich wünscht, ich könnt mehr helfen. Du hast dieses Jahr arg viel Arbeit auf dich nehmen müssen. Auch alles recht gemacht. Dein Vater wär stolz gewesen auf dich ...»

Überrascht begann Johanna eine Antwort zu stottern, doch er redete weiter.

«Nein, so ist's. Eine gute Bäuerin verdient ab und zu auch ein Lob», sagte er.

Dann schwieg er und ließ sie einen Augenblick mit diesen Worten allein: *eine gute Bäuerin*.

Später, als Alois sich wieder auf den Weg gemacht hatte, nahm Francesco dessen Platz auf der Treppe ein, saß ruhig dort und schaute hinaus über das kleine Tal. Johanna stand neben ihm, und er schlang einen Arm um ihre Beine und legte seinen Kopf an ihren Schenkel.

Nach einer Weile zog er sie neben sich auf die Treppe. Dann glättete er mit Fingern, die plötzlich langsam und ungeschickt geworden waren, ihre Haare und flocht sie zu Zöpfen.

Angelika und Mikatrin lagen aneinander gedrängt im Bett, Mikatrin hatte ihr verweintes Gesicht ins Kissen ihres Vaters vergraben. Das Kind sprang auf, als es seine Tante sah, und warf sich Johanna in die Arme.

«Ich bin froh, dass du da bist», sagte Angelika ruhig, als sei Johanna an einem Sonntagnachmittag zum Tee gekommen.

«Was ist los?», fragte Johanna mit rauer Stimme. Mikatrin hatte den Schluckauf, und Johanna versuchte, so gut sie konnte, sie zu beruhigen.

«Ich habe letzte Nacht angefangen zu bluten», sagte Angelika. «Ich bin bis hinüber auf Bengat gekommen heute Morgen, um nach Hilfe zu fragen, aber dann hab ich nicht zurückkönnen wegen des Schwindels.»

Johanna ließ sich auf die Bettkante sinken, und Mikatrin kletterte von ihrem Schoß aufs Bett zwischen ihre Mutter und ihre Tante.

«Brauchst du Hilfe? Einen Doktor?»

Angelika verzog kurz das Gesicht, schüttelte aber den Kopf. «Das Schlimmste scheint vorbei.» Und dann lächelte sie hinauf zu Johanna, ein schwaches, dünnes Lächeln, das tief traf. «Nur gut, dass ich Hans noch nichts von diesem Kind gesagt habe.»

In der Stille, die sich zwischen ihnen ausbreitete, richtete Johanna ihre Aufmerksamkeit auf das Fenster gegenüber vom Bett. Gewitterwolken ballten sich im Norden gelb und grau und in einem schrecklichen, blutergussfarbenen Pflaumenblau zusammen; sie beobachtete den eben aufpeitschenden Sturm, der Regenschleier hinter sich herzog. Das Unwetter bewegte sich weg vom Ellenbogenhof, und das war mehr, als Johanna ertragen konnte: Tränen drängten sich ihr heiß in die Augen, und dann brachen sie still und gewaltig hervor.

Angelika legte ihr eine kalte Hand auf das Handgelenk. «Bitte, nimm's dir nicht so zu Herzen», sagte sie.

Johanna riss sich los. «Sobald's dir wieder so gut geht, dass du einen Tag allein sein kannst, treib ich das Vieh herab.»

«Ich hab gedacht, wir würden alle im Herbst zurückgehen …», fing Angelika an.

«Nein.»

Angelika war plötzlich verstört und schaute voll Sorge auf ihre Schwester. «Aber das müssen wir. Sonst reicht das Heu nicht. Das weißt du.»

«Nein», wiederholte Johanna, ihre Kehle zugeschwemmt mit Tränen.

«Hör zu», sagte Angelika nach einer langen Stille. «Ich weiß, dass du dir Sorgen machst um mich, aber ich komm schon wieder auf. Wir können zurück hinauf aufs Horn. Ich freu mich darauf. Nur wir drei. Es wird wieder so, wie es im Frühling war.»

Johanna verzog das Gesicht. Sie bedeckte ihre Augen mit den Händen.

«Mein Gott», flüsterte Angelika. Und dann: «Bitte.»

Ein leises Wimmern kam von Mikatrin, ein einsamer und ängstlicher Ton; Johanna hob den Kopf und schaute überrascht aufs Kind. Sie streckte ihre Arme aus, und Mikatrin fiel schwach in die Umarmung.

«Du siehst es», sagte Angelika; ihre Stimme zitterte. «Du siehst, wie sehr wir dich brauchen. Wir werden zusammen den Herbst über auf der Hornalp bleiben, und es wird sein, als sei nichts von alldem hier je passiert.»

Johanna nickte und wandte sich ab. Angelikas Liebe und Dankbarkeit hinterließen bei ihr einen bitteren Geschmack.

In der Nacht war Mikatrin unruhig und konnte nicht schlafen.

«Das ist wegen all den Schwierigkeiten», sagte Angelika und lehnte sich gegen die Tür, während sie zuschaute, wie Johanna versuchte, das Kind zu beruhigen. «Sie muss das spüren.»

Johanna wischte Mikatrin die feuchten Haare aus dem Gesicht.

«Vielleicht ein Spaziergang», sagte Angelika und rieb sich

die dunklen Halbmonde unter ihren Augen. «Vielleicht würde ihr etwas frische Nachtluft gut tun.»

Johanna trug das Kind aus dem Haus und begann, in der Dunkelheit den steinigen Weg bergan zu gehen. Mikatrin schlang die Arme um Johannas Nacken und summte ein wenig, während ein leichter Nachtwind aufkam. Johanna wickelte die Decke fester um sie und stützte sich schwerer auf ihren Stock.

Im Mondlicht stiegen die Weiden silbern und grau Richtung Wald, wo zahllose Armeen aus Bäumen still in der Dunkelheit Wache standen. Über ihnen erhoben sich die Bergspitzen in den Nachthimmel. Johanna konnte den Herbst dort in der Luft schweben spüren, in den Skelettfingern der Betenden Hände, an den gewundenen Bergkämmen, wo die Drei Schwestern ihre Köpfe einander zuneigten und miteinander flüsterten. Es würde nicht mehr lange dauern bis zum ersten Schnee, der würde dann alles Grüne und Wachsende fordern und herunterkriechen von den höchsten Stellen, um auch von der Alp Besitz zu ergreifen, hartnäckig und geizig wie ein eifersüchtiger Liebhaber.

Auf einem Felsen an der Seite des Weges setzte sich Johanna, um auszuruhen, und Mikatrin schmiegte sich dankbar in ihren Schoß.

In den Wäldern der Steilwand direkt oberhalb des Hofes hörte sie ein Rascheln. Johanna fuhr zusammen.

Mikatrin hob den Kopf und blinzelte in die Dunkelheit.

«Was hörst du?», fragte Johanna atemlos. «Was siehst du?»

Ohne zu antworten, ließ Mikatrin sich von der Schwere ihres Kopfes wieder zurückziehen in die Wärme und Geborgenheit an Johannas Busen, und sie gab sich dem Schlaf hin.

Isabella
Bengathof, 1917

Es ist das dritte Jahr des Großen Krieges, und sechzehn Männer und Buben, die in diesem Dorf geboren wurden, sind gefallen. Weil ihre sterblichen Überreste auf dem Friedhof nicht beigesetzt wurden, zählt Isabella vom Bengathof die Gefallenen im Kopf mit. Das fällt ihr nicht schwer. Trotz ihrer siebzig Jahre kann Isabella den Namen eines jeden der dreihundertdreiundsechzig Menschen, die in Rosenau beheimatet sind, aufzählen. Sie kann die Eltern, die Paten und die Großeltern aufzählen, mit Vornamen und Familiennamen. Sie könnte einige Geheimnisse verraten, tut es aber nicht. Unter den Plagen des Alters hat Isabella bereits seit einiger Zeit gelitten, doch dieser Krieg macht alles schlimmer. Tag für Tag spürt sie, wie angesichts dieser Belastung ihre Geheimnisse von tief in ihr aufsteigen, sie blass werden lassen, sie austrocknen.

Drei Soldaten sind von den Schlachtfeldern glücklich heimgekehrt, hereingeweht wie Geister, die nur Vergeltung im Sinn haben. Jeden Sonntag, auch heute, stellen sie sich in der Kirche zur Schau. Felleles Jodok hustet während der ganzen Messe; seine Lunge gibt Stück um Stück her wie ein fauliges Käsetuch. Sein Bruder Michel – geboren am selben Tag vor zweiundvierzig Jahren wie ihr eigener Sohn, die beiden waren die Ältesten, die in die Schlacht geschickt wurden – ist so gut wie taub. Äußerlich zeigt er keine Anzeichen einer Verletzung, doch seine zusammengekniffenen Augen zeigen seine Verbitterung. Isabella muss unwillkürlich an Äpfel denken, die von Braunfäule befallen sind. Schuhmachers Manuel kann seinen rechten Arm nicht mehr bewegen. Nach der Messe hört Isabella, wie er zu einem Nachbarn sagt, er sei in der Heimat so nützlich wie die Titten an einer Wildsau. Beim Ton in seiner Stimme, die fröhlich und verzweifelt klingt, erzittert Isabella.

Drei Männer sind noch draußen, einer kämpft in Südtirol, die zwei anderen, und da zählt auch Isabellas Peter dazu, sind in Galizien. Von Peter haben sie seit vier Monaten nichts mehr gehört. Jetzt leben alle im Haushalt – Isabella, Alois, ihre verwitwete Tochter Barbara, dazu Peters Frau und vier Kinder – immer mit einem Ohr zur Straße gerichtet. Sie warten auf den Klang seiner Schritte oder auf die Nachricht, dass er gefallen sei. Diese Belastung, all die Hoffnung, die sie Richtung Straße wenden, scheint die Familie aus dem Gleichgewicht gebracht und in ein haltloses Trudeln gestürzt zu haben. Sie sind die Monde eines fehlenden Planeten.

Um Peters Frau steht es am schlimmsten – Annas Leben ist in Schieflage geraten und sie hat ihre Beherrschung verloren. Sie verrichtet nur selten ihre Arbeiten, isst kaum noch etwas und hat aufgehört, in die Kirche zu gehen. Jetzt, nach der Messe, entschuldigt Isabella ihre Schwiegertochter; doch die Sorge steht ihr deutlich ins Gesicht geschrieben.

Beim Sonntagsessen redet Alois von den neuesten Requisitionsbefehlen vom Kriegsministerium: Das Militär will jetzt alle Wolle, sogar die von Schafen, die noch keine zwei Jahre alt sind. Barbara entfährt ein Schluchzen bei dieser Neuigkeit; Kummer macht sie laut. Doch Isabella nimmt die schlechte Nachricht ohne ein Wort des Widerspruchs auf.

Sie beaufsichtigt ihre Enkel beim Essen, passt auf, dass jeder Löffel der wertvollen Brühe mit Fleischstückchen bis in den Mund gelangt. Alois hat in der Nacht eine Ziege geschlachtet, ohne sie auf dem Amt zu melden. Die Kinder – junge Buben und ein halbwüchsiges Mädchen – brauchen etwas, so sagen sie sich, selbst wenn es auf Kosten ihres Vaters an der Front geht.

Nach dem Essen setzt sich Isabella hinaus in den Schopf. Es ist zu warm für diese Jahreszeit. Ohne einen Blick nach draußen zu werfen, weiß Isabella, dass die Krokusse vorsichtig bereits gesprossen sind, sie weiß auch, dass Anfang März der Winter noch nicht vorbei ist.

Anna sitzt auf der Treppe und hält Peters Gitarre auf dem Schoß. Die anderen machen ihren sonntäglichen Mittagsschlaf, Barbara in ihrer kleinen Dachbodenkammer, Alois ausgestreckt neben dem warmen Kachelofen in der Stube. Isabella ist müde, doch sie setzt sich neben ihre Schwiegertochter. Sie will etwas sagen, etwas Gutes, nichts Verletzendes. Sie fühlt sich erfüllt mit Worten; und trotzdem tanzen ihr die richtigen davon. Eine stumpfe Sense kann man wetzen, denkt Isabella, aber unwillige Worte bleiben ewig stumpf.

Unten, am Ende des Gartens, steht ein Birnbaum, der schon immer ein Lieblingsplatz der Kinder war. Seine niedrigsten Äste bilden am Stamm eine Wiege; Isabella sieht, dass sich ihre Enkelin diesen Ort für ihren Mittagsschlaf ausgesucht hat. Lange Beine in grauen Wollstrümpfen schauen hervor aus den rollenden Wellen von hochgeschlagenen Röcken und Unterröcken. Ihre Haare bilden einen Mahagoniwasserfall, der bis auf ihre Hüften hinunterfließt. Sie schläft halb, den Kopf zurückgelehnt gegen den Stamm, den Hals in einem Winkel geneigt, der Isabella an einen fröhlich mitten im Bach springenden Fisch erinnert.

«Welch ein Anblick», murmelt Anna und überrascht Isabella so sehr, dass sie ein wenig zusammenschrickt. Anna wendet sich ihr zu, bleibt beharrlich: «Meinst du nicht?»

«Klar.» Isabella nickt. «Klar. Ein anmutiges Kind.»

Befriedigt richtet Anna ihre Aufmerksamkeit auf die knorrigen, weißen Finger des Bergmassivs der Betenden Hände.

Isabella räuspert sich. «Mir war's immer unverständlich, dass die Leute so gern von weiblicher Schönheit sprechen –»

«Dir würde so etwas auffallen», unterbricht Anna sie. Isabella nimmt keinen Anstoß daran. Im Laufe der Zeit hat sich die Hausfrauenverletzlichkeit, von der ihre jungen Jahre bestimmt waren, abgenutzt.

«– und wie wenig sie von der Schönheit von Männern reden», beendete Isabella den Satz.

Dies lässt Anna verstummen; sie weiß jetzt, dass es um Peter geht.

«Ja, es ist eine Freude, unsere Olga anzusehen. Aber ich habe noch nie eine Frau so hübsch gefunden wie einen jungen Mann in der vollen Blüte seiner Kraft.» Und Isabella stockt, weil sie nicht aussprechen kann, was sie denkt: *wenn er dem Tod noch kein Gesicht geben kann*.

Ihre Töchter waren gute, heiratsfähige Mädchen gewesen, fügsam, beherzt und voller Arbeitswillen. An den Samstagabenden hatten sie sich um den Waschzuber gedrängt und ihre weißen Schultern, ihre schmalen Rücken, ihre runden Brüste entblößt. Isabella hatte nicht ohne Stolz und mit beträchtlichem Unbehagen bemerkt, dass sie alle sehr begünstigt waren. Dies behielt sie für sich, abergläubisch, um die Unversehrtheit dieser Geschöpfe fürchtend, die auf wundersame Weise ihr eigen Fleisch und Blut waren. Am Tag, als ihre Luise heiratete – Isabella durchlebt diese Erinnerung jetzt noch einmal voller Schmerz –, hatte sie sich vorgenommen, jenes Wort zu sagen, jenes zu oft gebrauchte, doch magische Wort, das in einer Zeitlosigkeit lebt, die zwischen *nicht schön* und *nicht ohne Reize* sich aufspannt. Schließlich hatte sie ihre Hände auf Luises Schultern gelegt, ihr in die Augen geblickt und gesagt: «Schön ist, wer Schönes tut.»

Zu ihrer Schwiegertochter, einer Frau, die schön gewesen war und dies immer noch auf eine lässige und unbewusste Art ausstrahlt, kann Isabella jetzt all die Dinge sagen, die sie ihren eigenen Töchtern, als sie jung waren, nicht sagen konnte. «In Olgas Alter, mit siebzehn, war Peter das schönste Wesen, ob Mensch oder Tier, das Gott je auf Erden geschaffen hat.»

Anna zuckt überrascht zusammen; die Knöpfe ihres Ärmels verfangen sich in den Saiten der Gitarre und spielen, als sie sie befreit, einen schrägen Akkord.

«Ich habe ihn mit sinnlosen Besorgungen ins Dorf geschickt, nur damit ich ihn laufen sehen konnte», erzählt Isabella. «Was für Beine! Als er dich geheiratet hat, war ich am unglücklichsten darüber, dass ich ihn nicht mehr mit Besorgungen ins Dorf schicken konnte.» Isabella lacht ein wenig, verlegen. «Jetzt hab ich dich mit meinen Geheimnissen schockiert.»

«Das ist kein großes Geheimnis», sagt Anna, doch ihre Stimme lebt auf; sie lehnt sich zu Isabella hinüber. «Jeder mit Augen im Kopf kann sehen, was dir dein Bub bedeutet.»

Isabella schluckt schwer. «Da erwartest du von mir, dass ich dir eine Predigt halte über die Pflichten und übers Starksein in einer Zeit des Verlustes, und dann sage ich dir Sachen, die du schon weißt.»

Angst erscheint plötzlich auf Annas Gesicht; sie öffnet den Mund, will gegen den Gedanken von Verlust protestieren, doch die Worte werden ihr durch ein aufgeregtes Rascheln im Birnbaum genommen: Olga rafft ihre Röcke zusammen und springt vom Baum. Jetzt kommt sie auf sie zugelaufen, ihren Blick Richtung Straße gewendet, die von der Anhöhe zum Hof führt. Isabella setzt sich auf, beunruhigt, da Olga zu laufen anfängt, zu rufen, zu zeigen, weil jemand kommt, auf ihren Hof zukommt und Olga gesehen hat, wer es ist. Isabella spürt den Hauch kalter Angst, während sie das Geräusch von Pferdehufen auf dem aufgeweichten Weg vernimmt. Ihr Arm bekommt eine Gänsehaut; sie spürt, wie ihr sich jedes Haar aufstellt, als der Bote, der an diesem Sonntagnachmittag vier kehrenreiche Kilometer den Berg heraufgeritten war, um die Ecke kommt.

Die Gitarre fällt die Treppe hinunter, schlägt krachend auf. Anna erhebt sich. Der Bote steigt aus dem Sattel – die Tasche mit Briefen schlägt dumpf an seinen Schenkel –, und Isabella meint, sein Atmen hören zu können. Anna hält eine Hand an die Kehle gedrückt und die andere auf den Mund, dämpft ein hohes, klagendes Wimmern.

Er greift in die Tasche. Annas Wimmern hängt immer noch in der Luft; die Frauen stehen da, benommen, schauen auf diesen Fremden, der noch nie zuvor an ihre Tür gekommen war. Sie starren auf seinen Arm, den er unter seinem Wollumhang vorstreckt wie eine Klinge, dunkel und lang; und auf seiner Handfläche, blutlos weiß, liegt das Telegramm, die Adresse nach unten. Die Rückseite hat, verstreut wie Pockennarben, Flecken von getrocknetem Regen. So stehen die Frauen zwei, drei, vier Herzschläge lang, und dann schnellt Olga vor, atemlos, und reißt das Telegramm dem Boten aus der Hand. Sie dreht es um: Es hat keinen schwarzen Rand. Sie hält es hoch über ihren Kopf, sodass ihr Großvater und ihre Brüder und ihre Tante, die hinter Isabella und Anna in den Schopf getreten sind, es auch sehen können: *Es hat keinen schwarzen Rand.* Dann, sie atmet immer noch schwer, reicht sie es ihrer Mutter, die sich auf die Treppe setzt und mit blassen, rauen Händen den Umschlag öffnet und liest: dass Peter lebt, dass er ein Bein, einige Finger und ein Auge verloren hat und dass er jetzt wieder so weit bei Kräften ist, dass er nach Hause geholt werden kann.

Als sie mit vierundzwanzig zum ersten Mal schwanger war, hatte sich Isabella einen Sohn gewünscht, dann aber eine Tochter zur Welt gebracht. Sie war ängstlich, hatte keine Erfahrungen mit kleineren Schwestern gehabt und nur ihr eigenes unsicheres Mädchen-Ich als Maßstab. Die Tochter hatte klein und rund und schlicht ausgesehen wie ein Brotlaib am Tag nach dem Backen. Doch Luise und auch Margit, die folgte, schlugen Alois nach: lang und knochig waren sie, mit spindeldürren Fingern und Zehen. Dies beruhigte Isabella. Sie gab den Mädchen all ihre Zärtlichkeit, und mit der Zeit kam sie zu der Überzeugung, dass eine Frau eine Tochter haben muss, damit sie einmal friedlich in ihrem Grab würde ruhen können.

Dann kam Peter auf die Welt, und Isabella verfiel in eine neue Art von Anbetung, spürte, wie eine unerwartete Energie sie umgab, eine Energie, die ihr die Arme zittern und die Finger zucken ließ. Sie erkannte mit etwas Schuldgefühl, doch ohne Reue, dass sie ihr tiefstes Innerstes, ihr Herzblut, zurückgehalten hatte für einen Sohn. Für Peter. Sie brauchte lang, zu lang, bis sie wieder eine Art Gleichgewicht fand, ihr Augenmerk auch wieder auf die Mädchen richtete. Doch selbst dann noch hob sie, wenn niemand sie sah, Peter hoch und sog seinen Geruch auf. Sie tadelte sich selbst dafür, dass sie solch einen Genuss an seinem Geruch haben konnte, während sie ihre Nase über seine Kopfhaut – so rosa und fest und flaumig wie ein Pfirsich, doch süßer – gleiten ließ.

Sie küsste sein kleines Gesicht, grub ihre Nase in die weichen Fältchen zwischen Ohr und Schultern und atmete ein, bis ihr schwindlig wurde. Das tat sie so lange, bis er zu alt war, es mit sich geschehen zu lassen; dann war sie traurig über den Verlust.

Jetzt verbringt Isabella so viel Zeit wie nur möglich am Fenster und schaut Peter zu, der seine Tage damit zubringt, im Schopf zu schnitzen, wo er die Läden weit aufmacht und das Licht hereinlässt. Sie sagt sich, dass er nichts weiß von ihrer Angewohnheit.

Peter sitzt und lässt sich die milde Wintersonne auf die unbedeckte, verwundete Gesichtshälfte scheinen. Wie ein Segen streichelt das Sonnenlicht über die Verletzung, die seine Mutter nicht ansehen kann: es gleitet zärtlich über die Narbenlandschaft, die von seinem Haaransatz die linke Seite seines Gesichtes hinunterkräuselt und dort einen großen Flecken bildet, wo einmal ein wohlgeformtes Ohr, eine klare Kieferlinie, ein weicher Nacken waren. Tief dringt es in den Stoffflecken, der die leere Augenhöhle bedeckt.

Isabella schaut Peter zu, wie er sein gesundes Auge und seine ungeteilte, scharfe Konzentration dem Stück Holz zuwendet, das er gegen seinen rechten Schenkel gedrückt hält. Unter seiner Klinge ist eine Welt lebendig geworden. Eine Blumenwiese dreht und windet sich um den langen, sich verjüngenden Holzstab. Halb versteckt in einem Blütenmeer hebt ein Hirsch den Kopf. Da sind Vögel, Eichhörnchen, Gämsen; er arbeitet gerade an einer kleinen Schar Murmeltiere.

Still schleicht sich sein Jüngster in den Schopf und setzt sich neben den Vater. Peter macht keine Anstalten, ihn davon abzuhalten, doch zieht er sich die Mütze tief herunter über die linke Seite seines Gesichtes. Holzspäne fallen weiterhin wie zerbrechliche Ringellöckchen von der Messerspitze. Isabella hört zu, während Peter und Leo reden. Leo ist sieben und so verliebt in seinen Vater, dass dessen geschundenes Gesicht für ihn überhaupt keine Strafe bedeutet. Sie reden über Murmeltiere: wie sie in den höchsten Regionen wohnen und Gras ernten und es in der Sonne auf Felsen zum Trocknen ausbreiten und wie sie das süße Heu im Bau dann für ihre Nester verwenden. Leo macht das schrille Pfeifen nach, mit dem die Murmeltiere ihre Jungen warnen, und Peter lacht laut auf. Isabella spürt, wie sich in ihr etwas zusammenzieht. Sie tadelt sich selbst für ihre Schwäche, für ihre Eifersucht auf ein siebenjähriges Kind.

Als Peter sein Messer zur Seite legt, wendet Isabella sich schnell ab. Sie will ihrem Sohn nicht zusehen, wie er seine Holzprothese, die jetzt bis hinauf zum Kniescharnier mit Blumen und Reben und Tieren bedeckt ist, in die Hand nimmt und an den Stumpf schnallt.

Es ist vier Wochen her, seit Alois ging, den Sohn nach Hause zu holen. Vom ersten Tag an weigerte sich Peter, invalide zu sein, im Bett zu bleiben, sich pflegen zu lassen. Stattdessen sitzt er, sobald das Wetter es erlaubt, draußen im Schopf und schnitzt sich einen Wald ins Bein.

In diesen vier Wochen hat Isabella jede Nacht von ihrem Sohn geträumt. In ihren Träumen berührt sie ihn, sanft, liebevoll. Trotzdem reißen seine Narben unter ihren Handflächen auf; trocken und kalt geht das Fleisch auseinander, und darunter erscheint Peters bläulich weißer Schädel. Isabella wacht auf, hat vor Angst einen Schluckauf, presst ihre Hände ans Herz, versucht den Wahnsinn, der dort klopft, zu beruhigen.

Jetzt im April hat der Winter sich erneut gezeigt. Sechzig Jahre lang konnte das Wetter Isabella nicht von der Messe fern halten, an keinem Mittwoch und keinem Sonntag, und sie wird es auch heute Morgen nicht geschehen lassen: Es gibt Dinge, um die es zu beten gilt. Der Tag bricht gerade an, als sie sich in ihren dicken, schweren Wintermantel aus gefilzter Wolle wickelt und die Hornknöpfe, die den schmerzenden Fingergelenken eine Qual sind, durch die Knopflöcher zwängt. Ihre Füße rutschen, eingewickelt in noch mehr Wolle, in einem alten Paar von Alois' Stiefeln herum. Dieser Tage sind ihre Füße zu geschwollen für alles, was kleiner wäre.

Zusammen gehen Barbara und Isabella den Berg hinunter ins Dorf. Alle zehn Minuten müssen sie eine Pause machen, damit Isabella verschnaufen kann. Sie klopft mit ungeduldigen Schlägen ihres Gehstockes den Schnee von den Stiefeln, stützt sich dabei auf Barbara. Isabella ist froh, ihre jüngste Tochter bei sich zu haben, wenn sie zur Messe geht. Barbara ist seit siebzehn Jahren Witwe, und diese Last liegt schwer auf ihr. Sie wird nicht wieder heiraten, es gibt keine Männer, die geheiratet werden könnten. Isabella geht zur Messe, damit sie ihre Verluste vor den Herrn bringen kann.

Vor der Messe kaufen sie im Dorf Mehl und Salz und Maismehl. Barbara zählt unter den Augen der Grantigen Marie die wertvollen Münzen auf den Ladentisch. Ihre Lippen bewegen sich still. Die noch wertvolleren Lebensmittelmarken zieht sie aus ihrem Versteck im Mieder.

Viele Frauen stehen im Laden; sie flüstern miteinander. Am Ton ihres Flüsterns erkennt Isabella, dass etwas passiert ist, was die Frauen entsetzt und gleichzeitig auch vergnügt. Sie zieht Barbara mit sich fort, bevor die Stimmen sie noch mit anderen Sorgen beladen können. Während sie ihrer Tochter auf dem Weg hinunter und dann auf den Kirchplatz folgt, denkt sie nach: über den Mangel an Wäsche, Zucker, Schmalz, Tee und über den Überschuss an Sorgen. Isabella richtet ihre Aufmerksamkeit so sehr auf das Eis, das den Weg bedeckt, dass sie Barbara von hinten stößt, weil sie nicht bemerkt hat, dass die stehen geblieben ist. Hier am Rande des Kirchplatzes schaut Isabella auf und sieht, was Barbara anhalten ließ.

Müllers Theres, zwanzig Jahre alt und das zehnte von elf Kindern – schlanker Körper, aber eine gute Arbeiterin –, ist mitten auf dem Platz in den Stock gelegt worden, damit sich das ganze Dorf über sie lustig machen kann. Auf beiden Seiten ihres Kopfes greifen nackte Hände durch grobe Löcher. Ihr Mund hängt offen; sie hechelt in der Sonne wie ein Hund. Ein Bluterguss glänzt an ihrem Kiefer. Ihre Haare sind eine Stroh- und Dreckmatte, die von einer dünnen Schneepuderschicht noch stärker hervorgehoben wird. Um ihren Hals hängt ein Stück Holz, auf das jemand mit roter Farbe ein Wort gekritzelt hat, dessen Spitzen und Winkel so scharf sind, dass Isabella nicht einmal ihre Augen zusammenkneifen muss, um es lesen zu können: *Hure.* Isabella ist so verwirrt von diesem Anblick, dass sie nicht alles auf einmal wahrnehmen kann. Es scheint ihr, als trüge das Mädchen eine Maske; dann bemerkt sie, dass Theres' Wangen mit Dreck und Eis bedeckt sind und dass Tränen immer noch aus ihren geschlossenen Augen sickern.

Auf einmal ist Isabella müde, mehr als müde; sie möchte umdrehen und nach Hause gehen, doch da sind Leute hinter ihr, die vorwärts drängen, um auf den Kirchplatz zu kommen. Barbara ergreift die Hand ihrer Mutter; und Isabella lässt sich davonziehen. Schritt für Schritt bewegen sie sich in einem weiten Bogen auf die Kirche zu. Barbara hält Isabellas Arm, als sie die Stufen zur Tür hinaufsteigen. Später kann Isabella nicht sagen, warum sie sich umgedreht hat, doch jetzt dreht sie sich um, und von dieser Stelle kann sie alles sehen.

Eine Gruppe von Männern umdrängt Theres. Isabella

erkennt den Wagenschmied und den Bartel von der Halbmondsenke und ein halbes Dutzend Männer, die Söhne oder Brüder oder Neffen an der Front verloren haben. Zwischen ihnen, in Ketten, steht ein Kriegsgefangener. Wie auch Theres', so ist auch sein Kopf unbedeckt, doch er hält ihn aufrecht. Dies berührt Isabella: die Art, wie er das Kinn hält, die Art, wie er herumschaut, als wäre er ein Tourist und würde sich überlegen, ob er weiterziehen solle.

Dann tritt der Wagenschmied vor und zieht den Kopf des Mädchens an den Haaren nach oben, entblößt den Nacken wie für das Metzgermesser. Die Menge ist plötzlich still. Die Stimme des Wagenschmieds erklingt laut, während er schwer ins Gericht geht mit ihr und dabei ihren Kopf vor- und zurückstößt. Falls sie den Gefangenen, den sie vor sie zerren, sieht, zeigt sie das mit keiner Miene. Ihr eisiges Gesicht ist ausdruckslos, ist leer, in ihm spiegelt sich der Winterhimmel – und nichts Menschliches. Dies bringt den Wagenschmied in Rage. Seine Stimme schlägt auf sie ein. Er lässt ihre Haare los, damit er ihre Beine treten kann, die Rippen, sich über sie beugen kann, sie stoßen. Sein Gesicht glüht rot, seine Augen funkeln voller Wut. Da erhebt sich ein lauter Schrei, und noch einer. Die Mutter des Mädchens brüllt, und brüllt noch einmal, und dann ist sie still.

Barbara schnappt nach Luft und greift blind nach ihrer eigenen Mutter. Isabella dreht sich zu ihr um; sie weiß, dass sie jetzt gehen muss, wenn sie nicht ohnmächtig werden will. Und so sieht sie das erste Handgemenge nicht. Als sie aufblickt, sieht sie im plötzlichen Durcheinander auf dem Dorfplatz den Wagenschmied ausgestreckt am Boden liegen. Sie braucht eine weitere Sekunde, bis sie bemerkt, dass der Soldat frei ist und dass er rennt. Leicht weicht er den Händen aus, die nach ihm greifen. Mit einem eleganten Sprung quert er einen Zaun, und damit ist er draußen aus der Menge. Er rennt, und seine dunkle Gestalt hebt sich von der schneebedeckten Wiese ab.

Isabella beobachtet ihn, sieht seine Arme rudern, seine Beine rennen, sieht die Waden, wie sie den billigen Stoff der gestreiften Hosen spannen. Isabella beobachtet, wie er läuft, und sie freut sich über den Anblick.

Abends, wenn die Kinder im Bett sind, sitzen die Erwachsenen zusammen. Alois, der noch einmal nach dem Vieh geschaut hat, kommt herein und bringt den warmen, übersüßen Geruch von Kuhkörpern, den so deutlich anderen Geschmack seines Pfeifentabaks und Funken frischer Schneeflocken mit herein. Seine Wangen sind gerötet von der Kälte, und plötzlich erinnert sich Isabella an den Winterabend, als sie zweiundzwanzig war und mit ihrem Bruder Kaspar auf ein Tanzfest auf Bengat hinaufging. Hier, in dieser Stube war es, die Möbel waren zur Seite geschoben. Es wurde gesungen. Es gab ein Hackbrett und eine Gitarre und einen Viertelmond, der wie eine neue Sense über den Gipfeln der Drei Schwestern dahinglitt. Und da war der Bengater Alois, stark und strahlend wie jener Mond; er wurde von allen Mädchen mit verstohlenen Blicken beobachtet, nur nicht von Isabella. Sie hatte sich keine Hoffnungen gemacht.

«Das war der erste Abend, an dem du mich bemerkt hast», sagt Isabella jetzt zu Alois und zieht ihn zu sich herein in den plötzlichen Strom der Erinnerungen. Sie klingt wie eine alte Frau, die unverständliches Zeug redet; sie weiß dies sogar ohne Barbaras besorgten und ängstlichen Blick. Doch Alois ist nicht überrascht von ihr und von dem, was sie von ihm verlangt; nach all diesen Jahren kann er seine Frau auch ohne Wegweiser finden.

«Eis, das schmilzt, ist besser als Feuer, das ausgeht», sagt Alois und lächelt.

Isabella nickt, denn dieser Satz trifft die einfache Wahrheit ihrer Ehe.

Alois macht es sich bequem auf seinem Stuhl, doch er streckt seine Hand nicht, wie er es sonst tut, nach dem *Bauernblatt* aus. Heute Abend brauchen sie keine Neuigkeiten von der Welt draußen.

«Er war Russe», fängt Alois an. «Er war beim Trupp, der die neue Straße drunten an der Lehmkehre baut.»

«Dort, bei der Mühle.» Peter spricht laut das aus, was alle anderen auch denken. Er hat sich auf der warmen Ofenbank ausgestreckt. Seine verletzte Seite ist dem Ofen zugewandt, ruht an den glatt glasierten Kacheln; das Holzbein hat er aufgestellt, abgewinkelt am Knie, damit die Ferse auf der Bank zu stehen kommt. Das Lampenlicht spielt auf den Blättern und Blumen, lässt sie aufflackern. Anna sitzt mit dem Strickzeug auf dem Schoß oben neben Peters Kopf.

«Das Weibervolk vom Müller hat dem Trupp all Morgen und Mittag Essen gegeben, schon monatelang, seit es richtig kalt ist.»

Barbara holt tief Luft, lässt Atem durch die Zähne pfeifen, als spüre sie die Kälte selbst.

Anna legt ihr Strickzeug auf den Schoß. Ihre Finger streunen zu Peter hinüber, berühren leicht seine Haare. Peter greift ihre Hand und hält sie sich an seine gesunde Wange.

«Wo hat der wohl hinrennen wollen?», murmelt Anna.

«Heim», sagt Peter. «Er ist Richtung Heimat gerannt.»

Isabella schaut weg von allen und zum Fenster hinaus: Es schneit weiter, unbarmherzig, und die Öllampe spiegelt sich weiß in dem weich gewellten Glas der Fensterscheiben, die diesen Raum von der Nacht trennen. In der leeren Reflexion sieht Isabella den jungen Soldaten, sein dunkles Haar und seinen dunklen Schnurrbart, seine muskulösen Arme und Schultern, seine Hände für immer gebogen, geformt vom Griff des Presslufthammers. Sie stellt ihn sich mit dem Mädchen vor, seine Einsamkeit ist für eine kurze Zeit vertrieben, das Heimweh und Elend durch ein anderes, flüchtiges Verlangen aus dem Gesicht verbannt. Das Mädchen hat kein Gesicht hinter der Maske aus gefrorenen Tränen; sie ist unbedeutend. Nein, es ist der Soldat, an den Isabella denkt, wie er unversehrt und gesund ist, mit starken Beinen, die ihn vorwärts schieben und durch den Schnee davontragen.

Beinahe hört sie den Schuss noch einmal, so deutlich ist ihr alles. Mit einem Klappern fällt der Wollkorb von ihrem Schoß. Barbara schaut zu ihr herüber, die Augen zusammengekniffen vor Angst, während Isabella sich erhebt und die Schürze glatt zieht.

«Mama?»

«Bella?», sagt Alois, während Isabella quer durch die Stube geht und vor Peter stehen bleibt.

Isabella kniet sich neben ihren Sohn, ihre Knochen knacken und protestieren, doch sie kniet auf dem Boden. Es raschelt, als Anna aufsteht, doch Isabella bemerkt dies nicht; sie legt ihre Hand auf ihren Sohn, ihre rechte Handfläche auf die verwundete linke Seite seines Gesichts und dreht sie zu sich, damit sie ihm in die Augen sehen kann. Er hat auf sie gewartet, all die Tage, all die Wochen. Er ist geduldig gewesen. Doch da ist auch etwas Argwohn, etwas Vorsicht in seinem Blick; Isabella sieht dies jetzt, und sie schrickt zusammen. Sie lässt ihre Finger – behutsam, ganz behutsam – über die roten und violetten Wellen seines Fleisches gleiten, sie fährt die dicken Nähte nach, die die Ärzte zurückgelassen haben; sie umfängt seine versunkene Wange mit ihren eigenen, von Falten durchzogenen Handflächen. Um sie herum kommt Unruhe auf: Alois', Annas und Barbaras Stimmen erheben sich schrill. Nur Peter ist still. Peter wehrt sich nicht, wendet sich nicht ab; dies gibt ihr die Stärke, bei ihm zu bleiben.

Er riecht nach Leinsamensalbe, nach Pfeifentabak und Harz, nach seiner Frau und seiner Vereinigung mit ihr – dies lässt Isabella innehalten, doch nur für einen Augenblick. Sie atmet seinen Geruch tief ein, und jetzt findet sie ihn wieder, den Jungen, der er war, ein Junge, der mit nackten Beinen die Straße hinabrennt, während seine Mutter vom Fenster aus zuschaut. Als sein Arm sich hebt und sich um ihre Schultern legt, lässt Isabella ihre Finger durch die Haare ihres Sohnes gleiten, legt ihr Gesicht in die Senke zwischen Ohr und Schulter und atmet tief ein.

Angelika
Ellenbogenhof, 1920

Der Bauer liefert gute Milch. Die natürliche Folge von guter Milch ist guter Käse. Kein Käse ohne Lab. Und kein guter Käse aus schlechtem Lab. Und deshalb gehört ein Können dazu, verstehst du?

Es gibt Sachen, die musst du haben, damit du Lab machen kannst: ein Stück vom vierten Magen eines Kalbes, das nichts zu sich genommen hat als Milch und Biestmilch. Salz brauchst du. Das Eigelb von vier Eiern. Von dreien, wenn sie groß sind. Ein Maß Rahm, dick genug, dass ein Löffel aufrecht drin stehen bleibt. Eine starke Salzlösung, angesetzt mit Steinbrech.

Und jetzt hör mir gut zu, ich will dir das Geheimnis einer jeden guten Bäuerin verraten. Sie mag sich über jeden Vorwurf erhaben um Hof und Kinder kümmern, doch ihr wahrer Richter ist ihr Käse.

Und hier ist, was du tun musst, damit du ein gutes Lab schaffst: Warte bis zum zunehmenden Mond. Flechte deine Haare straff und bedecke sie gut. Kremple deine Ärmel auf, wie es sich gehört. Sag ein Gegrüßet-seist-du-Maria und vergiss in deinem Gebet den heiligen Barnabas und den heiligen Bartholomäus nicht. Wasch dann deine Hände in heißem Wasser und Essig, und vergiss nicht: Wenn du schlampst, wenn du nicht aufpasst, dass du mit sauberen Schüsseln und Löffeln und Tüchern arbeitest, dann können dir auch die Heiligen nicht helfen, und du wirst allen Grund haben, dich zu fürchten, wenn dein Mann das Rad von der Presse hebt.

Eine Bäuerin ist so gut wie ihr Käse; und ihr Käse kann nicht besser sein als ihr Lab. Viele Fehler können über die Jahre verborgen bleiben: wenn sie ungesäuertes Brot an die Säue verfüttert, wenn sie schlecht geflickte Sachen zu Putzlumpen zerschneidet und wenn sie Kinder, die ihr Leib nicht mehr ernähren will, in dunklen Winkeln ihres Gartens vergräbt. Ihr Mann wird's nie erfahren, wenn sie's ihm nicht sagt. Es ist einfach, ihm Schweigen vorzusetzen am Küchentisch und sogar in seinem eigenen Bett. Vielleicht vermutet er etwas, aber was kann er schon wissen?

Aber ihren Käse kann eine Frau nicht verstecken.

Er wird ihn von der Presse heben und vor sie legen, und der Käse wird seine eigene Geschichte erzählen: grobkörnig heißt, das Lab war schwach; zu hart heißt, der Bruch wurde zu früh herausgenommen; zu weich heißt, der Bruch wurde nicht sauber ausgepresst; geschwollen heißt, der Bruch wurde nicht genug gearbeitet; trocken heißt, die Milch wurde zu stark entrahmt; ein einziges Haar, das aus dem Rad herausragt, und es gibt keine Entschuldigung oder Erklärung. Unsere Sünden – Ungeduld, Faulheit, Gier –, sie alle kommen ans Licht in der runden Scheibe aus blassem Gold, in der kühlen, feuchten Dämmerung des Käsekellers. Dort wirst du mit der Nase auf deine Fehler gestoßen. Und ein Mann ist Zeuge; und der ist zuerst Bauer und dann erst vielleicht auch ein Ehemann.

Barbara
Bengathof, 1921

Völlig erschöpft nach einem langen Tag, an dem er von morgens bis abends hinter dem Heuwender herging, fragt Alois besorgt, ob die fehlende Heugabel auf dem Heustock liegen könnte. Also steht Barbara auf und geht, um nachzusehen. Dabei denkt sie, ihr Vater würde diese Nacht bestimmt besser schlafen, wenn er diese Gabel wieder an ihrem angestammten Platz wüsste. Doch sie findet auf dem Heustock ihre Nichte Olga und Olgas Freund. Fast ganz entkleidet sind sie im Taumel nahe der ewigen Verdammnis. Sie sind so tief verloren ineinander, dass sie Barbara nicht bemerken, bis sie die Leiter ganz heraufgestiegen ist und vor ihnen steht, nahe genug, dass sie ihre Gesichter und den Heustaub sieht, der die Köpfe wie zwei widerspenstige Heiligenscheine umkreist. Die tief stehende Sonne scheint durch die Bretter. Und die Gesichter sind gebrandmarkt mit quer liegenden Schattenstreifen.

Jetzt ist dem Geißenkäs Willi sein Klaus so vernünftig, sich zu schämen: Er verbirgt jene Teile von sich, die die Sonne nicht gebräunt hat. Aber Olga, Barbaras Olga, hebt sich im Heu auf die Knie und schaut trotzig ihre Tante an.

Vom Schopf aus, wo sie mit gemessenen Bewegungen Wolle kämmt, sieht Barbara, wie Klaus den Berg hinunter wegrennt. Ihre Handflächen sind glatt vom Lanolin. Zwischen den Kämmen schäumt die Wolle auf und wird zu einer Wolke, die dem dünner werdenden Haar einer alten Frau gleicht.

Olga geht mit schnellen, sicheren Schritten auf Barbara zu. Ihre Füße sind staubig vom Heu. Sie hat immer noch denselben Blick in ihrem Gesicht. Sie ist eine resolute junge Frau. Was sie Barbara zu sagen hat, das hält sie für die Wahrheit.

«Tante Barbara», sagt Olga ruhig und hält das Kinn hoch. Nur ihr Flüstern verrät die Sorge. «Du weißt nicht, wie es ist, wenn man verliebt ist.»

Aber Barbara weiß nicht, wohin sie in ihrer Enttäuschung schauen soll. Olgas List tut ihr weh. Es ist ihre Aufrichtigkeit, ihr fester Glaube an Barbaras Mangel an Erfahrung, der sie tief verletzt. Es stimmt, dass Barbara sechsundvierzig Jahre alt ist und dass sie die ganzen einundzwanzig Jahre, seit Olga auf die Welt kam, eine Witwe war. Es stimmt, dass ihr Bett so leer und trostlos ist wie eine Kirche an einem verregneten Montagmorgen. Aber sie hat nichts von der Liebe vergessen.

«Ich war selber einmal bis über beide Ohren verliebt», sagt sie zu ihrer Nichte. Und ihr Gesicht zeigt ihren Schmerz. Es scheint Barbara an der Zeit, Olga von Franz Michel zu erzählen. Doch bevor sie überlegen kann, wo sie anfangen soll, beugt Olga sich herüber und schmiegt ihre weiche Wange an Barbaras.

«Bitte, Tante», sagt sie jetzt und schmilzt zusammen zu dem, was sie die ganze Zeit sorgsam in sich versteckt hat und was sie für Barbara, die ihrer Mutter geholfen hat, sie zur Welt zu bringen, immer gewesen ist: ein kleines Mädchen. «Bitte.»

Und Barbara seufzt und nickt und streichelt Olga über

den Kopf mit der Krone aus dunklen Zöpfen. So hatte sie die Zöpfe auch getragen, damals, als sie jung genug war, Liebe für etwas Selbstverständliches zu halten.

Barbaras Franz Michel war Schreiner gewesen. Er hatte starke, stumpfe Hände gehabt mit Fingern, so dick wie Seile. Dennoch war er feinfühlig gewesen, wenn es um Holz ging, um Tiere, um den Körper einer Frau. Im Herbst hatte er angefangen, um Barbara zu werben. Als es Frühjahr wurde, machte sich Isabella so große Sorgen, dass sie den heiligen Paulus zitierte. «Heiraten ist besser als verbrennen», sagte sie zu Barbara, wenn Alois es nicht hörte. Barbara erinnert sich an diese Worte und wie sie ihr durch den Kopf gingen in ihrer Hochzeitsnacht. Wie schlitzohrig sie sich gefühlt hatte, als sie herausfand, dass sie beides haben konnte: verheiratet sein und von Franz Michel dennoch zum Brennen gebracht werden. Franz Michel, der ein Tischbein drechseln konnte, das hundert Jahre hielt, konnte sie völlig umwandeln, und in diesem Augenblick zeigte er auch ein völlig anderes Wesen.

Barbaras Bruder Peter führte im gleichen Sommer Anna heim. Im darauf folgenden Frühjahr kam Olga auf die Welt. Und am Morgen nach ihrer Taufe stieg Franz Michel aufs Stalldach, um ein paar Schindeln zu reparieren. Dabei verlor er das Gleichgewicht und schlug unten im Hof mit dem Kopf zuerst auf. Eine Woche nach der Beerdigung packte Barbara ihre Sachen zusammen. Sie nahm nur mit, was sie als Braut auf die Halbmondsenke mitgebracht hatte: Kleidung, Leintücher und Federbetten, etwas Geschirr, drei Mutterschafe und einen Bock. Den Rest ließ sie Franz Michels Bruder Bartel, der nie erwartet hatte, dass er eines Tages genug zum Heiraten haben könnte. Er war überrascht, als der Hof plötzlich ihm gehörte. Bartel gab ihr die drittbeste Kuh mit: für ihre Mühe und für den Verlust vom Franz Michel.

Alois kam und holte sie zurück auf Bengat. Sie saß neben ihrem Vater auf dem Sitzbrett, ihre Schultern steif Richtung Halbmondsenkenhof gerichtet. Auf dem Weg schaute sie weder nach links noch nach rechts. Als sie durchs Dorf fuhren, bemerkte sie weder die Blicke der Frauen, die die Kirchentreppe hinauf zur Messe gingen – es waren dieselben Frauen, die ein Jahr zuvor auf ihrer Hochzeit getanzt hatten –, noch die Kirche, in der sie geheiratet hatte. Als sie am Friedhofstor vorbeifuhren, konnte sie den Hügel dunkler, aufgeworfener Erde sehen, das Kreuz umkränzt mit einer schwarzen Schleife: Hier lag ein verheirateter Mann in seiner letzten Ruhestätte.

Atemlos bat Barbara, aussteigen zu dürfen. Sie sprang aus dem Wagen, bevor Alois ihn zum Stehen bringen konnte. Sie musste ihre Füße unter sich spüren. Sie brauchte den Schotter der hart gefahrenen Straße unter ihren Fersen. Ihre Kehle brannte von den verschluckten Tränen. Und sie stand da, schaute, wie ihr Vater langsam weiterfuhr. Schwankenden Schrittes trottete die Kuh hinter dem Wagen her.

Er denkt, ich geh ans Grab, dachte Barbara.

Und er hatte Recht. Sie musste an Franz Michels Grab gehen, heute und jedes Mal, wenn sie zur Messe ging, und jedes Mal, wenn sie ins Dorf kam, denn sie war seine Witwe und ihr Mann war von ihr gegangen, war in eine Art von Fegefeuer geflohen und hatte sie in einer anderen Art von Fegefeuer zurückgelassen.

Barbara stand da und schaute zurück auf den Halbmondsenkenhof, wo sie kaum mehr als ein Jahr gelebt hatte, wo sie die Bäuerin gewesen war, wo sie erwartet hatte, ihr ganzes Leben zu leben und Kinder zu gebären und zu sterben. Dann schaute sie hinauf Richtung Bengat, auf das Haus, das sich über den Schrofen hinauslehnte. Dort war der Haushalt ihrer Mutter, und später, wenn eines Tages ihre Mutter nicht mehr da wäre, würde es der Haushalt ihrer Schwägerin Anna.

Doch es gab keinen anderen Ort, an den sie gehen konnte. Und so stieg sie den Weg auf Bengat hinauf und ließ sich dort aufnehmen.

Die einzige Überraschung, die sie erwartete, waren die Schafe. Ihr Vater sagte, dass die ihr gehörten, dass die ihre Schützlinge seien. Alles Einkommen, was die hereinbrächten, gehöre ihr. Und wenn sie wieder heiraten würde, hätte sie eine Mitgift, an der ein jeder Bauer seine Freude hätte. Barbara versuchte, überrascht auszusehen bei dem Gedanken, sie könnte wieder heiraten. Sie schämte sich, dass ihr dieser Gedanke schon gleich nach Franz Michels Tod gekommen war – noch bevor sein letztes Blut aus ihrer Schürze gebleicht war.

Sie wartete fünf Jahre, bevor sie wieder Interesse zeigte. Dann fand sie wenig Erwiderung. Trotz der Schafherde, die jetzt zu einer ansehnlichen Zahl angewachsen war, trotz des Geldes, das sie zusammengespart hatte. Schuhmachers Manuel wurde auf sie aufmerksam und hätte sie zur Frau genommen. Aber sein älterer Bruder bekam den Hof, und es gab keinen anderen Ort, einen eigenen Haushalt einzurichten. Er kam jahrelang jeden Sonntag und warb um sie und machte sich selbst zum Narren, weil er einer hoffnungslosen Partie nachging. Als sie sah, dass er nie den Mut aufbringen würde, mehr zu tun, als ihre Hand zu halten, selbst dann, wenn sie zusammen in dunklen Wäldern spazieren gingen und den Nachthimmel beobachteten, wurde Barbara ungeduldig mit ihm. Dennoch kam Manuel und warb um sie. Im Frühjahr, wenn sie von Bengat hinauf auf den Vorschass zogen, ging er jeden Sonntag zwei Stunden lang bis zum

Kälbelesee, nur damit er neben ihr sitzen und eine Stunde lang ihre Hand halten konnte.

Dann kam der Krieg und nahm alle Männer fort. Die wenigen, die zurückkamen, waren endgültig ruiniert. Sie bekamen trotzdem noch Frauen. Manuel war einer von denen, die zurückkamen. Doch es gab nach wie vor kein Land und keine Hoffnung auf einen Hof und nichts, was Barbara hätte als Mitgift bekommen können. Und so heiratete er die Wirtswitwe, hielt zwei Kühe und schenkte, den lahmen Arm an die Seite gebunden, Bier aus. Andere Frauen nahmen sich Knechte, die von weiter her kamen, oder gingen in den Dienst ins Flachland hinunter und heirateten dort. Andere verkrochen sich in sich selbst, wurden kleiner und kleiner, gaben schließlich die Hoffnung ganz auf, eines Tages die weißen Leinenärmel einer heiratenden Jungfrau zu tragen. Sie lernten, auf die Anrede «alte Jungfer» zu hören.

Als Barbara sah, dass sie keine zweite Chance erhalten würde, richtete sie sich auf Bengat ein. All diese Jahre war sie eine gute Tochter, ihrem Bruder eine gute Hilfe und seiner Frau ein extra Paar Hände in der Küche. Im Stall und auf dem Feld packte sie mit an. Sie war so zuverlässig und unsichtbar, wie es eine Jungferntante nur sein kann. Als ob Barbara nie einen eigenen Herd oder eigene Hühner oder einen eigenen Garten besessen hätte. Als ob Franz Michel sie nie auf Halbmondsenke heimgeführt und ihr die geheimen, eigenartigen Bedürfnisse der Männer oder die Formen des Verlangens gezeigt hätte.

Anna kommt am Samstagmorgen von ihren Besorgungen aus dem Dorf zurück, legt ihren Geldbeutel in den Küchenschrank neben die Tassen, wo sie ihn schon immer aufbewahrt hat, und setzt sich an den Küchentisch. Barbaras Daumen haben Flecken von den Pflaumen, die sie entsteint. Um sie herum steht eine Festung aus glitzernden Einmachgläsern. Draußen an der Wäscheleine schlägt Olga auf den guten Teppich ein, und Anna klopft auf der Tischplatte das gleichmäßige Knallen des Teppichklopfers mit den Fingern nach. Barbara denkt an den Staub, der um Olga herumwirbelt.

«Wo ist der Jakob?», fragt Anna plötzlich.

Barbara schaut auf. «Ich dachte, der sei mit dir ins Dorf hinunter.»

«Jesses Maria und Josef.» Anna steht auf und öffnet das Küchenfenster. Sie lehnt sich hinaus, den Ballen einer Hand fest an den Fensterrahmen gestützt. «Leo!», ruft sie. «Toni!» Und dann, als Leo vom Holzstapel her auf sie zugerannt kommt: «Geh, lauf deinem kleinen Bruder nach!»

«Ist der zum Ellenbogen, Mama?»

«Wohin denn sonst?» Ungeduldig schlägt sie sich auf die Schürze. «Das Kind wird wandern», murmelt sie und dreht sich weg vom Fenster.

Jakob, drei Jahre alt und neugierig bis auf den Tod, ist der Martha vom Ellenbogenhof, einem bezaubernden, dunkeläugigen Kind, das ein Jahr älter ist als er, treu ergeben: Wann immer es ihm in den Sinn kommt, macht er sich auf den Weg zu ihr. Diesen Sommer haben sie ihn einmal jede Woche zurückholen müssen. Es gab eine Zeit, da hätte Barbara bezweifelt, dass ein Dreijähriger diesen ganzen Weg allein zurücklegen könnte. Doch Jakob hat ihr einen Willen gezeigt, der nicht von dieser Welt ist und den sie respektieren muss. Sie denkt an Jakob und an seine Wanderlust. Manchmal geht er in der Nacht los. Sie weiß das. Aber Anna weiß es nicht, denn es ist ein geheimer Drang, eine Schwäche, die Barbara mit Jakob teilt. Als sie aufblickt, sieht Barbara, dass Anna sie beobachtet. «Was?», fragt sie.

«Der Wagenschmied heiratet», sagt Anna. Dann dreht sie

ihr den Rücken zu, wechselt ihre Schürze und fängt an, das Mittagessen zu kochen.

Barbara konzentriert sich auf die Arbeit, die sie vor sich hat. Sie schneidet mit dem Messer in die weiche, straffe Haut der Pflaumen. Sie haben eine dunkle Farbe jenseits von Violett, doch glitzern in ihr versteckte Grün- und Gelbtöne. Sie schiebt den Daumen entlang der scharfen Kante des Steines und dann unter ihn. Wenn das Fleisch den Stein loslässt, flüstert es und reißt. Barbara blinzelt jedes Mal bei dem Geräusch.

«Tatsächlich.»

«Sobald das Aufgebot steht. Dem Müller seine Theres.»

Barbara legt das Messer zur Seite. «Stell dir das vor», sagt sie zu ihren fleckigen Fingern.

«Ja», sagt Anna bitter. «Ein Mädchen, das er vor vier Jahren auf dem Kirchplatz vor aller Augen noch geschlagen hat.»

«Wer hätte das gedacht», murmelt Barbara.

«Ich nicht», stimmt Anna zu. «Nicht nach dieser Schandtat. Was die sich wohl dabei denkt, den Wagenschmied zu heiraten, das möcht ich wissen. Was denkt sich ihre Mutter dabei, es ihr zu erlauben.»

Als Barbara dazu nichts sagt, seufzt Anna. «Jedenfalls hat sie nicht ja gesagt, bis er versprach, dass die Zwillinge aus dem Haus kommen. Sie hat gesagt, sie wolle nicht auf Krüppel aufpassen müssen. Der Wagenschmied behauptet, er würde auf dem Bachkehrenhof für die Zwillinge alles herrichten lassen. Stante wird weiter zu ihm zum Arbeiten kommen, und er wird einen Lohn und Verpflegung bekommen.»

«Erwarte nicht, dass die Grantige Marie auf dem Bachkehrenhof mit dem Haushalten anfängt», sagt Barbara und betrachtet eine Druckstelle an der Pflaume in ihrer Hand.

Anna lacht heiser. «Nicht wahrscheinlich, dass die ihre

Posthalterstelle aufgibt. Nein, die wird wohl daheim bleiben und sich mit einer neuen Schwiegermutter arrangieren. Eine Frau aus Ackenau kommt herauf und schaut nach dem Michel, kocht und putzt. Vom Hof an der Unteren Straße ist sie, du kennst sie, dort, wo sie den bösen Bullen mit dem einen Horn haben.»

Anna zögert, hält die Ellbogen in die Seiten gestützt.

«Das sind meine Neffen, und ich hab sie immer bei uns hier haben wollen. Aber jetzt sind's junge Männer. Sie brauchen ein eigenes Zuhause. Und der Bachkehrenhof gehört rechtmäßig ihnen.»

«Bestimmt.»

Die Frauen hören dem Teppichklopfer zu.

Barbara sagt: «Ich sollte nach dem Essen ins Dorf gehen und mich um die Gräber kümmern.»

«Ich dachte mir, dass du dorthin willst.» Anna nickt.

Beim Mittagessen kommt Alois immer wieder auf die Neuigkeit zurück. Seit seine Isabella gestorben ist und seit Peter und die Buben den Hauptteil der Arbeit übernommen haben, ist es für Alois schwer geworden, sich für etwas zu interessieren. Aber der Wagenschmied war ihm schon immer ein Dorn im Auge gewesen.

«So», sagt er. «Der Ignaz hat jetzt doch noch eine gefunden. Es muss zwanzig Jahre her sein, seit sie das Weib vergraben haben.» Alois ist vielleicht nicht der Einzige, der sich daran erinnert, dass der Wagenschmied einmal getauft wurde und einen Vornamen hat, aber er ist der Einzige, der ihn beim Vornamen nennt.

«Vater, denk nach», schimpft Barbara leise. «Das ist schon bald dreißig Jahre her.»

«Dreißig Jahre, bis er ein Weib gefunden hat!», sagt Alois. «Vielleicht hat er von Anfang an zu hoch hinauswollen. Den jungen Mädchen nachlaufen, wenn eine Witfrau es getan hätte.» Er zwinkert Barbara zu, die dunkel in ihren Suppenteller lächelt.

«Da hast du Recht», sagt Peter. «Jetzt muss ich mich doch fragen, warum der Wagenschmied nie gekommen ist und dich besucht hat, Bärbele, wo der doch sonst fast jedem unverheirateten Weiberrock im Dorf nachgesprungen ist.» Aber er lächelt ihr zu, während er dies sagt, und dieses kleine Lächeln, das freundlich gemeint ist, bringt Barbara dazu, mehr zu sagen, als sie will.

«Unverheiratet, das schon. Aber der hat sich nie für Witfrauen interessiert», sagt Barbara ruhig mit abgewandtem Blick. «Dabei gibt's genug von uns seit dem Krieg.»

«An dem, was erprobt und bewährt ist, hat der nichts finden können», sagt Alois. «Der wollte ein junges Ding, eine Jungfer.»

«Ha!», schnaubt Olga. «Und schau, was er jetzt hat. Eine, die bestimmt wohlerprobt ist.» Dann hält sie inne, blickt aus dem Augenwinkel zu Barbara hinüber und hat den Anstand, rot zu werden.

Anna wirft verärgert den Kopf herum. «Olga», fährt sie sie an. «Du solltest dich schämen für solch ein Geschwätz. So ein Skandalgewäsch.»

«Was ist ein Skandal?», fragt Jakob. Sein morgendlicher Ausflug nach Ellenbogen hat ihn hungrig gemacht. Er redet mit einer halben Käsetasche im Mund und übersieht die gerunzelte Stirn seiner Mutter.

«Ein Skandal ist, wenn ein Mann, der fast siebzig ist, eine Fünfundzwanzigjährige heiratet», sagt Peter.

«Eine mit einer Schwäche für russische Kriegsgefangene», fügt Alois hinzu.

Anna legt ihren Löffel in den Teller. «Das Mädchen hat einmal einen Fehler gemacht, und jetzt hat sie eine Entscheidung getroffen. Das ist ihre Sache und geht uns nichts an. Und ich lass es nicht zu, dass bei euch alles Mitleid und alle christliche Nächstenliebe in der Kirchenbank gelassen wird.»

«Die Mutter hat Recht, Kinder», sagt Peter und greift nach der Salatschüssel. «Am Dorfklatsch könnt ihr den ganzen lieben Tag lang kauen, das bringt kein Fleisch an eure Knochen.»

Mittags lädt Barbara die Geräte, die sie für die Grabpflege braucht, auf den Schubkarren und geht mit Jakob, der neben ihr herzottelt, los. Er ist ein ruhiges Kind und überlässt sie ihren Gedanken, solange sie ihn seine Welt erforschen lässt.

Als sie mit der Grabpflege fertig ist – Unkraut jäten, gießen, Zweige zurückschneiden, ein hastiger Rosenkranz –, wäscht Barbara die Hände im Brunnen und trocknet sie an ihrer Schürze ab. Dann ruft sie Jakob zu sich und geht los zum Wagenschmied hinüber. Sie spürt ihr Herz schlagen. Sie spürt, wie Farbe ihr in die Wangen steigt. Daran ist die Sommerhitze schuld, redet sie sich ein. Sie schickt Jakob in die Schmiede, dort soll er seinem Vetter Stante zuschauen.

Der Wagenschmied ist allein im Laden. Barbara hatte erwartet, die Grantige Marie hinter dem Ladentisch zu finden, und ist von ihrem Glück überrascht, stattdessen den Wagenschmied selbst zu finden. Er nickt ihr zu und hebt eine Augenbraue.

«Ich brauch ein Pfund Kochsalz», sagt Barbara und stellt ihren Korb auf den Boden.

Während der Wagenschmied das Salz abwiegt, schaut sie den Stapel Stoffe an, die Farben und Muster, die vor ihren Augen zu einem bunten Durcheinander zusammenfließen.

«Da hätten wir's also», sagt er.

«Da wäre noch was.» Nun starrt sie ihm direkt ins Gesicht. «Ich bin auch vorbeigekommen, dir zu deiner bevorstehenden Hochzeit zu gratulieren. Die Schwägerin hat die Neuigkeit heute Morgen mit hinauf auf Bengat gebracht.»

«So, dann reden die Leute», sagt er und streckt die Unterlippe vor. «Seh ich so aus, als ob mir das etwas ausmachen würde?»

Barbara schaut ihn an. Mit seinen fast siebzig Jahren hat er noch volle dunkle Haare. Leicht gelockt liegen sie über seiner hohen Stirn voller Altersflecken. In seinem Profil ist immer noch viel von dem gut aussehenden Mann, der er einmal war, trotz seiner Zähne. Plötzlich grinst er sie an, als wolle er seine Mängel zur Schau stellen.

«Komm, Bärbele», sagt er mit einer schmeichelnden Stimme, die sie von ihm nur im matten Schein des Mondes gehört hat. «Du kannst doch nichts anderes erwartet haben.»

Barbara beobachtet, wie das Unbehagen auf seinem Gesicht wächst, während ihr Schweigen seine Wirkung tut. Sie beobachtet ihn. Sie denkt an all die Frauen, die seine Heiratsanträge abgelehnt haben: an all die unverheirateten Frauen, die nie einen Mann gefunden hatten, weil es nicht genug Männer oder nicht genug Land gab für alle oder weil sie dazu erzogen worden waren, nur Arbeiterinnen oder nur Töchter zu sein, und nichts anderes kannten. Der Wagenschmied war auf sie zugegangen, doch jede Einzelne von ihnen hatte die ihnen bis ins Innerste bekannten Nöte und die besonderen Schmerzen eines Jungferndaseins – die nebelhaften Ängste der Ehelosigkeit, das Angewiesensein auf Brüder und Väter – einem bösartigen alten Mann im Bett vorgezogen.

«Ignaz», sagt Barbara schließlich leise. «Diesmal liegst du falsch. Es gibt da etwas, was ich von dir erwarte. Ich will in den Bachkehrenhof ziehen, mit den Zwillingen, und sie versorgen.»

«Ich habe das alles schon abgemacht», sagt er ruhig. Aber seine Augen springen nervös von einer Seite des Ladens auf die andere.

«Mach es rückgängig.»

«Das wär nur schwer möglich», sagt der Wagenschmied und streicht sich mit der Hand über die Bartstoppeln am Kinn.

«Und es würde noch um einiges schwerer, wenn ich deine Braut fragen würde und ihr ein bisschen von der Geschichte dazugäbe.»

Seine Augen werden schmal. «Es ist dein Ruf», sagt er. «Du bist mächtig unvorsichtig damit.»

Barbara lächelt zum ersten Mal. «Ich war einmal verliebt, weit über beide Ohren, Ignaz, das weißt du. Vielleicht bin ich noch verrückter, wenn ich nicht verliebt bin. Aber mir scheint's so, als hätt ich nichts zu verlieren. Das ist meine letzte Chance auf eine eigene Heimat.»

Sie kann sehen, wie er hinter seinen Augen rechnet, zusammenzählt und abzieht, abwiegt und ausmisst, Mühen und Gewinn.

Er zuckt die Schultern. «Du kannst nichts beweisen.»

Barbara spürt, wie die Hitze ihr ins Gesicht steigt, als sie sich über den Ladentisch zu ihm vorbeugt. Er riecht nach Tabak und Pfefferminz und Leder, Gerüche, die ihre Worte bitter werden lassen.

«Und vielleicht wäre ich auch dazu bereit, etwas in die Renovierung vom Bachkehrenhof zu investieren», sagt sie. «Hab fünfzehn Jahre lang einiges zusammengespart.»

Da leuchtet plötzlich Interesse in seinen Augen auf. «Was», sagt er rau, «du würdest deine Schafe verkaufen?»

«Nein, ich habe hier etwas, was du, Ignaz, in deiner Zärtlichkeit mir gegeben hast. Deshalb habe ich gewusst, dass sie etwas Wertvolles sein müssen. Ich habe gedacht, die könnten mir eines Tages gute Dienste erweisen.»

Sie übersieht den verwirrten Ausdruck auf seinem Gesicht und holt eine Tüte aus ihrem Einkaufskorb. Mit langsamen Bewegungen zieht sie die Schleife auf und leert langsam den Inhalt aus. Eine Woge blasser, gelber Bonbons prasselt heraus, jedes eingewickelt in Papier. Ein paar fallen laut auf den Ladentisch.

«Zähl sie», sagt sie. «Das sind dreihundertdreiundvierzig. Das sind mehr als zwei jeden Monat, fünfzehn Jahre lang, wenn man mit einrechnet, dass ich acht Wochen weg war jedes Jahr, oben auf dem Vorschass im Frühjahr und Herbst.»

Er ist nicht lange verwirrt. «Was», sagt er und hebt unsicher das Kinn, «du kannst unmöglich all diese Süßigkeiten für dich allein gekauft haben?»

«Vielleicht, vielleicht auch nicht», sagt sie. Barbara ist erleichtert, als sie sieht, wie einfach es ist, ihn zu überrumpeln. Trotzdem zittern ihre Hände. Sie steckt sie tief in ihre Schürzentaschen. «Warum rufen wir nicht die Marie, dass sie herunterkommt und wir sie fragen können, ob sie sich daran erinnert, mir je in ihrem ganzen Leben ein einziges Zitronenbonbon verkauft zu haben.»

Jetzt ist er besiegt. Sie sieht es an seinem Gesicht und an seinen steifen Schultern.

«Was willst du von mir?»

Sie lächelt wieder. «Ich will Wohnrecht auf dem Bachkehrenhof bis ans Ende meiner Tage. Ich will, dass der Hof anständig hergerichtet wird. Ich will angemessene Verpflegung, jede Woche. Und um die Buben kümmere ich mich, mach dir da keine Sorgen. Das wird mir ein Vergnügen sein.»

«Das kann ich mir unmöglich alles leisten!»

«Und ob du das kannst. Sie kriegt ihre Bezahlung im Voraus. Ich habe meinen Rock für dich fünfzehn Jahre lang in dunklen Ecken hochgehoben, und ich nehm mir meine Bezahlung jetzt. Das ist es, was eine junge Frau dich kostet, Ignaz. Du kannst es dir gut leisten.»

Er lehnt sich auf den Ladentisch. Sie hört ein mahlendes Geräusch und riecht den plötzlichen Geruch von Zitrone. Er hat ein Bonbon unter dem Gewicht einer Handfläche zerdrückt. «Aber was werden die Leute denken?», flüstert er.

«Es ist ein bisschen spät, jetzt an das zu denken, Ignaz», sagt Barbara ungeduldig. «Das hättest du dir überlegen sollen, als du entschieden hast, dass ich dir zu alt bin fürs Heiraten. Aber du brauchst dir keine Sorgen machen. Die Leute werden denken, dass du endlich ein aufrichtiges Interesse zeigst am Wohlergehen deiner Enkel und dass du plötzlich den Wert von Mildtätigkeit erkannt hast.» Und sie lacht, während sie ihren Korb nimmt und zur Tür geht.

«Das glauben die Leute nie», sprudelt es aus ihm heraus.

Barbara schaut sich von der Tür aus noch einmal um. «Da hast du Recht», sagt sie und lacht immer noch. Sie lässt ihn zurück, vornübergebeugt über die Beweise seines Geizes – und ihrer Verzweiflung.

Klaus ist die nächsten zwei Sonntage nicht im Dorf. Er musste ins Flachland hinunter, um den Ziegenkäse seines Vaters auszuliefern. Als er wiederkommt und um Olga wirbt, sitzt er in der Stube und unterhält sich mit Peter und Anna. Er sitzt da, als ob er deren einzige Tochter niemals berührt hätte. Als ob jetzt seine Hände unter dem Tisch nicht an ihrem Körper wären. Barbara versucht, von ihrem Spinnrad nicht aufzuschauen, weil sie, wenn sie aufschaut, sieht, wie

Klaus seinen Daumen benutzt, um in Olgas offen daliegende Handfläche Kreise zu zeichnen, sodass ihre Finger weich zucken.

«So, erzähl mir nochmal, wie das zugeht», sagt Alois zu Barbara. «Ich verstehe nicht, was den Wagenschmied dazu bewegen könnte, den Bachkehrenhof mit fließendem Wasser und einem Klo auszustatten.»

«Vielleicht ist's, weil er sich schuldig fühlt», meint Peter. «Wegen dem Stante und dem Michel, wie er sie all die Jahre behandelt hat.»

Anna blickt hinüber zu Barbara, deren Aufmerksamkeit sich nicht von der Spindel löst. «Da gäbe es genug, wofür er sich schuldig fühlen könnte, das ist sicher», sagt Anna. «Aber die Schuld kommt dem Wagenschmied auf keine natürliche Art.»

Klaus' Räuspern durchbricht die plötzliche Stille. «Schuldig oder nicht, er heiratet am Dienstag, und am Dienstagabend gibt's ein Hochzeitsfest.»

«Da hast du Recht», sagt Peter langsam. Er dreht sich und schaut seine Schwester an. «Genau am gleichen Tag wird unsere Barbara sich von der Familie verabschieden.» Er lehnt sich vor und tätschelt das Knie seiner Frau. «Schaffst du's ohne die Bärbel?», sagt er scherzend.

Anna lächelt. «Ja, es wird wohl gehen müssen. Fehlen wird sie uns. Aber sie wird immer noch gleich auf der anderen Seite vom Dorf wohnen, oder?»

Jetzt erst schaut Barbara auf. In ihrem Gesicht ist etwas, was Anna versteht und was die Männer nicht sehen: Sie kämpft, ihre Wut zu beherrschen.

Peter wendet sich Klaus zu: «Hast du vor, auf die Hochzeit zu gehen?»

«Ich habe mir gedacht, ja, vielleicht», sagt Klaus. Er macht eine Pause. Und als Peter ihm nicht weiterhilft, wird er rot. «Ich habe mir gedacht, ja, vielleicht geh ich mit der Olga hinunter in den Adler», sagt er. «Wenn's euch recht ist.» Klaus schaut Peter an, schaut Alois an, dann Olgas Mutter, dann Barbara. Barbara entscheidet, dass sie ihn bewundern muss, trotz allem: Er ist ein viel versprechender junger Mann, mit starkem Körper und starkem Geist, stark genug, sich dem Vorwurf, den Barbara ihm machen könnte, zu stellen, stark genug, Olga gewachsen zu sein.

Peter rückt sich seine Augenklappe zurecht und schaut Klaus direkt in die Augen. Jakob, auf den man zu lange nicht mehr geachtet hat, klettert Peter auf den Schoß und setzt sich mit gespreizten Beinen über sein Holzbein, während die beiden erwachsenen Männer einander abschätzen. Der eine ist zerfetzt vom Krieg und wieder zusammengeflickt, der andere zu jung, als dass er etwas anderes kennen würde als sanfte Berührungen und freundlichen Umgang.

«Mann», sagt Anna schließlich. «Dem Geißenkäs Willi sein Klaus hat dich was gefragt.»

«Ich hab's gehört. Ich frag mich nur, ob er fertig ist mit dem Fragen oder ob er noch was hat.»

«Ja», sagt Klaus langsam. «Da wär noch was.» Er macht eine Pause und schreit dann kurz auf, weil Olga ihn unter dem Tisch ans Schienbein getreten hat.

«Olga und ich würden gerne das Aufgebot bestellen», sagt Klaus. Und mit diesem Satz setzt er den Rest von Olgas Leben in Bewegung.

Am letzten Abend, den sie auf dem Hof ihres Vaters verbringen wird, steigt Barbara die Treppen hinauf zu ihrem schmalen Bett. Ihre Sachen liegen zu Bündeln verschnürt auf dem Boden. Hauptsächlich sind es Kleider und Leintücher. Morgen werden sie all dies auf den Wagen laden. Und die Buben werden losgehen, die Schafe den Hang der Zweiten Schwester hinunter und durchs Dorf zum Bachkehrenhof treiben. Sie wird nachkommen. Alois wird sie in ihr neues Zuhause bringen, so wie er sie einmal als Braut auf Halbmondsenke gebracht hat.

Barbara kann erst einschlafen, als sie über die Zeit nachdenkt. Es ist einundzwanzig Jahre her, seit Franz Michel auf den Pflastersteinen starb, ist fünfzehn Jahre her, seit sie den Wagenschmied das erste Mal als ihre letzte Chance auf eine eigene Heimat sah und anfing, ihre nächtlichen Spaziergänge zu machen. Es ist zehn Jahre her, oder noch länger, seit jemand das letzte Mal Franz Michels Namen ausgesprochen hat. Im Nebel ihres Halbschlafs dreht sich Barbara zur Wand hin und beginnt diesen Namen zu flüstern, immer wieder, weil sie Angst hat, sie könnte ihn so restlos und endgültig vergessen, wie sie sein Gesicht vergessen hat.

Wagenschmieds Katharina
1938

Wenn Wagenschmieds Katharina des Weges kam, blieben Männer stehen und überlegten, ob sie sich nach ihr umdrehen sollten, um sie noch einmal anzuschauen. Den Frauen entging das nicht. Es gab Gerede. Katharina kümmerte sich wenig darum, auch wenn es ihre Leute störte.

«Das passiert, weil du deinen Rock so kurz trägst», sagte ihre Halbschwester, die Grantige Marie.

«Das liegt daran, dass sie ihr Hinterteil hin- und herschwenkt wie eine rollige Katze», warf ihr Vater ein.

Und Katharina wollte wissen, was so überraschend daran sein sollte: Schließlich konnte der Apfel nicht weit vom Stamm fallen. Katharina schaute ihrer Mutter ins Gesicht, als sie dies sagte. Auch wenn Theres sich nicht gern daran erinnern ließ, dass manche im Dorf sie immer noch die Russenhure nannten, ließ sie sich nichts anmerken.

Katharina bemühte sich, die Männer auf sich aufmerksam zu machen. Nicht etwa, weil sie heiraten wollte. Wenn sie die Männer anschaute, die in Rosenau zu haben waren, so konnte keiner von ihnen ihr eine andere Zukunft bieten als Kinderkriegen und Bauernarbeit, beides Dinge, für die sie nicht das Geringste übrig hatte. Falls jemand fragen sollte, was sie einmal vorhabe – jedoch niemand fragte –, konnte sie ihre Vorstellungen schildern: ein Leben, das sie sich aus Illustrierten zusammengebastelt hatte, ein Leben irgendwo in einer Stadt, wo die Berge nicht alles einengten und wo es einen weiteren Himmel gab. Sie sah sich als Verkäuferin in einer vornehmen Apotheke mit langen, glänzenden Holzregalen und funkelnden Glasgefäßen und einer Glocke über der Tür, die bimmelte, wenn Leute hereinkamen. Es gab dort echte Kosmetika und Parfum und duftende Seifen und Gesichtscreme zu kaufen. Sie würde mit kurz geschnittenen Haaren hinter der Theke stehen und einen weißen Leinenkittel tragen mit eingesticktem Namen über der linken Brust: Marlene oder Liliane oder Martine. Beim Namen konnte sie sich nicht ganz entscheiden.

Katharinas einziges Ziel war es, aus dem Tal herauszukommen. Es wäre höchst unwahrscheinlich gewesen, dass sie dies schaffen würde, hätte nicht ein Textilkonzern aus dem Rheintal entschieden, eine Socken- und Strumpffabrik in Rosenau zu bauen.

Für Söhne, die keinen Anspruch auf Land hatten und die ihren Lebensunterhalt nicht vom Schmieden oder Schreinern allein verdienen konnten, gab es nun Arbeit, die mit Geld bezahlt wurde. Und es gab Geld für Dinge, von denen die Leute gehört hatten, auf die es aber nicht ankam, denn es waren Dinge, die man in Rosenau nicht kaufen konnte: Radios, moderne Traktoren, Milchkühler, Elektroherde, Orangen, Rouge. Die Leute machten Pläne. Man konnte es auf dem Kirchplatz hören, sobald ein paar Männer ihre Köpfe zusammensteckten. Dokwiesers Markus und Hannelore sprachen von einer Bäckerei, mit einem großen Glasfenster zur Straße hin. Die Leute wollten ein richtiges Schulhaus bauen, jetzt, wo sie eine eigene Lehrerin hatten: die Ellenbogen Martha war mit einem Abschlusszeugnis vom fernen Innsbruck her zurückgekommen. Felleles Hermann, der das meiste für die Leute sowieso schlachtete, wollte einen anständigen Laden aufmachen, so einen wie der, den sein Schwager drunten in Ackenau hatte.

Doch das Einzige, was Katharina an der neuen Fabrik interessierte, waren der Lastwagen, der jeden Tag die Vorräte brachte, und die Männer, die den Lastwagen fuhren. Sie war zehn Jahre alt gewesen, als das erste Automobil die kurvenreiche, frisch geteerte, einspurige Straße von Ackenau nach Rosenau hinaufgefahren war, einfach um zu zeigen, dass das möglich war. Vier Jahre lag das nun zurück, und seither träumte Katharina von einer Fahrt in einem Automobil.

Der Lastwagen der Baustelle war genau genommen natürlich kein Automobil. Doch Katharina war ein realistisches Mädchen. Und so betrachtete sie ihn als einen Anfang. Der Lastwagen würde nicht nur die Straße hinunterfahren und verschwinden. Er würde in ein größeres Dorf kommen, wo es andere Lastwagen gab, und Autos und Männer, die die Autos fahren. Und dann ginge es weiter, und schließlich würden sie in eine Stadt kommen. Katharina fragte sich manchmal, was sie als Gegengabe anbieten müsste. Egal, was es war, sie würde es gerne geben. Und wenn es bedeutete, dass sie sich in einem schwarzen Auto mit polierten Chromscheinwerfern und Trittbettern auf den Rücksitz legen und jemanden auf sich steigen lassen musste, damit konnte sie leben. Das war nicht zu viel verlangt. Ihr ganzes Leben lang hatte Katharina fast jeden Morgen gehört, wie der Tag ihrer Mutter genau auf diese Weise begann: das Knarren des Bettes, das heisere, leise Flüstern, das ihr Vater von sich gab. Ihre Mutter, stumm wie ein Stein, überlebte es. Und bekam, soweit Katharina sehen konnte, viel weniger dafür.

Als der Sommer seinem Ende zuging, begann Katharina, sich Sorgen zu machen. Sie hatte mit vielen der Arbeiter auf der Baustelle geflirtet, doch noch keinen gefunden, der bereit war, seine Arbeitsstelle aufs Spiel zu setzen, und sie hinauf in die Fahrerkabine des Lastwagens steigen ließ und den Berg hinunter mitnahm, egal, wie freundlich sie sich gab, egal, wie lieb sie fragte. Bald wäre die Fabrik fertig, und schon bald würde Schnee fallen und die Straße bis zum Frühjahr unpassierbar machen. Socken würden sich in der Fabrik stapeln und auf das Tauwetter warten. Doch Katharina konnte nicht länger warten. Vom ersten Schnee bis zum Frühjahr, das schien Katharina länger als ein ganzes Leben, länger, als sie ertragen konnte.

Am letzten Dienstag im August ging Katharina kurz vor Mittag hinunter zur Fabrik, um ihren neuesten Freund zu sehen. Es war einer aus dem Flachland mit einem fremden, nördlich klingenden Namen. Er hatte das Verlegen der Telefonleitung unter sich.

«Schatz», nannte Jens sie, und: «Liebling», als er sie in den Schatten hinter der Fabrik zog. Katharina vermutete, dass er nicht aus Zuneigung so verliebt redete, sondern weil er Mühe hatte, sich an ihren Namen zu erinnern. Doch er war nahe daran, ihr zu geben, was sie wollte. Und so ließ sie sich von ihm gegen die Fabrikwand drücken. Der frische Putz stach ihr durch die Bluse, als er sie küsste. Er machte seltsame, leise Geräusche und rieb seine Hüften an ihr und streckte seine Zunge in ihren Mund. Katharina erwiderte mit leisen Geräuschen, mit ganz leisen, die laut genug waren, dass er weitermachte, aber nicht laut genug, dass die Männer, die gleich um die Ecke arbeiteten, sie hörten.

Als er unter ihrem Rock seine Hand weiter nach oben schob, lächelte Katharina.

«Fährst du heute Mittag noch einmal hinunter zum Kabelholen?», fragte sie, während er sich in ihren Schlüpfer vortastete.

Nachher war Katharina froh, dass sie ihn unterbrochen hatte, weil an diesem Nachmittag der Lastwagen seine Fahrt über den Kirchplatz machte, ohne anzuhalten. Sie stand und schaute ihm nach, wie er den Berg hinunterrollte und verschwand. Jens saß auf der Ladepritsche und schaute sie nicht einmal an. Doch sie hatte keine Zeit, Gedanken an Rache zu verschwenden. Das Grün der Wälder brach bereits, hier und da gab es eine Spur Scharlachrot oder ein bleiches Gelb. Der Himmel hatte jenen tiefblauen Ton, der mit dem Herbst kam.

Sie überlegte sich, wer der nächste Kandidat sein könnte, als er in den Laden trat: auch einer aus dem Flachland. Er hieß Rupert. Das war wenigstens ein vernünftiger Name. Er wollte eine Dose Tabak und vielleicht auch einen Kuss oder zwei von Katharina. Nicht, dass er das so direkt gesagt hätte, doch sie konnte sehen, wonach ihm der Sinn stand. Für Rupert, den Aufseher, der alle Entscheidungen auf der Baustelle fällte und zufällig auch einen Ehering trug, setzte Katharina ihr hellstes und bestes Lächeln auf, jenes, das sie vor dem Spiegel übte.

Dennoch fiel es ihr schwer, sich zu konzentrieren, als er seine schmutzigen Ellbogen auf den Ladentisch stützte und mit ihr redete. Der Lastwagen würde auf seiner Mittagsfahrt noch einmal heraufkommen. Sie hielt Ausschau nach ihm und hörte Rupert nur halb zu. Der redete langweiliges Zeug: mehr Hitler, mehr Politik. Hatte denn niemand langsam genug davon, wollte sie wissen. Es war immerhin schon fünf Monate her, und sie hatten von den Nationalsozialisten wenig gesehen. Wen kümmerte es, wie sie das Land nannten? Was für einen Unterschied sollte das machen? Niemand beklagte sich über das plötzlich fließende Geld, bemerkte sie. Und dass es Krieg geben könnte, ja, das ließ sich nicht einmal als Gerücht bezeichnen, das war eher schon ein Witz.

«Wir sehen genug von ihnen, draußen im Rheintal», sagte er ihr. «Ihr wollt sie hier oben nicht auch noch haben.»

«Wie schlimm können sie schon sein?», überlegte sie.

Er zuckte die Schultern. «Schlimm genug. Sie bringen alles durcheinander.»

«Was zum Beispiel?», fragte sie geistesabwesend, blätterte in einer Illustrierten, bis sie auf ein Paar dunkelblaue Schuhe mit silbernen Schnallen und hohen Absätzen stieß.

«Sie haben so eine Art, aufzutauchen und alles zu verändern. Manchmal auch Leute.»

Katharina runzelte die Stirn. «Was für Leute?»

Rupert schaute sich im Laden um und zum Fenster hinaus. Es schien ihm unangenehm. Doch Katharina wartete. Sie hatte gelernt, dass Männer sich gerne mit dem brüsten, was sie wussten, wenn ein Mädchen nur still sein konnte.

«Idioten hauptsächlich.»

Katharina seufzte und wandte sich wieder ihrer Illustrierten zu.

«Sei bloß froh, dass ihr euch hier oben nicht mit denen herumschlagen müsst», sagte Rupert. «Es ist friedlich hier oben.»

Sie schnaubte. «Friedlich wie ein Grab, das schon, und auch genauso unendlich langweilig. Übrigens, was für Autos fahren die Nationalsozialisten?»

Katharina erwartete nicht sofort eine Antwort auf ihre Frage. Doch die Antwort kam nicht einmal eine Stunde später um die Ecke. Ein Automobil fuhr auf den Kirchplatz und hielt direkt vor dem Laden. Es war nicht schwarz, sondern dunkelgrün, mit einem cremefarbenen Dach. Die Tür ging auf, und heraus stiegen Schwester Gertrudis und Schwester Hans-Peter, die dem Vater Ritter den Haushalt führten und vor kurzem ein Altersheim für Alleinstehende eröffnet hatten.

Nonnen in einem smaragdgrünen Daimler, staunte Katharina. Manche Sachen waren einfach nicht mehr zu ertragen.

Sie rief der Grantigen Marie zu, sie solle auf den Laden aufpassen, und ging los, ihre Fahrt in dem Automobil einzufordern.

Der Fahrer sah atemberaubend aus. Katharina konnte ihr Glück kaum fassen, dass jemand, der jung und gut aussehend war und eine Uniform trug, dieses Auto fuhr. Sie stand oben auf den Steinstufen und lehnte sich über das Geländer, damit sie besser sehen konnte. Katharina wusste kaum, was sie mehr bewundern sollte, das Auto oder die Uniform.

Der Soldat schaute sich auf dem Platz um. Und Katharina konnte sehen, wie er das Dorf abschätzte, sich überlegte, ob er in den Goldenen Adler gehen sollte. Er wird ein Bier wollen, dachte sie. Doch wenn er in den Adler hinüberginge, wäre er für sie verloren. Manuel würde ihn mit seinen abgedroschenen, alten Geschichten vom Großen Krieg und mit einer Million Fragen festnageln. Katharina würde nie ihre Gelegenheit bekommen.

Sie lehnte sich über das Geländer vor, setzte sich ein freundliches Lächeln auf und redete ihn in ihrem besten Schriftdeutsch an. «Sie müssen einen Durst haben», sagte sie und sprach schnell weiter: «Ein heißer Tag. Sind Sie von weit her gekommen?»

Er richtete seine Augen auf sie. Sie waren haselnussbraun. Und er lächelte. Katharina erwiderte das Lächeln.

«Hier muss es so sein», sagte der Soldat freundlich, «als ob man auf dem Boden einer Schüssel wohnt.» Er blickte hinauf in die Runde, sah die Drei Schwestern, wie sie über dem Dorf aufragten, sah das riesige Massiv der Betenden Hände. Katharina folgte seinen Augen und sah mit Schrecken, dass erster Schnee bereits das Guntarhorn bestäubte.

«Ja», sagte sie nicht unzufrieden mit dem Gang der Dinge. «Genau so ist es.» Ihre Gedanken rasten. Sie versuchte, die Worte zusammenzufügen, die ihr die Autotür öffnen würden, als der Soldat weiterredete.

«Ich suche Ignaz Metzler», sagte er zu ihr in seinem seltsamen Innerösterreichisch. «Man hat mir gesagt, er wird Wagenschmied genannt.»

Katharinas Pläne waren zunichte gemacht. Der Soldat suchte ihren Vater. Jetzt war es unmöglich, auf diesen Ledersitz zu rutschen und davonzufahren, bevor jemand es bemerkte. Lange hatte sie auf diese Gelegenheit gewartet. Und während sie ging und ihren alten Vater holte, dachte sie nach, wie sie die Situation noch retten könnte.

Der Wagenschmied schlief auf einem Schemel in der Schmiede. Er schnarchte, obwohl Stante mit lautem Hämmern versuchte, eine festgerostete Achse loszuschlagen. Stante schaute von seiner Arbeit auf. Schweiß rann ihm von der Stirn, glänzte an seinem Hals und an seinen muskulösen Unterarmen. Er grinste zu Katharina herüber, und obwohl sie in Eile und aufgeregt war, nahm sie sich die Zeit, zurückzulächeln. Stante war alt genug, dass er ihr Vater hätte sein können, doch einfältig genug, dass er ihr Kind hätte sein können. Und Katharina vertraute ihm. Oft hatte er sie getröstet, als niemand sonst bemerkt hatte, dass sie Trost brauchte. Und wenn er gern auf ihre in ihren Röcken schwingenden Hüften schaute, was machte das schon? Er hatte sie nie berührt, außer mit den Augen. Und in denen gab es nichts als reine Bewunderung.

Katharina rüttelte ihren Vater wach und trat einen Schritt zurück, um seiner wild schlagenden Hand auszuweichen. Der Wagenschmied reagierte unwirsch darauf, wenn er bei seinem Mittagsschlaf gestört wurde. Doch er hörte ihr zu und folgte ihr dann durch die Schmiede und über die Türschwelle der kleinen Schwingtür, die ins Haus führte, und durch den kühlen, dunklen Gang bis in den Laden, wo sie den Soldaten in Maries Obhut zurückgelassen hatte.

Normalerweise interessierte Katharina sich nicht für die Geschäfte ihres Vaters, und sie ließ sich nicht dazu bewegen, in der Nähe zu bleiben, wenn von Milchpreisen und der Heuernte gesprochen wurde. Doch diesmal lehnte sie sich an den Türrahmen, hielt die Hände auf dem Rücken und wartete auf ihre Chance.

«Sie sind Ignaz Metzler?», fragte der Soldat. «Genannt der Wagenschmied?» Seine Stimme klang entspannt, doch seine Augen waren es nicht. Und plötzlich fragte sich Katharina, in was für Schwierigkeiten ihr Vater geraten sein mochte.

«Sie haben zwei Enkel namens –» Er zögerte, zog ein Stück Papier aus der Hemdtasche seiner Uniform und las: «Michel und Konstantin?»

Als der Wagenschmied all diese Dinge bestätigte, warf der Soldat einen kurzen Blick auf Marie, die damit beschäftigt war, Stapel von Kurzwaren zu ordnen, und auf Katharina, die an der Tür stand. Katharina machte ihm große Augen. Mit Befriedigung bemerkte sie, wie er zusammenzuckte. Er reagierte wie alle Männer auf das, was sie zu bieten hatte.

«Wer sind diese Frauen?», fragte der Soldat.

Katharina sah erschreckt, dass ihr Vater dem Soldaten ins Gesicht spucken wollte. Aber er hatte Angst, dies in die Tat umzusetzen. Es gab nicht viel, wovor der Wagenschmied zurückschreckte. Er schlug die Kinder anderer Leute, wenn sie in seine Reichweite kamen. Und in der Kirche spuckte er gerade dann seinen Tabak auf den Boden, wenn alles so ruhig war, dass jeder ihn hören musste. Er tat, was er wollte, und wenn jemand etwas zu sagen hatte, grinste er sein zahnloses, beunruhigendes Grinsen und erklärte, er sei altersschwach und was sie dagegen wohl tun wollten? Doch jetzt hielt er sich zurück. Und das machte Katharina aufs Neue nervös.

«Das sind meine Töchter», sagte der Wagenschmied schließlich. Seine Stimme knisterte. Er redete Dialekt und ließ den Soldaten mit diesen Worten allein.

Aber der Soldat hatte verstanden. Er schaute von Katharina hinüber zu Marie und konnte Überraschung und Misstrauen kaum verbergen. Marie war eine Frau, die fast sechzig Jahre zählte. Sie war das zweite Kind aus der ersten Ehe ihres Vaters. Stumpig und grau blinzelte sie in die Welt, weil sie zu eitel war, eine Brille zu tragen. *So werde ich nie aussehen*, wollte Katharina zu dem Soldaten sagen. *Vorher häng ich mich auf.* «Halbschwestern», sagte sie stattdessen. «Wir sind Halbschwestern. Zweiundvierzig war sie, als ich auf die Welt kam.»

Der Soldat betrachtete Marie genau. «Sind Sie die Mutter von Konstantin und Michel?», fragte er. Als sie dies verneinte, unterbrach er sie in ihrer langen Geschichte von einem toten Bruder und einer Schwägerin und der Geburt der Zwillinge. Er wandte sich wieder dem Wagenschmied zu.

«Ich habe ein Gutachten, das besagt, dass Ihre Enkel schwächlich sind.»

Der Wagenschmied hob überrascht eine Augenbraue. «Soso, Herrgott nochmal», sagte er gelassen.

«Dies ist eine amtliche Angelegenheit», sagte der Soldat. «Ein Gutachten wurde erstellt. Ich bin hier, es zu prüfen.»

Der Wagenschmied grinste und drehte sich zu Katharina. «Nimm diesen Flachlandbewohner und zeig ihm, wie schwächlich dein Neffe Stante ist», sagte er.

Katharina hätte ihren Vater küssen können vor Dankbarkeit. Stattdessen neigte sie den Kopf zum Soldaten hin und machte eine Handbewegung, die ihn einlud, ihr in die Schmiede zu folgen. Er musste sich durch jede Tür bücken. Katharina hielt an, um ihm zuzusehen. Sie versuchte, ihre Zeit mit ihm in die Länge zu ziehen, und dachte, wie seltsam es war, dass er durch dieses Haus ging, das für kleinere Männer gebaut war. Sie bemerkte, wie die Dielen unter seinem Gewicht ächzten, wie sehr sein Haar glänzte. Sie fragte sich, ob er den Geruch der bratenden Zwiebeln und der zum Säuern angesetzten Milch bemerkte.

Ihre Mutter kam an die Küchentür und musterte den Soldaten. Ihr Gesicht zuckte ein wenig zusammen beim Anblick der Uniform. Einen eigenartigen Moment lang schien es Katharina, als wolle ihre Mutter tatsächlich etwas zu dem Soldaten sagen, sie, die im ganzen letzten Jahr keine fünf Worte gesprochen hatte. Doch dann trat Theres zurück in die Küche, hielt sich eine Hand aufs Herz. Ihr blasses Gesicht war nur ein Strich im trüben Licht.

Katharina versuchte, ihm über die Schulter hinweg zuzulächeln. «Was ist das für ein Dialekt, den Sie sprechen?», fragte sie. «Ich kenne ihn nicht.»

Er schaute sie überrascht an. «Wien. Sie haben noch nie einen Wiener sprechen hören? Nicht einmal im Radio?»

«Wir haben kein Radio», sagte Katharina. «Ich habe noch nie einen Wiener gesehen.» Sie machte eine Pause. «Haben Sie die Nonnen von Ackenau mit heraufgenommen?», fragte sie. «Oder von weiter her?»

«Von Ackenau.»

«Nehmen Sie einen jeden mit, der Sie bittet?»

«Das kommt darauf an», sagte er.

Befriedigt führte Katharina ihn in die Schmiede.

Stante stand immer noch am Amboss und hämmerte mit einer Schnelligkeit, die man bei der Härte seiner Schläge nicht für möglich gehalten hätte. Das Metall heulte und brüllte. Das

Hemd unter der Lederschürze hatte runde Flecken vom Schweiß. Er sah außerordentlich sportlich aus.

«Er ist der zweitstärkste Mann im Dorf», sagte Katharina.

«Der Einzige, der stärker ist, ist dem Hickars Tonile sein Dokus.»

«Sag ihm, dass ich mit ihm reden will.» Der Soldat war unbeeindruckt.

Katharina zuckte die Schultern und winkte, damit Stante auf sie aufmerksam würde. Mit einem breiten Grinsen legte er den Hammer zur Seite und kam herüber. Mit dem Hemdsärmel wischte er die Stirn. Als er erkannte, dass der Mann ein Fremder war, verlor Stantes Gesicht ein wenig von seiner gewöhnlichen Offenheit.

«Sie sind Metzler, Konstantin, Jahrgang 1901?», fragte der Soldat, und als Stante nickte: «Sie haben einen Zwillingsbruder namens Michel?»

Stante nickte noch einmal und fuhr sich mit der Zunge über die Lippen, ein schnelles Wischen, das Katharina zusammenzucken ließ. Es war die einzige Besonderheit, die ihn verriet.

«Wo ist dein Bruder?»

«Der ist drunten an der Bachkehre», antwortete Katharina für Stante. «Der Michel kommt nicht viel aus dem Haus.»

«Ich red mit dem da», sagte der Soldat.

Katharina hob eine Augenbraue. «Ja, aber vielleicht ist er schüchtern. Vielleicht braucht er ein bisschen Zeit, bis er den Mut hat, mit Ihnen zu reden. Manche Leute haben mehr Angst vor Ihnen als andere», fügte sie hinzu und hoffte, sie könnte ihm mit ihrem Necken den so ernsten Ton aus seiner Stimme drängen.

«Kannst du lesen und schreiben?», fragte der Soldat Stante.

Stantes Lächeln war nun vollständig verschwunden. Er schaute unsicher zwischen Katharina und dem Soldaten hin und her.

«Kannst du rechnen? Hast du Anfälle?» Dann, mit einem Seitenblick auf Katharina, sagte er: «Hast du sexuelle Beziehungen mit normalen Frauen?»

«He!» Katharina richtete sich auf. «Was für Fragen sind das?» Sie spürte die Hitze der Esse plötzlich. Schweiß stand auf ihrer Stirn und über dem Kragen ihres Kleides.

Ohne auf sie zu achten, begann der Soldat von neuem mit seiner Liste von Fragen. Katharina drängte sich zwischen ihn und Stante. «Nein, nein, nein und nochmals nein», rief sie.

Der Soldat wandte sich ab und ging davon.

Im Laden stand der Wagenschmied am Bonbonglas und fischte mit zwei knochigen Fingern nach einem Pfefferminz, das ganz unten lag. Als der Soldat zurückkam, Katharina dicht hinter ihm, schaute der Wagenschmied auf, zeigte ihnen seinen zahnlosen Mund voller Bonbons.

«Ich habe den Befehl, Ihre Enkel mit auf das Untersuchungsamt in Hohenems zu nehmen», sagte der Soldat. «Ich nehme sie jetzt mit.»

Marie holte tief und laut Luft.

«Darf er das?», fragte Katharina ihre Halbschwester und ihren Vater.

«Ich nehme sie jetzt mit!», wiederholte er.

«Ich will diesen Befehl sehen», sagte die Grantige Marie in ihrer besten Posthalterinnenstimme. Als sie die Papiere gelesen hatte, nickte sie ihrem Vater zu.

«Wann kommen sie zurück?», fragte der Wagenschmied.

«Wenn sie untersucht worden sind.»

«Wie lang wird das dauern? Ich brauch den Stante hier. Es gibt einen Haufen Reparaturen.»

Der Soldat zuckte die Schultern: «Es dauert, solang es dauert. Ein paar Tage, eine Woche. Wo ist der Zwillingsbruder?»

«Drunten auf dem Bachkehrenhof. Eine Frau schaut nach ihm, Bengats Barbara.» Über das Gesicht des Wagenschmieds huschte der Schatten eines Gedankens, der ihm nicht unangenehm schien. Das war deutlich zu erkennen, obwohl er versuchte, dies nicht zu verraten. «Das müssen Sie mit ihr aushandeln, dass Sie zum Michel kommen.»

«Sind Sie der gesetzliche Vormund?», fragte der Soldat.

Der Wagenschmied nickte.

Der Soldat legte ein Schreiben vor ihn auf den Ladentisch und zeigte auf eine Stelle unten auf der Seite: «Unterschreiben Sie hier. Und sagen Sie mir, wo dieser Bachkehrenhof ist.»

Umständlich und zögernd begann Marie, den Weg dorthin zu beschreiben.

«So kann er nicht fahren», sagte der Wagenschmied ungeduldig. «Das Auto kann nicht über den Kuhpfad fahren. Das muss auf der anderen Seite vom Bach hinunter und über die Wiese neben dem Haus herum, und dann wieder herauf. Das muss über den Kirchplatz zurück.»

Der Soldat wandte sich an Katharina. «Sie werden mir den Weg zum Bachkehrenhof zeigen», sagte er. Er sah die Verwirrung in ihrem Gesicht und hielt sie für Widerwillen. Deshalb sagte er weiter: «Es ist nur ein Automobil. In dem passiert Ihnen nichts Schlimmes.»

Die Sitze waren aus Leder, aus so feinem Leder und so weich, dass ihre Fingerspitzen kleine Monde zurückließen. Das Armaturenbrett war aus Rosenholz und auf Hochglanz poliert. Darauf befestigt stand in einem silbernen Ring eine kleine Vase aus Kristall, die die Sonnenstrahlen auffing und zersprengte. Eine einzelne weiße, verwelkte Rose neigte ihre samtige Blüte über den Rand der Vase und verströmte ihr letztes bisschen Geruch.

Stante hatte Blumen gern. Katharina versuchte, ihn auf die Rose aufmerksam zu machen. Doch er schien sie nicht zu hören. In den wenigen Minuten, die ihnen dafür gegeben worden waren, hatte Marie etwas Kleidung, Seife und ein Rasiermesser in einen alten Pappkoffer geworfen. Diesen drückte Stante sich jetzt fest an die Brust und starrte auf den Hinterkopf des Soldaten. Katharina versuchte, alle Einzelheiten des Autos aufzunehmen. Doch Stante lenkte sie ab. Schließlich nahm sie seine Hand, die hart und rau war wie ein Brett, und umschlang sie mit ihren Händen. Sie fuhren durchs Dorf und am Bach entlang. Das Auto neigte sich auf dem Feldweg zur Seite. Katharina sah Johanna vom Ellenbogenhof, die auf dem Pferd ritt, und winkte ihr zu. Doch Johanna zog nur die Zügel, ließ den Mund weit auffallen und dachte nicht daran zurückzuwinken. Das Auto hielt, als der Weg aufhörte. Und der Soldat fragte, ob dies der Hof sei, den man Bachkehrenhof nenne.

Katharina hatte Angst, dass er verlangen könnte, sie solle mit ihm hineinkommen und Michel und Barbara alles erklären. Doch er stieg aus, ohne ein Wort zu sagen, und ging durch den Schopf hinein ins Haus. Katharina saß still da, hielt Stantes Hand, hörte dem Ticken des sich abkühlenden Motors zu. Wie kalt seine Hand war, dachte sie. Ihre eigene Hand schwitzte.

«Da brauchst du dir keine Sorgen machen», sagte sie, mehr zu sich selbst als zu ihm. «Es ist nur eine Untersuchung.» Doch Stante sagte nichts, hob auch seinen Kopf nicht.

«Bald bist du wieder daheim», sagte sie weiter.

Dann ging die Haustür auf. Sie machte ein kratzendes Geräusch. Barbara folgte dem Soldaten. Sie weinte, während sie hinter ihm herstolperte. Der Soldat trug Michel in den Armen. Katharina sah Michels lange, verdrehte Beine, die über den Arm des Soldaten baumelten, und sie spürte, wie ihr Magen anfing, sich zu winden und zu zittern. Sie wünschte, sie hätte aus dem Auto aussteigen und einfach davonlaufen können. Doch Stantes Hand drückte die ihre fester.

Und er stöhnte, als ob er von irgendwoher wüsste, dass sie daran dachte, ihn zu verlassen.

Barbara rang die Hände und redete laut auf den Soldaten ein. Der Soldat trat mit dem Schuh gegen die Autotür. Ungeschickt tastete Katharina am Griff und öffnete die Tür. Barbaras Weinen wurde lauter. Mit einer einzigen schnellen Bewegung warf der Soldat Michel auf den Sitz neben Katharina.

Stante weigerte sich, seinen Bruder anzuschauen. Er verschränkte die Arme über dem Kopf und rollte sich zusammen. Die Stirn auf die Knie gepresst.

Barbara kam bis ans geschlossene Autofenster und presste das Gesicht an die Scheibe. Mit einer Hand umklammerte sie das Schreiben, das der Wagenschmied unterzeichnet hatte. Katharina lehnte sich über Michel und kurbelte das Fenster herunter. Barbara streckte ihre andere Hand herein und streichelte Michels verformten Kopf, versuchte, seine Tränen zu stillen, obwohl sie ihre eigenen nicht zurückhalten konnte.

«Wo bringen Sie sie hin?», jammerte sie immer wieder. «Wann kommen sie wieder? Warum kann ich nicht mitkommen? Die haben Angst, sehen Sie das nicht, dass sie Angst haben? Katharina, Katharina, sag's ihm. Sag's ihm.»

Statt ihr zu antworten, ließ der Soldat das Auto anspringen. Und Barbara rannte auf die andere Seite und drückte ihr Gesicht gegen sein Fenster. «Nur bis hinab nach Ackenau?», brüllte sie schrill. «Bis sie etwas ruhiger geworden sind!»

«Ich geh zu Fuß zurück!», sagte Barbara atemlos. «Ich komm zu Fuß zurück.»

Katharina schaute Barbara an und sah, was er auch sehen musste: eine alte Frau in einer befleckten, dunkelblauen Schürze, mit eisengrauen, hochgesteckten Zöpfen, mit einem dünnen, blassen Mund, mit Venen, die in ihre weichen, tränennassen Wangen gesponnen waren wie ein Netz aus dünner, scharlachroter Seide.

«Nein», sagte er, nachdem er einen Augenblick lang den Anschein gegeben hatte, als denke er nach. «Aber das Mädchen darf mitfahren, bis Ackenau. Dass sie ruhig bleiben.» Er wandte sich um und schaute Katharina an. «Sie kann zu Fuß zurückgehen.» Katharinas verwirrter Gesichtsausdruck schien ihn zu amüsieren. «Das heißt, wenn du mitfahren willst, Schatzerl.»

Das Auto rollte zurück über den durchfurchten Weg. Die Neuigkeit hatte sich herumgesprochen. Und jetzt standen da Leute. Einige von ihnen waren neugierig, andere wütend. Der Bengater Jakob sprang über den Bach und kam auf das Auto zugerannt. Er blieb dann aber schnell zurück und war nicht mehr zu sehen. Katharina dachte, dass er gestolpert sein musste. Das Auto fuhr langsam weiter, und die Leute hatten Zeit, sich zu bücken und in die Fenster zu schauen. Sie formten mit dem Mund an Katharina gerichtete Worte. Sie drängten sich nahe heran, zeigten auf den Fahrer, betasteten den Wimpel und das eingestickte Hakenkreuz, riefen laute Fragen, in Katharinas Richtung und zueinander. Hände flatterten gegen die Scheiben, rote Handflächen voller Hornhaut. Ein gutes Stück lief Barbara hinterher, weinte laut, rief: «Seid gut, ihr Buben, seid gut, kommt bald wieder. Ich wart auf euch.»

Michel klammerte sich an Katharina. Seine gekrümmten Hände vergruben sich in ihren Rock. Katharina legte den Arm um ihn. Sie hatte Michel lange nicht mehr gesehen. Er kam nie ins Dorf herauf. Und sie konnte sich nicht erinnern, wann sie ihn das letzte Mal außerhalb des Bachkehrenhofes gesehen hatte. Seine blonden Haare waren dünn geworden. Er hatte den Schluckauf. Und dann war er still.

Sie versuchte, Stantes Hand wieder zu halten. Doch er wandte sich ab und schaute, wie das Dorf draußen vorbeiglitt. Das Auto fuhr über den Kirchplatz. Marie stand still in der Ladentür und winkte mit einem Taschentuch. Der Wagenschmied war nirgends zu sehen, auch ihre Mutter nicht.

Plötzlich wünschte sie sich, ihre Mutter sehen zu können. Das Auto bog auf die Teerstraße, und Katharina fing aus dem Augenwinkel heraus eine Bewegung auf: Eine Frau rannte, rannte hinter ihnen her, so schnell sie konnte. Ihre Füße trommelten auf die Erde. Ihre Schürze flatterte. Katharina schaute Stante an. Seine Augen starrten geradeaus. Er bemerkte seine Tante Anna nicht, wie sie hinter ihnen herlief. Dann beschleunigte das Auto. Anna blieb zurück und verschwand.

Auf dem Weg hinunter nach Ackenau eröffnete sich eine herrliche Aussicht, doch Katharina drehte sich immer wieder nach hinten, während das Auto die Kurven hinunterfuhr. Sie wandte den Hals, damit sie zurück- und den Berg hinaufschauen konnte. Rosenau tauchte auf und verschwand, kam und ging. Michel war eingeschlafen. Sein Kopf lag an ihrer Schulter. Sein Speichel tropfte langsam auf ihr Kleid. Wie ein Säugling, dachte Katharina. Ein siebenunddreißigjähriger Säugling.

Leuchtendes Rot erregte ihre Aufmerksamkeit dort, unter Michels Fuß. Sie beugte sich vor und zog daran: ein Haarband. Katharina starrte es an. Es war ein abgetragenes

Band aus Samt, zu einer Schleife gebunden, wie Kinder es tragen. Eine dunkle Haarsträhne hatte sich im Knoten verfangen. Ihr wurde schwindlig. Und sie holte tief Luft, nahm die Gerüche von Leder und Holzpolitur und Rosen wahr, und jetzt bemerkte sie, verschüttet nicht allzu tief unter diesen vornehmen Gerüchen, den Gestank von Urin, den süßen Geruch von Erbrochenem.

Der Soldat sagte etwas zu ihr.

«Wie weit willst du gehen?», fragte er Katharina. «Ist Ackenau weit genug? Wie weit genau willst du?»

Mikatrin
Ellenbogenhof, 1943

Tante Johanna hat es sich in den Kopf gesetzt, dass die Berta hier bleiben muss. Ich kann sagen, was ich will. Hanna hat sich diese Kuh in den Kopf gesetzt. Und sie will sie nicht hergeben.

Ich will ins Bett. Nicht, dass die Arbeit geschafft wäre. Wissen Sie: Sogar jetzt, wo wir mit dem Hof weit zurückgesteckt haben, schaffe ich's nicht. Ich bin schon seit Sonnenaufgang auf den Beinen. Und ich habe keine Lust, mich wegen dieser Kuh herumzustreiten.

Hanna schaut mich aus ihren wässrigen Augen an, aus Augen, die so blassblau sind, dass ich mir vorstelle, wie ihnen über die Jahre hinweg ihre Tränen die Farbe herausgewaschen haben. Bei Hanna sind Tränen immer nah und bereit zu fließen.

«Das ist eine gute Kuh», sagt sie mir. «Ein schönes Tier.»

Ein blassgelber Klumpen Rahm klebt unten auf dem Boden in meinem Glas. Das ist die Farbe, die der Rahm hat, wenn die Kühe jedes Jahr zum ersten Mal auf die Weide getrieben werden. Die wilden Blumen geben ein gutes Frühjahrsfutter: Scharbockskraut und Nelkenwurz, Frauenmantel und Schlüsselblumen.

«Wir können uns die Berta nicht leisten», sage ich. «Wir brauchen keine zwei Kühe, nur für uns zwei.»

«Es wird nicht immer nur bei uns zweien bleiben», feuert sie gleich zurück. «Du hast eine Schwester, falls du dich an sie erinnern willst. Eine Familie.» Sie reckt ihr Kinn in die Höhe, fordert mich heraus, ihr zu widersprechen.

Ich spüre, wie Wut mir das Genick heraufkriecht.

«Wir können keine Kuh behalten, die immer nur über den Garten herfallen will und uns nichts zurückgibt.»

«Und als Nächstes holst du für mich den Metzger!» Speichel fliegt von ihren Mundwinkeln. Farbe steigt auf in ihren papierdünnen Wangen. Da gibt's keinen Zweifel, dass Johanna seit Anfang des Krieges gealtert ist. Sie ist vierundsechzig. Aber jeder Tag ihres Lebens, jede Minute hat Spuren hinterlassen. Es ist mir klar, dass man sie heute Abend von nichts mehr überzeugen kann. Gerade will ich aufgeben, als hinter dem Haus ein lautes Röhren erschallt.

Mein Stuhl schwankt und wäre beinahe umgefallen, so eilig habe ich's, an die Tür zu kommen. Hanna ist direkt hinter mir. Dumpf hämmert ihr Gehstock auf die Holzdielen.

Der Hirsch steht, wo er immer steht, wenn er uns besuchen kommt, auf dem Bergrücken direkt oberhalb des Hofes, dort, wo der Wald in die Hutlerwiese und dann in die oberen Weiden übergeht. Sein Geweih muss fast zwei Meter messen. Seine weiße Brust steht als zackiger Stern im Wald. Er röhrt noch einmal. Und das Geräusch wird als Echo von den Bergwänden zurückgeworfen und rollt dann den Berg hinauf.

«Das ist ein Anblick», flüstert Hanna, als ob er sie hören könnte und davonspränge, wenn sie lauter sprechen würden.

«Zeit fürs Bett», antworte ich und wende mich ab. Ich schäme mich für den bösen Ton in meiner Stimme. In letzter Zeit habe ich tagsüber Mühe, diesen Ton unter Kontrolle zu halten. Am Abend bin ich erschöpft. Und dann fließt er aus mir heraus wie Blut.

Morgens, wenn ich fertig bin mit dem Melken, das heißt, wenn ich die Bless gemolken habe und versuche, die Berta zu melken, miste ich die Ställe aus, füttere Sau und Hühner und lasse die Kühe und das Pferd hinaus auf die Hofweide. Dann gehe ich ins Haus und frühstücke. Mir bleibt eine halbe Stunde, um zu essen, mich zu waschen und zur Arbeit ins Dorf zu kommen.

Tante Johanna hat ein Frühstück mit gekochten Eiern, Bergkäse und Tee gemacht. Sie macht den Tee aus Blättern, die schon zweimal vorher aufgebrüht worden sind. Dann verdünnt sie den Tee mit Milch so weit, dass er seinen Charakter vollends verliert. Sie sitzt am Tisch und hält sich eine Zeitung nah ans Gesicht. Manchmal hat sie von der Druckerschwärze den ganzen Tag einen Fleck an ihrer Nasenspitze.

«Hier steht, dass es mit dem Krieg gut vorangeht», berichtet Hanna. Sie berichtet mir das jeden Tag. Die Zeitung ist schon mehr als zwei Wochen alt. Doch sie liest sie mir immer wieder vor.

«Diese Kuh gibt und gibt ihre Milch nicht her», antworte ich. «Sie will einfach nicht. Sie gibt weniger als die Hälfte, die die Bless gibt.»

Hanna hält ihre knotigen, arthritischen Finger in die Höhe, greift in die Luft, als ob sie melken würde. «Du redest ihr nicht gut genug zu», sagt sie mir schon zum hundertsten Mal. «Im Reden steckt's.» Sie schaut mir mit weit offenen Augen direkt ins Gesicht, zuckt nicht mit einer Wimper. Ich sehe die Augen meiner Mutter, und doch nicht meine Mutter. Früher hat mich das verwirrt. Heute macht es mich nur wütend.

«Ich gehe heute zum Hermann und rede mit ihm», sage ich zu ihr, während ich in die Schlafkammer trete und dort den Stallgeruch von mir wasche. «Dem sind meine Worte bestimmt gut genug. Ich sage ihm, dass er heute Abend heraufkommen soll.»

Ihre Stimme wird schrill. Sie versucht, durch die abgeschlossene Tür in meine Schlafkammer zu dringen. «Den schick ich wieder davon, wenn der seine Nase hier zeigt, bei Gott!» Dann: «Ich lass mir diese Kuh nicht zu Wurst machen! Hörst du? Du wirst die Kuh deiner Schwester nicht zum Metzger bringen, bloß weil du zu grantig bist, eine Milch aus ihr herauszubekommen!»

Ich schaue mir im Spiegel ins Gesicht. Meine blauen Augen werden wässrig. Ich sehe das Gesicht meiner Mutter, und doch nicht meine Mutter. Ich sehe eine Frau, die fast dreißig ist, die aber aussieht wie vierzig. Ich sehe eine Frau, die einmal eine Tochter war, eine Ehefrau, eine Mutter, die aber jetzt nichts von alldem ist. Ich sehe eine Frau, die austrocknet, so tief, bis sie nur noch aus Verbitterung und Knochen besteht.

Die Fabrik hat eine ungesunde rosa Farbe, wie ein Fisch, der schlecht geworden ist. Ihre dicken Mauern sind immer feucht. Wenn ich mich darüber beschwere, sagen die anderen Frauen mir, dass es hier drin wenigstens kühl ist, und ich sage ihnen, dass genau das das Problem sei: drinnen sein im Sommer, wenn es Arbeit gibt, die auf den Feldern wartet.

Als ich auf meinem Fahrrad heranfahre, lehnen die Wagenschmied Katharina und dem Fellele seine Marianne mit ihren Schultern gegen dieses fleischige Rosa. Sie haben beide den Kopf in den Nacken geworfen und die Fersen in die Erde gegraben, als gelte es, die Mauer dort festzuhalten, wo sie steht, und sie daran zu hindern davonzulaufen. Sie teilen sich eine Schokoladentafel, essen den letzten Riegel, bevor die Fabrikglocke läutet. Geräuschvoll saugen sie sich das klebrige Schwarz von den Fingern.

«Noch nie Schokolade gesehen?», fragt die Katharina mich, als sich unsere Augen treffen. Sie fordert mich heraus, sie zu fragen, von wem sie sie bekommen hat und wie.

«Ein paar Jahre lang nicht mehr», antworte ich ihr und gehe vorbei.

Sie finden das lustig, oder zumindest finden sie mich lustig. Ihr Lachen begleitet mich, bis ich die Treppen hinaufgestiegen und am Dokwieser Harald vorbei bin. Der stempelt mich mit einem gemurmelten *Heil Hitler* ein und lässt mich durch ein leises Klicken der Zunge wissen, wie knapp ich daran war, den Lohn für eine Arbeitsstunde zu verlieren. Ich gehe an langen Reihen von Nähmaschinen vorbei, wo andere Frauen sich auf den Arbeitsbeginn vorbereiten. Schließlich komme ich in die Halle, wo ich den Rest des Tages damit zubringen werde, einen endlosen Fadenstrang in eine immer hungrige Maschine zu füttern, immer wieder Knoten zu lösen und den Strang neu zusammenzubinden, weil diese Maschine nie genug Mull gewebt haben wird, weil es nie genug Binden geben wird, weil dieser Krieg nie enden wird.

Durchs Fenster, das mit denselben grauen Fusseln verstaubt ist, die ich in der Nacht heraufhuste, sehe ich, dass Wiars Markus seine Milchkühe auf die Weide getrieben hat. Eine hebt ein Hinterbein und schüttelt immer wieder den Huf, so, als habe sie irgendein Problem damit.

Sie lassen diejenigen von uns um vier gehen, die Vieh oder eine andere Arbeit zu Hause haben und keine Männer, die nach dem Rechten sehen könnten. Ich höre zusammen mit dem Kolobaner Kaspar seiner Elisabeth, der Barbara vom Berg und der Olga von der Kirchplatzsennerei auf. Olga war einmal meine Schwägerin. Aber jetzt ist sie einfach auch eine

Frau, die einen Mann hat, der irgendwo in der Ukraine kämpft, die Brüder gehabt hat, die gefallen sind, und die eine Mutter hat, die nachts durchs Dorf wandelt und in heiseren Flüstertönen nach ihren Söhnen ruft.

Olga ist verschwunden, bevor ich ihr zuwinken kann. Ich habe sie um Rat wegen der Berta fragen wollen. Aber vielleicht ist's besser, wenn der Harald uns draußen vor der Fabrik nicht reden sieht. Er könnte sonst auf den Gedanken kommen, unseren Arbeitstag um ein paar Stunden zu verlängern.

Das Fahrrad rüttelt und holpert auf dem letzten Stück die kleine Anhöhe zum Hof hinauf. Ich überlege mir gerade, wo ich Fett für die Kette herbekommen könnte, als ich in die Pedale trete und um die letzte Ecke biege. Und da sehe ich die Berta. Sie steht mitten im Garten. Ihre Hufe sind in der dunklen, lockeren Erde vom Gelbe-Rüben-Beet in alle Himmelsrichtungen ausgespreizt. Und sie frisst nicht von den Rüben oder dem Kartoffelkraut oder von den zarten, neuen Kohltrieben oder von den Blättern an den Tomatensetzlingen. Sie frisst von meinem kleinen Blumenbeet. Sie reißt ausgefranste Klumpen von Petunien und Geranien, Stiefmütterchen und Gänseblümchen aus der Erde, kaum groß genug sind sie, um die Lücken zwischen ihren Zähnen zu füllen.

Jetzt erst erinnere ich mich daran, dass ich auf dem Heimweg beim Metzger vorbeiwollte.

Ich will mich wieder auf mein Fahrrad setzen und die Sache erledigen. Der Hermann soll die Berta gleich in seinem Wagen mitnehmen, jetzt, wo ihre Mägen voll sind mit all dem Besten und Süßesten, was mein Garten zu bieten hatte. Bless kann noch eine halbe Stunde warten, denke ich, während ich den Teppichklopfer dort unter der Wäscheleine von der Wand nehme und auf Berta zurenne.

Sie kümmert sich nicht sehr um mich. Neugierig schaut sie um sich, so als wollte sie fragen, was ich denn mit dem Ding ausrichten wolle. Dann schreitet sie gemächlich aus dem Garten. Den ganzen Weg bis zum Kuhstall schlage ich auf sie ein. Ich fange an zu schwitzen. Ich schlage auf sie ein, bis mir der Arm wehtut. Und dann lege ich meinen Kopf an ihre Seite, die warm und staubig ist und süß duftet. Ich rieche starke Süße von Milch und Mist und Harn. Und ich lasse meinen Tränen freien Lauf. Es scheint mir jetzt, in diesem Augenblick, so, als werde ich mich nie wieder bewegen können.

Als ich mich bewege, ist es nicht, um mein Fahrrad aufzuheben und ins Dorf zu fahren, oder um Bless in den Stall zu holen und sie zu melken, oder im Garten aufzuräumen. Ich bewege mich, weil ich Tante Johanna lachen höre. Sie kichert wie ein sechzehnjähriges Mädchen. Und dieses Kichern bedeutet, dass sie nicht allein ist.

Er schaut auf, lacht weiter, als ich in die Küche trete. Meine Zöpfe fliegen mir offen um den Kopf. Mein Gesicht brennt. Sein Gesicht wird ein bisschen ernster. Und dies ist es, was Johannas Aufmerksamkeit erregt. Sie dreht sich auf ihrem Stuhl herum, hält dabei einen Arm über die Lehne gehakt. Ihre Augen blitzen auf. Dieser Mann hat ihr zwanzig Jahre aus dem Gesicht gezaubert, einfach indem er in die Küche hereinkam und sich setzte. Sie macht eine Handbewegung in meine Richtung.

«Komm rein und sag grüß Gott», sagt sie. «Sag grüß Gott zum Schuhmacher seinem Jüngsten.»

So hatten ihn die Leute immer genannt, dem Schuhmacher sein Jüngster. Als er mit meiner jüngeren Schwester in die Schule ging, hat er darauf genauso gehört wie auf seinen eigenen Namen.

«Der Martin bringt uns gute Neuigkeiten aus dem Osten», beginnt Johanna.

Sie hat ihm Kaffee gemacht, den letzten Rest unseres Kaffees. Der Duft füllt diese Küche mit Geistern: meine Mutter, die ihre Hände um ihre Kaffeetasse legt und sich an ihr wärmt, mein Vater, der braunen Zucker auf übervollen Löffeln in seine Kaffeetasse schaufelt. «Schon der Geruch von deinem Kaffee weckt die Toten», sagt er jetzt zur Mutter. Sie antwortet mit einem Lachen. Ich höre sie.

«Von deiner Schwester», sagt Martin. Die Stimme klingt bekannt. Aber der Mann ist ein Fremder. Er schaut mich mit seinem sonnenverbrannten Gesicht, seiner hohen Stirn und den überblauen Augen an. Er ist ein mir unbekannter Mann. Er reicht mir von seinem Stuhl herauf die Hand. Seine Handfläche ist hart. Seine Finger sind voller Hornhaut. Es ist die Hand eines arbeitenden Mannes.

Jetzt sehe ich, was zwischen ihnen auf dem Tisch liegt: ein Brief in einem schmutzig grauen Umschlag. Mein Name steht darauf, geschrieben in der kleinen und verkrampften Handschrift meiner Schwester. Schwarze Tinte windet sich wie eine Schlange auf dem Papier.

«Wann bist du gekommen?», frage ich, wende mich ab.

«Gestern.»

«Arbeitest du jetzt statt bei der Artillerie bei der Feldpost? Oder bist du gerade auf Urlaub daheim?»

Schweigen folgt mir quer durch die Küche bis zum Waschbecken. Es bleibt still, während ich mir das Gesicht und die Hände wasche.

Als ich mich wieder umdrehe, das Gesicht immer noch heiß, aber wenigstens sauber, sehe ich die Krücke, die aufrecht in der Ecke steht. Unter dem Tisch sind drei Beine. Zwei gehören der Tante Johanna.

«Ich muss in den Stall», sage ich, schaue ihm direkt in die

Augen. «Die Kühe warten, dass sie gemolken werden.» Und ich gehe hinaus in den Stall, schnell, bevor er an der Reihe ist, Fragen zu stellen, über die ich nicht nachdenken und die ich noch viel weniger beantworten will.

Beim Hinausgehen sage ich, ohne die Worte direkt an jemanden zu richten: «Du hast die Gartentür wieder offen gelassen.»

Ich gehe. Der stumme Brief bleibt zwischen ihnen auf dem Tisch liegen.

Die Stalltür schwingt auf, gerade als ich mit der Bless fertig bin und mich hinsetze, um die Berta zu melken. Martins Gegenwart lenkt sie kein bisschen ab. Sie weiß, dass ich mit dem Eimer auf sie zukomme. Sie schwingt ihre Hörner in meine Richtung, bewegt ihren Kopf träge im Kreis, so weit sie mit ihm kommt, angebunden, wie sie ist. Sie würde sicher mehr anrichten, wenn sie es nur könnte. Sie meint, dieser Eimer habe etwas gegen sie, der Teppichklopfer dagegen, der störte kaum.

«Verfluchtes Biest», singe ich sanft. «Du altes Luder, du nichtsnutziges, gottverdammtes Miststück.»

Kaum ist der Eimer unter ihr, kickt sie ihn mit einem gezielten Tritt zur Seite.

Ich bin fast so weit, mir die Mühe zu machen, ihr ein Seil um ein Fußgelenk zu wickeln und es hochzuwinden. Auf drei Beinen kann selbst Berta vom Ausschlagen nur träumen. Da humpelt Martin herüber, schwankt auf seinem Holzbein, richtet sich immer wieder an der Krücke auf. Er stellt sich hinter Berta, packt sie am Schwanz und dreht ihn kräftig, reißt ihn dabei in die Höhe.

Berta brüllt auf, wütend wie der Gottseibeiuns. Sie vergisst, was ich von ihr will. Und das genügt, damit ich anfangen kann.

«Das ist einmal ein streitsüchtiges Weibsbild», sagt Martin, während sie schwer atmet.

Ich lehne meinen Kopf an Bertas Seite. Ich kann nicht viel von ihm sehen, außer seinem Hosenbein und dem Holzbein darunter.

«Klar. Nichts als streitsüchtige Weibsbilder hier auf dem Hof.»

Der Strom verebbt: drei Liter von ihr, wo die Bless mir neun gegeben hat.

«Du geizige Hexe», sage ich zu Berta. «Für wen willst du deine wertvolle Milch aufheben?»

«Für ihr Kalb», meint Martin.

Auch wenn ich weiß, dass er Recht hat, weil ich weiß, dass dieses dumme Biest auf ein Kalb wartet, das schon lang geschlachtet ist, werde ich wütend. Und dies lässt mich unvorsichtig werden. Meine Bewegungen sind zu schnell. Ich greife nach dem Eimer und komme ihr dabei ans Euter. Als Antwort darauf tritt sie wieder, diesmal mit Präzision. Die Milch ergießt sich über den Stallboden.

«Hanna sagt, ich red ihr nicht gut genug zu», sage ich zu Martin, während wir der Milch zuschauen, wie sie sich unter dem Stroh ausbreitet und vermischt mit der gelben Flüssigkeit in der Stallrinne. «Das ist ein Talent, das ich nicht habe.»

«Ich würde annehmen, dass das nicht viel ausmacht», sagt Martin. «Wenn man bedenkt, wo du hingeheiratet hast. Unser Vater hat immer gesagt, dass die Bengat-Buben eine außergewöhnlich gute Hand haben mit widerspenstigen Tieren.»

Ich erforsche sein Gesicht, um mich zu vergewissern, dass das, was ich in seiner Stimme höre, echt ist. Er weiß es nicht.

«Leo ist letztes Jahr gefallen. In Norwegen.»

Seine Augen blitzen auf. Ich habe ihn überrascht. «Ich

habe gerade bei der Johanna den Leo erwähnt, und sie hat kein Wort gesagt. Sie ist ganz heiter geworden.»

Es gibt keinen Grund, rot zu werden, und trotzdem werde ich rot. «Das kann schon sein. Sie hat ihn gern gehabt, und die Tatsachen sind noch nicht ganz bis zur ihr durchgedrungen.» Ich beschäftige mich damit, unter Berta sauber zu machen. Sie beobachtet mich, tritt von einem Hinterbein aufs andere. Doch ich nehme an, dass sie für heute Abend zufrieden ist mit dem, was sie angerichtet hat. Sie lässt mich machen und beschäftigt sich mit dem Wiederkäuen.

Jetzt sagt mir Martin etwas, was ich schon weiß. «Der Leo war ein guter Mann», sagt er.

Mitleid bekommt meinem Magen immer noch nicht gut. Aber dies ist die Wahrheit, und ich muss das bestätigen. So weit bin ich inzwischen gekommen, seit Leo gefallen ist. Ich nicke.

Martin schüttelt den Kopf, als wolle er einen unwillkommenen Gedanken von sich schütteln. «Das heißt, dass all die Bengat-Buben, außer dem Jakob, gestorben sind.»

«Der Jakob ist gefallen, gerade vor ein paar Wochen haben sie die Nachricht bekommen.»

Martin lehnt sich an die Stallwand. «Der Hof?»

«Anna hat die Felder verpachtet, das Vieh verkauft.»

«Und die Bengat-Sennerei?»

«Geschlossen. Wir bringen unsere Milch ins Dorf zur Olga und ihren Buben, jetzt, wo sie angefangen haben, ganz aufs Sennen umzustellen – wenn's genug Milch gibt, dass es sich lohnt. Anna ist auch da bei ihnen, fürs Erste. Es hat sie alles ziemlich mitgenommen.»

Er räuspert sich. Als er mich wieder anschaut, hat er Tränen in den Augen. Aber sein Mund ist fest. Er räuspert sich noch einmal. Die Art, wie er das Gewicht auf seinem Bein hin- und herwiegt und sich wieder aufrichtet, lässt mich erstarren.

«Der Brief ist an dich adressiert», sagt Martin.

Als ich ihm keine Antwort gebe, redet er selber weiter.

«Sie wird bald heimkommen», sagt er.

Meine Neugier ist dann doch zu stark. Und ich lasse ihn diese Geschichte erzählen, die er mir unbedingt erzählen will.

Martins Gesicht nimmt einen seltsamen Ausdruck an, halb ist er hart, halb verwirrt. Er sieht aus wie ein Mann, der den Glauben ans Glück aufgegeben hat, doch dann ein Stück Glück findet, plötzlich. Und auch wenn's vielleicht ein Glück ist, das er sich nicht verdient hat, nimmt er es an, wo auch immer er es gefunden hat.

«Ich habe die Martha im Dorf getroffen, direkt vor dem Krankenhaus, wo sie mir das Bein abgenommen haben.» Er starrt irgendwohin, weit weg in die Ferne.

«Das ist jetzt bald drei Monate her. Da lag noch Schnee. Als sie mich endlich einen Schritt ins Freie haben machen lassen –» Er blickt kurz hinunter auf sein Holzbein, dorthin, wo es im Stalldreck steht. «Am ersten Morgen, an dem sie mich haben gehen lassen, hat mir noch alles gerissen von dieser Sache, und ich war nicht gerade in meiner besten Laune, muss ich zugeben. Und ich mach ein paar Schritte ins Freie. Ich steh da in der Kälte. Und ein Krampf schießt mir ins Bein. Ich denke: Jetzt haut's dich hin, direkt aufs Gesicht. Und dann schau ich auf, und da ist die Martha, steht direkt vor mir. Hinter ihr eine ganze Bande armer Dorfkinder. Sie war auf dem Weg in die Schule.»

Martins Kinn liegt auf seiner Brust. Doch er schafft es, mich anzusehen, bittet mich mit den Augen, ihn zu bitten, weiterzuerzählen.

Ich fange seinen Blick auf, halte ihm stand.

«Und sie lächelt mich an, einfach so, und sie sagt: ‹Schuhmachers Jüngster, du wirst dich erkälten.›»

Er schaut mich weiter an.

«Man wird ihr eine Schule hier in der Gegend zuweisen, vielleicht sogar die hier im Dorf.»

Ein bitterer Geschmack schießt mir vom Magen herauf in die Kehle. Und ich muss ausspucken.

«Das glaub ich kaum, Sakrament nochmal», sage ich. «Die haben uns einen von Wien geschickt. Der hat sich's hier eingerichtet.»

«Aber sie ist daheim hier», sagt er, sagt mir wieder etwas, was ich schon weiß. «Dies ist ihr Dorf.»

Ich wische mir mit dem Ärmel übers Gesicht. Und ich muss mich fragen, wie schwer von Begriff ein Mann manchmal sein kann. Es scheint, als habe dieser Mann zwar sein Bein verloren, dabei aber nichts über den Krieg gelernt.

«Man hat sie wegbeordert von hier, oder nicht?», sage ich. «Fast bis ganz an die Front geschickt. Im Sudetenland ist sie jetzt daheim.»

«Sie ist Österreicherin», sagt Martin und richtet sich steif auf.

«Österreich gibt's nicht mehr», erinnere ich ihn. «Die Tschechoslowakei auch nicht. Und hat dein Vater anno 19 nicht auch dafür gestimmt, dass Vorarlberg wegkommt von Österreich?»

Fast lässt mich Martin das Thema wechseln, fast schluckt er den Köder. Doch dann beherrscht er seine Wut. Nach einer Weile sagt er, eigentlich nicht zu mir: «Sie hat es mir nie gesagt.»

Mein Lachen kommt jämmerlich heraus, fast wie ein Bellen, rau und kurz und drohend. «Man hat sie zur Strafe dorthin geschickt, weil sie die Versammlung für Grundschullehrer direkt vor dem Treueeid verlassen hat.»

Er macht den Mund auf. Doch ich schneide ihm schnell das Wort ab. Ich schneide ihm das Wort ab, bevor er noch etwas sagen kann, weil ich weiß, was er sagen wird: wie mutig Martha war, dass sie aufgestanden ist gegen die verfluchten Deutschen, und das zu einer Zeit, als die meisten Leute sich einfach darein ergaben und manche das sogar mit einem Lächeln und Augenzwinkern taten. Ich habe das schon zu oft gehört. Also schneide ich ihm das Wort ab und mache einen Schritt auf ihn zu. Mein Gesicht zeigt deutlich, was ich zu sagen habe.

«Die Martha hat ihre Meinung gesagt und dann nicht zurückgeschaut, als sie weg ist und mich hier mit einer alten Frau und einem Säugling und dem Hof und einem bisschen Geld, das nicht einmal drei Monate gereicht hat, zurückließ», schleudere ich ihm ins Gesicht. «Fast alles Vieh hat geschlachtet werden müssen. Und glaub mir, die Wehrmacht hat sich mehr als ihren Teil genommen. Ich bringe kaum genug Heu heim, dass ich diese paar elenden Viecher durch den Winter bring. Tagsüber bin ich drunten in der Fabrik, versuch dort, genug Geld zu verdienen, dass es weitergehen kann. Martha hat sich gegen diese Deutschen gestellt, ja, das hat sie. Aber sie hat mich mit dieser Kuh allein gelassen», sage ich und schlage auf Bertas knochigen Rücken. «Sie hat einen Narren gefressen an dieser Kuh, als die noch ein Kälbchen war. Sie hat sie aus der Hand gefüttert und völlig ruiniert. Und jetzt lässt die Hanna mich sie nicht verkaufen – weil das, was die Martha will, das bekommt die Martha.» Meistens, sage ich noch weiter zu mir selbst. Aber vielleicht dieses Mal nicht, denke ich noch.

Als ich kurz schweige und Atem hole, um mich zu beruhigen, sehe ich, dass er keine Angst vor mir hat, dass ihn nicht einmal die Wut, der ich freien Lauf ließ, abstößt. Direkt und aufrecht begegnet er meinem Blick. Er ist neugierig. Ich spüre, wie mir dies eine Gänsehaut über Rücken und Arme schickt, weil ich jetzt weiß, was ich nur vermutet habe, tief in mir: Dieser Mann und ich, wir werden ins Geschäft kommen miteinander.

Ich nehme den Eimer Milch, den ich von Bless bekommen habe, und will gehen. Aber er hält mich zurück.

«Wo ist dein kleines Mädchen, wo ist die Maria?»

«Maria ist tot», sage ich und gehe hinüber zur Sau, weil die Sau noch nicht gefüttert worden ist und Sauen nicht warten können.

Ich stehe auf. Ich erledige im Stall, was erledigt werden muss. Ich esse. Ich gehe zur Arbeit. Auf dem Weg nach Hause komme ich mit dem Fahrrad direkt am leeren Schaufenster der Metzgerei vorbei. Weshalb fühlst du dich schuldig, frage ich mich und trete kräftiger in die Pedale.

Warum diese Eile?

Ich fahre hinunter ins Tal. Und dann geht's wieder bergauf. Als Mädchen habe ich den ganzen Weg auf dem Fahrrad geschafft, jede Kurve genommen, ohne außer Atem zu geraten. Doch seit kurzem habe ich angefangen, wenn ich am Tanner Hanser seinem Hof vorbei bin, mein Fahrrad zu schieben, bis ich um die Ellenbogenkurve biege.

Wenn ich unseren Hof sehe, atme ich leichter. Es klingt verrückt, ich weiß, aber manchmal, wenn ich den ganzen Tag an der Maschine stehe, habe ich diese Vorstellung, dass der Hof sich einfach auflösen und in die Luft heben könnte, wenn ich nicht da bin, und dass ich, wenn ich um diese Ecke hier komme, nichts mehr sehen könnte vom Hof, nur noch ein Stückchen verwildertes Land, auf dem Waldsauerklee und Bitterwurz, Brennnesseln und Wegmalven wachsen und hinter dem die knochenweißen Felswände der Betenden Hände nackt und baumlos in die Höhe steigen.

Martin ist da, im Garten.

Ich stehe einen Moment still und beobachte ihn. Es sieht ein wenig unbeholfen aus, wie er die Schaufel schwingt, während er versucht, das Gleichgewicht zu halten. Doch er macht es nicht schlecht. Er hat die Blumenbeete bearbeitet. Sie sind bereit für neue Pflanzen. Neben Martin steht eine Kiste voller Setzlinge. Er schaut mich an und schaut dann wieder hinunter auf seine Hände, die voller Erde sind.

«Ich habe sie von daheim mitgebracht», sagt er. «Vom Garten der Schwester. Ich weiß nicht, wie sie das Umsetzen vertragen werden.»

«Ich muss in den Stall», murmle ich. Ich muss wegkommen von ihm, jetzt gleich, bevor ich etwas sage, was ich später bereue, bevor ich sein Gesicht zwischen meine Hände nehme und ihn bitte, mir von Martha zu erzählen.

Aber im Stall gibt's für mich nichts zu tun. Er hat ausgemistet und Claudius abgerieben. Er hat sogar eine ordentliche Menge Milch aus der Berta herausgebracht. Die dreht sich jetzt nach mir um: Eine schlecht gelaunte Kuh lässt sich nicht verkennen. Mit Martin hatte sie nicht gerechnet.

In der Küche ist Tante Johanna damit beschäftigt, das Abendessen zu kochen. Sie hat sich einige Mühe gemacht und an Farbe gewonnen. Ihre Wangen sind zwei rote, hoch gehisste Flaggen.

«Was macht der hier?», frage ich sie direkt.

«Warum nicht? Wir brauchen einen Mann hier heroben. Und er braucht Arbeit», sagt sie und stellt die Suppenteller auf den Tisch.

Ich warte. Das ist mein einziger großer Vorteil, den ich Hanna gegenüber habe: Ich kann länger warten als sie. Nach einer Weile fängt sie an, unruhig zu werden, und schaut nervös aus den Augenwinkeln zu mir herüber. Dann sagt sie: «Du brauchst die Hilfe.»

«Mit was bezahlen wir ihn?», frage ich sie ruhig.

«Unterkunft und Verpflegung.»

«Er hat ein eigenes Bett und ein eigenes Zuhause. Er hat auch einen eigenen Hof.»

«Und zwei ältere Brüder. Da bleibt ihm nicht viel», erklärt Hanna.

«Das ist sein Pech und nicht meines. Ich brauche ihn nicht.» Ich wehre mich gegen die Panik, die in mir aufsteigt.

Kampfeslustig dreht sie sich mir zu. «Sei kein Narr», zischt sie. «Du brauchst diesen Mann. Der Hof braucht ihn.»

«Aber die Martha will ihn», sage ich. Und die Überraschung, mit der sie dies hört, gibt mir ein süßsaures Gefühl von Befriedigung.

Sie versucht, ihre Gedanken zu sammeln. Ich sehe, wie sie kämpft.

Als Martin fünf Minuten später in die Küche kommt, schauen wir einander immer noch über den Tisch hinweg an, sie und ich, unentschieden.

Heute Nacht gibt's keinen Mond. Es ist so dunkel, dass ich meine eigene Hand vor dem Gesicht nicht sehen kann. Dunkel wie in einer Kuh, würde Hanna sagen, wenn sie hier bei mir wäre. Doch sie ist im Haus und schläft.

Ich bin allein, stehe hier mit dem Rücken an die Stallmauer gelehnt. Und lausche. Die Kühe haben sich hingelegt, atmen mit ihrem tiefen Summen ein und lassen die Luft rauschend wieder aus sich herausströmen. Ich kann Stroh hören, wie es sich um sie herum in unruhigen Wirbeln bewegt. Ich kann hören, wie die Klauen der Sau über den Boden scharren, als sie versucht, sich für die Nacht in eine bequemere Position zu bringen. Ich kann Martin hören, seinen Herzschlag.

Als der Hirsch nicht kommt, steige ich die Leiter zum Heustock hinauf, ertaste bei jedem Tritt meinen Weg. Ich lasse mich von meiner Nase zu ihm führen. Er ist eine Insel aus Schweiß, die sich in Blut und Knochen lebendig aus einem kleinen Heumeer heraushebt. Als ich ihn gefunden habe, streckt er seine Hand herauf zu mir, nimmt meine in seine und zieht mich hinunter zu sich auf die Decke.

«Wie hast du diese Kuh gemolken?», frage ich ihn.

«Ich weiß ein bisschen etwas übers Gutzureden», sagt er zu mir. «Das ist eines meiner wenigen Talente.»

Seine Wangen sind rau. Sein Mund schmeckt nach der Gerstensuppe und nach den frischen Erdbeeren, die wir zum Abendessen hatten. Seine Hände spüre ich in meinen Haaren, auf meinen Schultern, an meinem Rücken, unter meinen Hüften.

Als wir fertig sind miteinander, es dauert nicht lang, fängt er an zu sprechen. Ich lege meine Hand auf seinen Mund.

«Letzten Sommer», sage ich, «als wir hinaufgegangen sind, die Hutlerwiese mähen, hat sich die Maria gelangweilt, hat nicht immer nur auf dem Wagen spielen wollen. Sie hat gejammert, bis ich sie habe vorausgehen lassen. Heim. Sie ist in der Quelle ertrunken. Gefunden haben wir sie, als wir zurückgegangen sind.»

Den Rest sage ich ihm nicht. Ich sage ihm nicht, wie nach diesem Tag Johannas Gesicht plötzlich zu Stein geworden ist und wie ihr sonst ununterbrochener Redestrom einfach versiegte. Als es ihr dann wieder langsam besser ging, Monate später, konnte sie sich nicht immer daran erinnern, wer noch lebte und wer nicht.

Vor allem erzähle ich Martin nicht von Maria. Ich beschreibe ihm nicht das Gesicht eines vierjährigen Kindes, das nach unten gedreht im Wasser lag, das Gesicht, von dem ich jede Nacht träume, wie es mir an der Brust liegt mit seinen milchigen Augen, die frei herumrollen, wie die Augen eines Neugeborenen. Ich erzähle ihm nicht, wie dieses Gesicht mir an der Brust liegt, mit geschwollenen blauen Wangen, die arbeiten, arbeiten, arbeiten und versuchen, Leben aus mir herauszusaugen.

Martin ist so ruhig, ich könnte ebenso gut allein hier in der Dunkelheit liegen, wären da nicht der salzige Geruch und der Schweiß zwischen uns.

Was gibt es da zu erzählen, eigentlich?

Dann tastet er sich vor zu meiner Hand und legt sie auf den nackten Stumpf seines Beines. Ich spüre den Puls der Adern unter der Haut, spüre die erhöhten Narben, ihre Windungen unter meinen Fingerspitzen. Statt eines Knies sind da ein sauberer Saum und Falten aus Muskeln und Haut, die fest und weich sind, beides zugleich.

Ich frage mich jetzt, ob er geschrien hat. Ich frage mich jetzt, ob er Albträume hat.

«Ich hatte mir überlegt, ob ich die Martha heiraten soll, wenn sie heimkommt», sagt Martin. Seine Stimme ist heiser. Er denkt, er sagt mir etwas, was ich noch nicht weiß.

Ich lasse meine Hand am Stumpf seines Beines hinaufgleiten, bis ich finde, was noch da ist von ihm. Diesmal dauert es länger. Ich habe einen Geschmack im Mund, einen Geschmack, den ich fast vergessen hatte: den Kupfergeschmack, den ich habe, wenn ich bekomme, was ich brauche, wenn ich genug bekomme.

Es ist Samstag, ein schöner, sonniger Tag im späten Frühling. Und die Hutlerwiese ist überreif fürs Mähen. Ich hab's immer wieder aufgeschoben.

Martin übt eine Weile mit der Sense draußen hinter dem Stall. Er versucht, während er ohne seine Krücken die Sense schwingt, das Gleichgewicht zu halten. Ich habe Angst, dass er sich auch das andere Bein noch abschneidet. Aber ich habe gelernt, ihm nicht zuzusehen. Ich zwinge mich, zu gehen und Claudius vor den Wagen zu spannen, dann das andere Sensenblatt zu wetzen und Rechen und Gabeln aufzuladen.

Hanna kommt mit einem Wasserkrug und einem in ein altes Handtuch gewickelten Vesper aus dem Haus: Butterbrote, Käse, etwas Rauchfleisch. Ich ziehe eine Augenbraue in die Stirn, als ich sehe, wie sie unseren Keller geplündert hat. Sie starrt mir direkt in die Augen.

«Männer auf dem Feld brauchen ihr Essen», sagt sie. Dann geht sie wieder zurück ins Haus, stützt sich schwer auf ihren Stock. Ihre Röcke schleifen im Staub.

«Wo gehst du hin?», rufe ich ihr nach.

Sie dreht sich um. Selten habe ich solch einen Blick der Entrüstung auf ihrem Gesicht gesehen.

Scham überwältigt mich. Ich spüre den Trotz in mir.

Hanna humpelt zurück zum Wagen, beschirmt ihre Augen mit der Hand gegen die Sonne, damit sie zu mir auf den Wagen heraufschauen kann.

«Ich bin eine erwachsene Frau», erinnere ich sie, bevor sie mir Vorwürfe machen kann. «Ich weiß, was ich will. Ich war verheiratet, bin's aber nicht mehr. Ich habe ein Kind gehabt.»

«Was hat das damit zu tun?», sagt sie betroffen.

Dann, weil ich nicht ganz so unschuldig bin, wie ich gern vorgebe, und weil sie die Schwester meiner Mutter ist und weil ich die Tochter meiner Mutter bin, sage ich: «Bitte, Tante. Bitte.»

«Du willst mich heute nicht auf der Hutlerwiese», sagt sie und seufzt.

«Klar will ich dich dabeihaben.»

Hanna schaut umher, um sicher zu sein, dass Martin sie nicht hören kann. Dann hebt sie ihren Stock und gibt mir einen Stoß in die Rippen, einen starken Stoß.

«Du willst mich heute nicht auf dieser Wiese, Mikatrin. Nicht, wenn du einen Deut Verstand im Kopf hast, nicht, wenn du weißt, was du brauchst.»

«Ich brauche ihn», sage ich. Die Worte sind rutschig auf meiner Zunge. Sie schlüpfen mir heraus.

Sie scheinen allen Ärger aus ihr herauszuwaschen. Die Furche zwischen ihren Brauen wird glatt. Und ihr Gesicht wird offener, zeigt Schmerz und Verständnis. Johanna wendet den Blick ab und lässt ihre Augen über den Bauernhof gleiten, auf dem sie die meiste Zeit ihres erwachsenen Lebens gearbeitet hat. Ich sehe, wie sie um Worte ringt, wie die Worte versuchen, tief aus dem Inneren hervorzubrechen. Doch sie schaffen es nicht, mir die Erlaubnis zu geben, das zu tun, was ich tun muss. Aber sie verbietet es mir auch nicht. «Klar tust du das», sagt sie. Dann dreht sie sich auf dem Absatz um und geht zurück ins Haus und schließt die Tür still hinter sich.

Vater hat den Hof von seinem Vater geerbt. Und der hat ihn gekauft, als es noch ein Vorschass war. Opa Jos hat den Garten angelegt, zwei Milchkühe gekauft und mit dem Heuen angefangen. Er ist am Fieber gestorben und hat den Besitz an seinen einzigen Sohn, meinen Vater, weitergegeben. Der war aus derselben Art von Muskeln und Schweiß gemacht wie sein Vater. Der Vater hat genug Geld gespart, dass er anno 36 die Hutlerwiese hat dazukaufen können. Damals war's noch Österreich. Er ist beim Mähen von genau dieser Hutlerwiese gestorben, mitten im Sensenschwung. Da war's schon nicht mehr Österreich. Aber es ist ja nicht wichtig, wie's genannt wird. Das Wetter ist gut, oder es regnet. Das Vieh lebt und gedeiht, oder wir schicken's zum Metzger.

Die Johanna ist nie ausgekommen mit dem Hans. Aber sogar sie wird zugeben, dass der Ellenbogenhof etwas ist, auf das man stolz sein kann. Vielleicht etwas steil und abgelegen, aber nichts als Klee und Gras. Und gute Wiesen bedeuten gesundes Vieh.

Vater hat alles dem Leo und mir übergeben.

Ich verspüre den Drang, Martin zu erklären, dass der Hof, die Wiesen und Weiden, das Vorschass am Guntarhorn, das wir von hier aus nicht ganz sehen können, weil's durch die Höhen der Zweiten Schwester verdeckt wird, das Vieh, die Holzgriffe dieser Sensen, die unseren Schweiß aufsaugen, dass all das mir gehört, und mir allein. Sollte ich unter die Wagenräder geraten, oder sollte eine Gabel aus dem Heustock herunterfallen und mich durchbohren, oder sollte ich heute sonst wie sterben, würde das Sach an Martha übergehen. Ich habe keine Kinder, an die ich's übergeben könnte.

Martin arbeitet auf der anderen Seite der Wiese, mäht den Hang aufwärts, während ich abwärts mähe. Er kommt vorwärts. Aber er ist langsam. Die Mahd, die er hinter sich lässt, ist ungleich, als wäre er ein Bub, der zum ersten Mal mäht, und nicht ein Mann, der sein ganzes Leben lang gemäht hat.

Als wir fertig sind, hat er etwa die Hälfte von dem geschafft, was ich geschafft habe. Und ich seh's ihm an, dass ihm das nicht schmeckt. Vielleicht würde eine Schuhmacherbank besser zu ihm passen, denke ich. Aber ich hüte mich, das laut zu sagen.

Wir setzen uns unter einen Baum und essen unser Vesper. Seine Gesichtsfarbe kommt langsam zurück.

«Ich bin bald wieder drin im Rhythmus», sagt er, als er fertig gegessen hat. Er streicht sich die Haare aus dem Gesicht.

Dann legt er sich in den Schatten des Baumes und zieht sich den Hut über die Augen.

Ich drehe mich auf die Seite und lege meine Hand auf seine Brust und spüre durch das Hemd hindurch, wie sie sich hebt und senkt. Er hebt einen Arm und zieht meinen Kopf hinunter zu sich auf seine Brust. Sein rollender Herzschlag lässt mein eigenes Herz leichter schlagen.

Am späten Nachmittag haben wir das Gras gewendet, sodass es gleichmäßig trocknen kann. Morgen, es sei denn, es regnet über Nacht, kommen wir wieder herauf und laden das frische Heu auf den Wagen und fahren es hinunter in den Stall.

Martin ist blass. Seine Haare glänzen vor Schweiß. Als er die Heugabel auf den Wagen wirft, zittern seine Hände. Wo das abgeschnittene Hosenbein auf das Holzbein trifft, ist ein dunkelroter Fleck. Nicht, dass ich das erwähnen würde. Dazu habe ich zu viel Verstand.

Wir hocken auf dem Sitz, stemmen uns mit Füßen und Händen gegen das Gefälle. Zu unserer Rechten, ich kann es gerade durch die Bäume erkennen, ist die Quelle, die unseren Brunnen speist. Als Mädchen habe ich jede freie Minute in diesem Wald verbracht. Ich glaube nicht, dass ich wieder dorthin gehen werde.

Wir sind auf unserem Weg zurück auf den Hof hinunter, auf unserem Weg nach Hause.

Claudius nimmt die Kurve aus dem Wald heraus. Und alles liegt ausgebreitet vor uns. Nach Süden hin steigen die Drei Schwestern in die Höhe. Hinter ihnen, weiter das Tal hinunter, kommt ein Bergrücken hinter dem anderen. Wie ein Nest am Fuß der Zweiten Schwester das Dorf. Nach Westen hin, weit draußen, leuchtet das Rheintal, unter uns der Ellenbogenhof. Ich sehe sofort, dass Hanna die Wäsche zum Trocknen hinausgehängt hat, dass die Früchte am Birnbaum gut wachsen, dass der Holzstapel niedrig geworden ist und dass Berta sich mitten in den Garten gepflanzt hat und sich dort über die frisch bepflanzten Blumenbeete hermacht. Vorsichtig reißt sie mit ihren großen, stumpfen Zähnen die winzigen Setzlinge heraus. Martin sieht dies auch. Aber es ist nicht Berta, die ihn Claudius' Zügel anziehen lässt, bis der Wagen steht.

Martha kommt herauf, kommt auf uns zu. Sie steigt den Weg mit langen Schritten herauf und lässt dabei hinter sich ihren Sonnenhut an seinem Band hin und her schwingen. Sie kommt auf uns zu, als hätten wir heute Morgen noch alle zusammen gefrühstückt, als hätte sie nichts anderes im Sinn, als uns zum Essen zu rufen. Sie winkt uns zu und fängt an, schneller zu gehen. Ihre Röcke schwingen im Halbkreis um ihre Waden, schwingen von einer Seite auf die andere.

Drunten auf dem Hof tritt Hanna vor die Tür. Sie steht da, eine Hand auf den Mund gepresst, beobachtet Martha, beobachtet mich.

Ich erhebe mich vom Sitz, und mein Arm steigt in die Höhe, ganz von selbst, als Antwort auf Marthas Gruß. Doch Martin hält ihn zurück.

Martin hält meinen Arm mit starker Hand und drückt ihn wieder nach unten. Er greift fest zu, so fest, dass morgen fünf kleine Blutergüsse von meinem Handgelenk bis zum Ellenbogen reichen werden.

«Nicht», sagt Martin. Und er hält meinen Blick so fest wie meinen Arm. Seine Augen sind blau wie meine. «Bitte.»

Doch ich tu es trotzdem. Ich schaue meine Schwester an, die auf uns zukommt, schaue auf ihr schönes, helles und vertrauensvolles Gesicht. Es zeigt keine Andeutung, keine Ahnung von dem Schmerz, der hier auf diesem Wagensitz auf sie wartet. Ich schaue Martin an. In sein Gesicht, das nicht mehr heiter ist, steht klar eine Frage geschrieben.

Und das ist die Überraschung: Ich dachte, es wäre Martins Entscheidung, Martins Wahl zwischen meiner Schwester und mir. Doch ich sehe, dass es meine Entscheidung geworden ist.

Bengats Olga auf dem Sennhaus
1946

An
Unteroffizier Klaus Natter
Gefangener Nr. 2564 P.S.
2. Div., Artillerie-Regiment Ackenau
Odessa, Russland

Rosenau, den 1. September 1946

Mein geliebter Mann!

Es gibt viel Arbeit mit dem Sennhaus. Dazu gibt's mehr Schwierigkeiten mit der Mutter. Und die Katze ist gestorben. Deshalb kommt dieser Brief so spät. Ich lege dir etwas Rauchfleisch und getrocknetes Obst und ein Paar Socken dazu und hoffe, dass alles gut bei dir ankommt.

Zuerst will ich dir schreiben, dass es den Buben und mir einigermaßen gut geht, obwohl es um die Mutter nicht gut steht. Ich denke, du wirst die ganze Geschichte wissen wollen, also fange ich von vorne an.

Letzten Samstagmorgen habe ich beim Dokwieser auf meinen Laib gewartet. Wie ich aufschaue, war da der Jakob und hat mir durchs Schaufenster in die Augen gestarrt. Noch nie war ich so überrascht. Er hat den Schal getragen, den ich ihm gestrickt habe, bevor er in den Krieg gezogen ist. Aber er hat sehr aufgeregt ausgesehen, und ich habe gerade hinausgehen und ihn fragen wollen, was los ist (du erinnerst dich bestimmt, wie lieb und ausgeglichen der Jakob als Bub war), als er plötzlich verschwunden ist, genauso schnell, wie er gekommen war. Ich bin dagestanden mit offenem Mund. Und die Hannelore hinter dem Ladentisch sagt zu mir, dass ich aussähe, als hätte ich einen Geist gesehen. Und ich sage: Ja, schon möglich. Der Jakob, der vor drei Jahren in Italien auf eine Mine getreten ist, hat sich mir in der Fensterscheibe gezeigt, klar wie Tageslicht.

Muxels Margit, die vor mir gestanden ist in der Schlange, hat einen langen Seufzer ausgestoßen und gesagt: Olga, dann musst du dich auf etwas gefasst machen, denn wenn die Toten zurückkommen, dann nicht umsonst. Die Hannelore hat das Kreuz geschlagen und hat gesagt, dass das wahr sei, dass diejenigen, die zurückkämen, einem etwas sagen wollen. Dann ist die Wagenschmied Katharina hereingekommen, und niemand hat mehr etwas gesagt. Die Leute reden dieser Tage nicht mit der Katharina, obwohl sie hinter ihrem Rücken genug über sie reden. Ich will ja christlich sein und nicht den ersten Stein werfen. Also mache ich da nicht mit, wenn die anderen reden. Aber ich kann das, was sie tut, auch nicht gutheißen.

Den ganzen Heimweg habe ich mir Sorgen gemacht, was es bedeutet, dass der Jakob bei helllichtem Tage mit einem bösen Gesicht zurückgekommen ist. Und darüber bin ich so tief in Gedanken versunken, dass ich den neuen Pfarrer direkt umgerannt habe, weil ich nicht geschaut habe, wo ich gehe. Also fragt der mich, was los sei. Und ich weiß nicht gleich, was ich sagen soll. Aber ich weiß, dass ich ihm das nicht einfach sagen kann, dass der Jakob im Fenster gestanden ist. Der Pfarrer kommt aus dem Flachland und versteht noch nicht einmal richtig, wie wir reden. Sowieso habe ich gewusst, dass er mir sagen würde: Die Toten kommen nicht zurück. Das würde der sogar sagen, wenn der Beweis vom Gegenteil direkt vor ihm stünde. Also habe ich ihm nur gesagt, dass mein toter Bruder mir in der Erinnerung herumgegangen sei. Und er hat gefragt: Welcher? Da habe ich mir überlegt, warum Jakob zurückgekommen ist und nicht der Jos oder der Leo oder der Toni. Aber dann habe ich mich erinnert, dass der Jakob als kleiner Bub, als er einmal das Laufen gelernt hatte – du und ich haben damals gerade angefangen, miteinander zu gehen –, wie er nie dort war, wo er hätte sein sollen. Die Tante Barbara hat ihn einen wandernden Geist genannt. Und es sieht aus, als sei dies wahrer als je zuvor. Auf alle Fälle bin ich auf dem schnellsten Weg heim, weil ich eine Suppe auf dem Herd gehabt habe. Und die Mutter war auch allein daheim.

Ja, die Mutter hat auf den Samstag eine gute Nacht gehabt. Sie ist die ganze Nacht in ihrem Bett geblieben. Ich habe die Buben nicht hinausschicken müssen, um sie zu suchen und heimzubringen. Sie hat uns nicht mit ihrem Rufen geweckt. Und als sie zum Frühstück gekommen ist, hat sie nicht als Erstes gefragt: Wo sind meine Buben? Wo ich dann mit dem Brot in die Küche gekommen bin, ist sie am Tisch gesessen. Und ich sehe gleich, dass sie wieder abwesend war. Ihre Finger haben an ihrem Ärmel gezupft. Sie hat verwirrt ausgesehen und mir keine Antwort gegeben, als ich sie gefragt habe, was los ist. Ihre Farbe war auch recht schlecht. Ich habe mir überlegt, ob das, wovor der Doktor mich gewarnt hat, jetzt ansteht, ob der Mutter ihre Zeit gekommen sei. Und da fiel mir ein, dass der Jakob vielleicht die Mutter gesucht hat.

Dann ist der Christian hereingekommen. Er wird so ein großer Bub. Jetzt mit seinen zehn Jahren hat er schon die gleichen Hosen an, die der Alois mit fünfzehn angehabt hat. Der Christian hat nachgeschaut, ob ich vom Bäcker außer Brot vielleicht noch etwas anderes gebracht hätte. Und die Mutter schaut auf und sagt zu ihm: Jakob, was tust du in der Küche, wenn draußen die Kühe darauf warten, dass du sie melkst? Das hat mich zusammenzucken lassen. Der Christian hat angefangen, die Mutter daran zu erinnern, dass dies nicht sein Hof ist, dass der Hof seinem Vater gehört. Aber ich habe ihm gesagt, dass er still sein soll. Dann hat er seine Augen verdreht und mich angeschaut und gesagt: Mama, da musst du etwas dagegen tun. Also bin ich hinuntergegangen, den Alois zum Essen zu rufen. Ich habe mir auch die Zeit genommen, ihm vom Jakob und der Mutter zu erzählen. Eine Weile lang hat er nur recht nachdenklich geschaut. Er hat weiter nachgedacht, derweil er sich um die drei Monate alten Käseräder gekümmert hat. Dann hat er in seiner langsamen Art gesagt: Mama, mach dir nicht zu viele Sorgen. Wenn er dir etwas zu sagen hat, dann kommt er wieder. Und da war es mir klar, dass er Recht hat. Das hat mich eine Weile beruhigt. Bald wird wohl der Alois sich nach einer Braut umschauen, das heißt, wenn er es lernt, sich den Knoten aus der Zunge zu machen und nach dem zu fragen, was er will.

Dann, beim Mittagessen, hat es viel Krach gegeben, weil der junge Klaus die Kerze mit an den Tisch hat bringen wollen. Und ich habe nein gesagt. Und bevor ich ihm habe wehren können, hat der Christian ausgeholt und dem Klaus eine an den Hinterkopf gehauen, dafür, dass er so etwas überhaupt im Sinn hat. (Der Christian macht mir ein bisschen Sorgen. Es sieht so aus, als habe der genug Bosheit für alle drei Buben zusammen in sich.) Und der Klaus hat aufgeheult, wie er die Beule gespürt hat, die ihm am Kopf wächst. Und der Alois ist auf den Christian losgegangen. Und die

Mutter ist mitten in alldem gesessen, als ob sie stocktaub wäre. In solchen Zeiten, da vermisse ich dich am meisten am Tisch.

Am Nachmittag hat es so viel zu tun gegeben, dass ich einfach keine Zeit gehabt habe, an den Jakob zu denken. Als er sich dann wieder gezeigt hat, war ich aufs Neue überrascht. Diesmal war's, als ich die Tür zu unserem Schrank aufmachte und die gebügelte Wäsche einräumen will. Da ist er im Spiegel gestanden, aber ziemlich weit weg in der Ecke. Ich habe mich schnell umgedreht. Aber er war schon wieder fort. Da habe ich gedacht, dass es jetzt am vernünftigsten ist, wenn ich in die Samstagabendmesse gehe. Ich bin also in die Kirche und habe für alle meine toten Brüder gebetet. Ich habe gedacht, vielleicht beruhigt das den Jakob, wenn er weiß, dass man ihn nicht vergessen hat. Dann bin ich eine ganze Weile am Grab von meiner Familie geblieben, und dann auch am Grab deiner Leute. Letzte Woche war es vier Jahre her, seit Mikatrins Maria ertrunken ist. Sie hat einen neuen Rosenbusch aufs Grab gepflanzt.

Die ganze Zeit habe ich mir überlegt, wer sich wohl noch zeigen könnte. Ich habe gedacht, dass der Jakob vielleicht nicht den ganzen Weg allein gemacht hat. Aber niemand hat sich gezeigt. Also bin ich heim. Und da habe ich die Katze gefunden. Sie ist zusammengerollt zu einem kleinen Haufen vor der Tür gelegen und war schon kalt. Mir fällt ein, dass du nicht einmal weißt, welche Katze ich meine. Es war die weiße, die der Jakob so mögen hat. Er ist an dem Tag, wo er in den Krieg müssen hat, mit ihr auf der Schulter vorbeigekommen. Es hat den Klaus getroffen, dass jetzt der Onkel Jakob auch gehen muss, wo die anderen Onkel alle weg waren und der Jos und der Toni schon tot (und der Leo auch, aber das haben wir da noch nicht gewusst). Da ist der Klaus ganz bleich und still geworden. Aber der Jakob hat die Katze dem Klaus in den Schoß gelegt und gesagt: Mach dir um mich keine Sorgen. Schau du nach meiner Katze. Du bist ihr Aufpasser, bis ich zurückkomm und sie wieder hol, wenn der Krieg vorbei ist. Da habe ich mir also all die Sorge um die Mutter gemacht, und jetzt war es, als sei der Jakob zurückgekommen, seine Katze zu holen. Obwohl das immer noch nicht erklärt, warum er so schlecht gelaunt dreingeschaut hat. Und das war eine Erleichterung und auch eine Verschlimmerung. Weil der Klaus hat gemeint, dass er ohne diese Katze keinen Tag leben kann. Und was würde er jetzt sagen, wenn er sieht, dass die Katze tot ist? Ich habe mir auch Sorgen gemacht, dass er vielleicht vollends ganz stumm würde. Ich hätte gemeint, dass es nicht möglich sei für einen Buben, noch weniger zu reden als der Alois. Aber der junge Klaus probiert's bestimmt. Da kann man sich Sorgen machen.

Ich weiß, Klaus, ich kann dich hören, wie du mir sagst: Olga, ermuntere unsere Buben doch nicht, gefühlsselig mit den Tieren zu tun. Aber es ist doch so, wenn wir die Landwirtschaft aufgeben würden und uns vollends ganz der Käsmacherei widmen und die Milch von allen annehmen, dann wären wir ein Sennhaus. Und ein Sennhaus braucht eine Katze. Ich habe keinen einzigen Mausdreck mehr in der Nähe von den Butterfässern gesehen, seit sie bei uns war. Und ich habe sie gern gehabt. Das gebe ich schon zu. Sie war ein zutrauliches Ding und hat genau gewusst, wann sich jemand niedergeschlagen gefühlt hat. Sie hat es sich zur Angewohnheit gemacht gehabt, mir auf dem Schoß zu sitzen, wenn ich abends gestrickt habe.

Da bin ich also mit der toten Katze in meinen Armen dagestanden und habe nicht gewusst, was ich dem Klaus sagen soll. In dem Moment ist mir der Alois an die Tür entgegengekommen und hat gesagt, er habe den Christian nach

Ackenau hinunter zum Doktor geschickt. Es stehe schlecht um die Mutter. Da habe ich nicht gewusst, was denken. War der Jakob zurückgekommen, der Mutter auf ihrem Weg zu helfen, und war ihm die Katze nur im Nachhinein eingefallen? Oder war es umgekehrt? Ich war krank vor Sorge um die Mutter und habe gleich zu ihr hinaufgehen wollen. Und trotzdem habe ich auch nicht wollen, dass der kleine Klaus über das tote Tier stolpert. Also habe ich sie dem Alois gegeben, dass der sie in den Büschen versteckt. Und ich habe gehofft, dass der Fuchs sie nicht holt, bevor ich sie vergraben kann.

Droben habe ich gleich gesehen, wie die Dinge stehen mit der Mutter. Eine Seite von ihrem Gesicht ist heruntergehängt. Und ihr rechter Arm ist wie ein Stück Holz neben ihr gelegen. Da habe ich gewusst, dass der Doktor Treu da auch nicht mehr helfen kann. Aber mir ist vor allem durch den Kopf gegangen, dass wir uns jetzt wenigstens keine Sorgen mehr machen brauchen, dass sie bei Nacht durchs Dorf geht. Ich habe mich gleich auch geschämt dafür, gebeichtet habe ich es schon. Aber ich denke, dass ich es dir auch sagen muss. Der Pfarrer hat mich verstanden, glaube ich. Besonders, weil jetzt bei uns so viele marokkanische Soldaten sind, die zu jeder Tages- und Nachtzeit herumstreunen. Der Pfarrer hat dann auch keine Sünde darin finden können. Das war mir eine Erleichterung. Der Doktor hat es der Mutter so bequem wie möglich gemacht und zu mir gesagt, was tun und dass man ihn holen soll, wenn es irgendeine Veränderung bei ihr gibt. Und dann auf dem Weg hinaus hat er sich zu mir umgedreht und meine Hände genommen und gesagt: Olga, du hast schwere Zeiten durchmachen müssen in den letzten Jahren, und vielleicht kommt's noch schlimmer. Deine Frau Mutter könnte noch eine lange Weile so weiterleben.

Mitten in der Nacht ist der junge Klaus in Mutters Kammer geschlichen, wo ich neben ihr auf dem Stuhl gesessen bin. Seine Stimme ist ganz heiser gewesen und hat gezittert. Und er hat wissen wollen, ob er nach der Katze suchen darf. Er kann nicht einschlafen, hat er gesagt, wenn er nicht weiß, dass alles in Ordnung ist mit ihr. Manchmal kommt es einem so vor, als komme alles auf einmal.

Schließlich habe ich ihn so weit beruhigt gehabt und zurückgeschickt ins Bett. Und wo ich gedacht habe, jetzt muss er eingeschlafen sein, habe ich den Christian geweckt und ihm gesagt, er soll bei der Mutter sitzen bleiben. Dann habe ich den Alois aufgeweckt. Zusammen sind wir hinunter in den Garten und haben die Katze vergraben. Der Alois hat ein Loch in der hinteren Ecke unter dem Apfelbaum ausgehoben. Und da haben wir sie hineingelegt. Zuerst habe ich mir überlegt, was für ein Gebet passen könnte für eine Katze. Dann habe ich gedacht, dass vielleicht dieses Grab dem Buben ein Trost sein wird, wenn er weiß, wo sie liegt. Der Herr weiß, die Mutter wäre heute bestimmt nicht da, wo sie ist, wenn sie ihre eigenen Buben hätte zur Ruhe legen können, wo sie hingehören: ins Familiengrab auf dem Gottesacker. Aber so muss sie an alle vier in fremden Böden denken, wo niemand sie kennt und niemand sich um sie kümmert, ganz zu schweigen von den beiden Vettern, die immer noch fort sind, ohne ein einziges Wort von ihnen, seit man sie vom Ellenbogen abgeholt hat anno 38. Und das habe ich gedacht, als ich aufschaue. Und da steht der junge Klaus am Fenster und schaut uns zu. Das Mondlicht scheint hell auf den Körper seiner Katze. Wie Silber hat ihr Fell geglänzt.

So, das ist die Geschichte, die ich dir habe erzählen wollen. Die Mutter lebt weiter, wie es der Doktor Treu gesagt hat. Sie macht ins Bett. Sie macht sich schmutzig wie ein

Säugling. Aber sie liegt auch da so süß wie ein Säugling. Und sie schaut mich mit demselben Vertrauen an, das unsere Buben in den Augen gehabt haben, als sie gerade geboren waren und ich ihnen alles auf der Welt bedeutet habe. Am nächsten Tag ist der kleine Klaus hinaus, seine Katze zu suchen. Zwei Tage lang hat er sie gesucht. Und ich habe angefangen, mich zu fragen, ob ich vielleicht alles geträumt habe, dass er am Fenster gestanden ist und heruntergeschaut hat auf den Alois und mich. Ich war so abgelenkt mit der Mutter, ich habe mich einfach nicht dazu bringen können, den kleinen Klaus auf die Seite zu nehmen und ihm das Grab zu zeigen. Aber der Alois hat's getan, ohne dass ich ihn darum habe bitten müssen.

Jeden Tag gehe ich in die Bäckerei, hole unseren Laib und beobachte das Schaufenster. Ich frage mich, ob der Jakob sich noch einmal zeigt oder ob er nur um die Katze gekommen ist. Ich frage mich, ob die anderen zurückkommen werden, um sich das zu holen, was sie zurückgelassen haben, einer nach dem anderen. Ich frage mich auch, ob ich je aufschauen werde und dich sehe und ob du mir dann so weit weg scheinst, wie du es jetzt tust, oder ob du mir vielleicht zulächelst und mir deine Hand entgegenstreckst.

Jeden Abend und jeden Morgen beten wir, du mögest gesund sein. Jetzt in der Sommerhitze brauche ich mir wenigstens keine Sorgen machen, ob du eine Decke hast oder ob du Frostbeulen bekommst. Auch mit diesem Brief werde ich versuchen, dir ein wenig Käse zu schicken, obwohl ich fürchte, dass der nicht durchkommt, so wie die Dinge im Osten stehen.

Die Leute hier haben recht genug davon, besetzt zu sein. Wir beten jeden Sonntagmorgen darum, dass die Franzosen und Marokkaner abziehen und uns unsere Arbeit weitermachen lassen. Die Gretel vom Berg, um die unser Jos einmal geworben hat, wird einen Bauern mit einem großen Hof draußen im Tal heiraten. Dokwiesers Harald, der, der in der Fabrik die Uhr unter sich gehabt hat, ist neulich eine Treppe hinuntergefallen und hat sich die Hüfte gebrochen. Ich kann's nicht abstreiten, dass ich mich gefreut habe, als ich ihn nicht mehr habe sehen müssen, wo ich aufgehört habe in der Fabrik. Aber das ist jetzt doch eine harte Strafe für ihn.

Der Lehrer aus Wien ist letzten Monat zurückgegangen. Es heißt, dass seine Mutter ihn braucht. Und die Martha ist gleich zurückgezogen in die Zimmer im Schulhaus. Sie ist wohl recht erleichtert gewesen, vom Ellenbogenhof wegzukommen, weil es da draußen jetzt eng wird. Dem Schuhmacher sein Jüngster hat, seit er die Mikatrin geheiratet hat, einen schönen, großen Buben in die Welt gesetzt. Und schon wieder ist ein Kind unterwegs. Mikatrin kommt zweimal in der Woche ins Dorf und holt Butter und Molke und schaut auch bei mir herein. Wir reden über die alten Tage, als sie und der Leo beieinander waren und sie manchmal an einem Sommerabend auf Bengat hinaufgekommen sind. Und du und ich, wir sind auch hinauf. Der Jos und der Toni haben ihre Gitarren herausgeholt. Erinnerst du dich? Wir haben gesungen, bis der Vater dann immer gesagt hat: Jetzt ist's Zeit fürs Bett, sonst geben die Kühe keine Milch mehr, wenn man ihnen bis morgens früh ein Ständchen singt.

Nachts weht schon ein kalter Wind von der Ersten Schwester herunter. Ich kann es gar nicht glauben, dass wieder ein Sommer vorbei ist. Bald wird das Vieh von der Hochalp herunterziehen.

Es geht mir im Kopf herum, ob ich den neuen Pfarrer fragen soll wegen der Katze, ob es ein Gebet gibt, das ich vielleicht noch für sie sagen kann.

Es ist jetzt bald eineinhalb Jahre her, seit ich von dir das letzte Mal gehört habe. Wenn die Buben schlafen, sitze ich mit meinem Strickzeug am Küchentisch und beobachte das Fenster und die Straße und hoffe, dass ich dich wiedersehen werde.

Deine dich liebende Frau
Olga

Alois' Katharina auf dem Sennhaus
1950

Sennhaus Alois' Katharina, früher wurde sie Wagenschmieds Katharina, dann für kurze Zeit die Marokkanerhure genannt, geht an dem Tag aus dem Haus, an dem ihr Neffe Stante von den Toten zurückkehrt.

Es ist der letzte Sonntag im März und ihr Mann hat Geburtstag. Sie hat in der Stube den Tisch mit dem besten Tischtuch gedeckt. Mit grimmiger Anerkennung schaut die geschnitzte Muttergottes von ihrem Platz auf dem Volksempfänger herunter und sieht zu, wie Katharina Rindfleischsuppe mit Grießklößen, Rostbraten, gebutterte Karotten, Rotkraut mit Äpfeln und Kartoffeln in Soße vor ihre Tochter und ihren Mann, vor die Brüder ihres Mannes und deren Mutter stellt.

Als nichts mehr übrig ist außer leeren Platten und Tellern, hilft Olga ihrer Schwiegertochter, den Tisch abzuräumen. Lilimarlene, drei Jahre alt, muss ihren Anteil an der Frauenarbeit haben: Sie trägt mit lang ausgestreckten Armen die benutzten Suppenlöffel in die Küche, passt auf, dass ihr gutes, rosarot kariertes Dirndl und die dazu passende Schürze nichts abbekommen.

Alois sitzt am Tisch, je einen Bruder hat er zur Rechten und zur Linken. Wenn Klaus und Christian zum Sonntagsessen kommen, gibt es jedes Mal irgendeinen Streit. Doch ihr Gespräch ist schleppend geworden, nun, da ihre Mägen gefüllt sind. Schläfrig blinzeln sie einander an. Der Streit wird leiser und klingt schließlich ganz aus.

Katharina schickt Olga und Lilimarlene zurück an den Tisch, damit sie sich in der Küche um den Nachtisch kümmern kann, ohne die zwei um sich zu haben. Sie braucht einen Augenblick für sich allein. Die Luft in der Küche ist voll der Kochgerüche. Und sie nimmt sich die Zeit, ein Fenster zu öffnen, um sich hinauszulehnen. Der Garten ist schneebedeckt. Ein kalter Wind bläst vorüber. Sie genießt es, den Hauch in ihrem erhitzten Gesicht zu spüren. Sie lehnt ihre Ellbogen auf den Sims und stützt das Kinn in die Hände.

Es ist ein schöner Nachmittag voll schneidender Schärfe, so wie die letzten Wintertage manchmal sind – etwas zu klar und zu hell. Der Himmel wird durch die Diagonale des Kirchendaches in zwei Teile getrennt. Und hinter dem Kirchendach liegen perlenweiß und bestreut mit blaugrauen Schatten die Schneefelder der Berge. Jetzt, da der Winter anfängt, seine harte Umklammerung zu lösen, hört Katharina in der Nacht manchmal das Krachen von den Drei Schwestern herunter. Bei Tag kann sie sehen, wie in der Nacht die Risse in den Schneefeldern weitergekrochen und tiefer geworden sind. Bald wird es Lawinen geben.

Katharina spürt, wie sich die Haut auf ihren Wangen zusammenzieht – von der Kälte oder von den Tränen, die ihr kommen wollen, ohne dass sie weiß, warum.

Jeden Morgen sagt Katharina zu Alois, was sie von der Sennerei braucht: wie viel Rahm, Milch, Butter, Molke, Käse. Er füllt die Maße, wiegt ab, schreibt die Sachen in den Genossenschaftsbüchern auf sein Konto und nimmt sie ihr mit hinauf, wenn die Arbeit des Morgens getan ist. Doch als sie das Kompott in ihre besten Nachtischschüsselchen schöpft, bemerkt Katharina, dass sie keinen Rahm hat.

Sie steht in ihrer hellen, sauber geputzten Küche und denkt über diesen seltsamen und überraschenden Mangel an Rahm nach, bis Lilimarlene, den Daumen im Mund, in die Küche hereingewandert kommt. Das Kind ist müde. Es murmelt und reibt sein schmutziges Gesicht an Katharinas Rock. Katharina schiebt es nicht von sich. Sie hat nicht die Kraft, sich gegen Lilimarlene zu behaupten, die auf die Welt kam, um mit ihrer Mutter zu kämpfen. Stattdessen legt sie eine Hand auf Lilimarlenes dunklen Kopf, auf den glatten, dunklen Kopf mit seinen kleinen Ohren und den weit auseinander liegenden haselnussbraunen Augen. Sie streichelt ihr über die Schläfen, bis Lilimarlene seufzt vor Zufriedenheit und fast einschläft, so, wie sie dasteht, an Katharinas Bein gelehnt.

Als Alois kam und das Heiraten im Sinn hatte, war es nicht, weil er vom Kind, das unterwegs war, nichts gewusst hätte. Sondern er kam, weil er es wusste. Er hatte immer ein Auge auf Katharina gehabt, und diesmal war er im Vorteil: was für eine andere Möglichkeit hatte sie? Andere Frauen blieben zu Hause und erzogen ihre Fehltritte: Kasparles Gret zum Beispiel, die eine Tochter von einem hatte, dessen Namen sie niemandem sagen wollte; oder Annabüblis Rudolfs Jüngste, die weggegangen war, ihre Schwester drunten in Ackenau zu besuchen, und schwanger mit dem Kind ihres Schwagers zurückkehrte.

Alois war ein Mann mit einer geregelten Arbeit und ohne Vieh. Bei ihm musste eine Frau nicht Tag für Tag im Stall stehen. Er hätte die Gret haben können, oder eine jede der alten Jungfern oder Kriegswitwen. Katharina wusste, sie würde keinen Besseren bekommen. Nicht mit dem größer werdenden Bauch unter ihrem Rock, nicht, seit der Mann, der ihr den Bauch gemacht hatte, mit dem Rest der Besatzungstruppen abgezogen war. Also heiratete sie Alois, als der Wagenschmied noch keine sechs Monate unter der Erde war. Und es gab noch mehr Gerede.

Es existiert ein Foto von Lilimarlenes Vater. Aber Katharina hält es versteckt. Sie schaut es dieser Tage selten an. Halb Franzose und halb Marokkaner war er. Katharinas Mohr hatten ihn die Leute genannt. Reime und Witze waren erfunden worden. Was kommt raus, wenn du 'ne Heiße kreuzt mit 'nem Mohr? 'ne Huuur. Sie dehnten und dehnten das Wort. Jetzt schaut Katharina Lilimarlene an und sieht ihren Mohren. Seine Haare waren genau wie Lilimarlenes. Seine Hände hatten lange Finger mit perfekt ovalen Fingernägeln. Es gibt nur wenige Dinge von ihm, an die Katharina sich erinnern kann: Seine Taschen waren immer voller Mandeln, zerknittertem Zigarettenpapier, Verbandsschere und Mullfetzen, er hatte einen guten Appetit auf den Schnaps aus dieser Gegend und eine melodische, überraschend tiefe Singstimme.

Katharina schickt Lilimarlene zurück in die Stube; sie soll dem Alois auf dem Schoß sitzen, bis in der Küche der Nachtisch fertig ist. Dann nimmt sie einen Krug, zieht ihre Wolljacke über und geht hinunter, vorbei an Alois' Zeugnissen von der Landwirtschaftsschule und der Käserinnung. Sie riecht den starken Geruch von Hunderten von Litern heißer Milch. Ihre Absätze klicken auf den gelben und blauen Fliesen, während sie zum Kühlraum geht und den Kühlraum zum großen Rahmfass hin durchquert.

Sie öffnet es mit einer Hand und muss plötzlich nach Luft schnappen. Eine Maus schwimmt im dicken Rahm – eine glatte, graue Form, tiefweiß beschichtet, der Schwanz zart zu einem Fragezeichen gebogen. Katharina lässt den Deckel fallen, macht auf den Fersen kehrt und geht aus dem Kühlraum, geht weiter zum Fenster, das auf die Gasse und Richtung Kirchplatz blickt.

Katharina denkt an das letzte Kriegsjahr: wie es von allem so wenig gab; wie die Leute wieder anfingen, ihren eigenen Käse zu machen und ihn zu verstecken; wie sie, wenn der Requirierungsbeamte kam, Entschuldigungen fanden für die plötzlich verminderte Milchproduktion; wie die Leute aus der Stadt ins Dorf hereinschlichen, um zu kaufen, was sie kaufen konnten, verzweifelt um ein paar Eier, um ein Stück Käse, ein Kilo schwarz geschossenes Wild baten und bereit waren, dafür Filigranohrringe, rissige alte Gemälde, Silberlöffel, die in allen Regenbogenfarben angelaufen waren, herzugeben; wie der Wagenschmied gestorben war, seine leere Kaffeetasse an die Brust gedrückt, die ganz Zeit um Zichorie mit Rahm bettelnd; wie der Ersatzkaffee sogar noch wertvoller war als Bargeld; wie es so wichtig war wie die eigene Haut, das Dicke von der Milch zu schöpfen, bevor man sie ans Militär ablieferte.

Und wie überrascht sie war in diesem letzten Kriegsjahr, als sie bemerkte, dass manche Dinge, die sie für unverwüstlich gehalten hatte – Milch, ihren Vater, den Krieg selbst –, auch Grenzen hatten.

Droben wartet ihr Mann. Ihr freundlicher Mann mit seinen milden, braunen Augen und seinen noch milderen Erwartungen. Es ist sein Geburtstag. Es gibt Aprikosen, die sie im Sommer eingemacht hat. Und nachher wird es einen Kaffee und den Kuchen geben, den sie gestern spät am Abend gebacken hat. Die Leute sind überrascht, dass sie eine gute Hausfrau geworden ist. Manchmal will etwas Unergründliches und Streitsüchtiges in ihr ihnen zeigen, dass sie Recht haben. Dann ist sie versucht, Leintücher mit Flecken zum Trocknen hinauszuhängen und Gemüse in Dosen zu kaufen, wohl wissend, dass diese Dinge niemanden überraschen würden. Das ist es, was sie von ihr wollen. Doch in der Nacht, wenn sie nicht schlafen kann, macht Katharina sich im Haus zu schaffen, an der Wäsche, an allem, was ihr einen guten Grund gibt, das Licht brennen zu lassen.

Sie könnte jetzt hinaufgehen. Doch sie fürchtet das, was kommen würde. Wenn sie das Kompott ohne Rahm serviert, wird Alois sich erinnern und selbst herunterkommen und die Maus finden. Den Rest des Tages würden sie dann damit zubringen, jeden Topf und jedes Fass auszubürsten, Fallen zu stellen, Schmalz und Käse zu prüfen, nach dem Nest zu suchen, wo dieses unglückliche Geschöpf sein Bett gemacht hat, oder die Ritze, durch die es vom Feld hereingekommen ist. Katharina stellt sie sich vor, wie diese Maus sich in ihrem Nest versteckt hatte, wo sie sicher, aber hungrig war. Sie staunt darüber, dass eine Maus so viel Willenskraft aufbringen konnte, in Alois' großes Rahmfass hineinzukommen, nur um herauszufinden, dass ein voller Magen eine Umkehr unmöglich machte.

Es fällt Katharina ein, dass sie den Aufschrei wenigstens etwas hinauszögern könnte, wenn sie etwas Rahm borgen würde. Sie könnte einfach über den Kirchplatz gehen und Rahm von ihrer Halbschwester holen, könnte hinüberlaufen und wieder zurück sein, bevor die oben am Stubentisch wüssten, dass sie gegangen war. Sie geht schnell, mit dem Rahmkrug in der Hand, und öffnet die schwere Metalltür, die ins Freie, in den hellen Nachmittag hinausführt. Sie zittert in ihrem Pullover. Gebeugt und mit hochgezogenen Schultern eilt sie auf dem schneebedeckten Pfad über den Kirchplatz.

Katharina läuft die Steinstufen hinauf und in das Haus, in dem sie aufgewachsen ist. Ihre nassen Schuhe rutschen ein wenig auf dem knisternden Linoleum im Gang. Zu ihrer Rechten ist die offene Tür, die in den Laden führt. Der ist leer an einem Sonntag. Die Fensterläden sind geschlossen.

«Ho-la!», ruft sie, und noch einmal «Ho-la!». Und zur Antwort hört sie ein scharfes, brüllendes Lachen.

Sie trifft sie alle in der Küche, wo sie um den Tisch gedrängt sitzen und ihre Spielkarten vor sich liegen haben: ihre Mutter, die Grantige Marie und Bengats Barbara. Sie sind vertieft in ihr Jassen.

«Ich brauch einen Rahm», sagt Katharina erleichtert, sie so beschäftigt zu sehen. Sie werden sie um keine Erklärung bitten.

Marie reißt den Kopf herum und weist mit ihm ans andere Ende vom Haus. Im Winter zieht sie den Stecker am Kühlschrank und hält die Sachen in der verlassenen Schmiede kalt. «Bedien dich», sagt sie und donnert mit einem leisen, zufriedenen Brummen eine Karte auf den Tisch.

Katharina schaut ihnen einen Augenblick zu. Sie haben die Lampe über dem Tisch weit heruntergezogen. Sie leuchtet auf dünne, silberne und pfefferweiße Zöpfe – drei krumme, alte Frauen mit knochigen Fingern, die Spielkarten festhalten.

Jeden Sonntag kommt Barbara von der Bachkehre herauf in die Messe und bleibt zum Kartenspielen bei den Wagenschmieds. Die Leute denken, das sei, weil Barbara nicht ohne ihr wöchentliches Jassen auskommt. Aber Katharina weiß mehr: Sie kommt, weil diese drei den Wagenschmied gemeinsam haben. Seit er vor vier Jahren gestorben ist, sitzen sie jeden Sonntagnachmittag zusammen, um sich gegenseitig seinen Tod zu beweisen. Als ob ihre gemeinsame Willenskraft vielleicht gerade eben genügen könnte, ihn in seinem Grab zu halten. Sie sind genau wie die Veteranen im Adler, die bei ihrem Bier zusammensitzen und den Krieg hin- und herwenden, besessen von etwas, was zu schrecklich ist, als dass man es ignorieren könnte, besessen von etwas, was besser in Gesellschaft als allein verdaut wird.

Katharina schaut ihre Mutter genau an und sieht, dass Theres entschieden hat, von ihr keine Notiz zu nehmen. Theres' Augen starren fest auf ihre Karten. Ihre Lippen sind zusammengepresst vor Konzentration. Darüber ist Katharina erleichtert. Und sie spürt, wie sich ihre Schultermuskulatur ein wenig entspannt. Es ist selten, dass Katharina bei ihrer Mutter sein kann, ohne einen von Theres' Monologen heraufzubeschwören. Die Küche ist warm, und Barbara lächelt Katharina an. Deshalb verweilt sie einen Moment.

Der Hausaltar hält den Vorsitz an diesem Küchentisch: Das Kreuz in der Ecke hängt im Winkel über dem Eckregal, das über den hohen Lehnen der Bänke angebracht ist. Drei Holzfiguren stehen dort Schulter an Schulter auf einem Leinentuch mit Spitzenrand: die Jungfrau Maria, die mit einer Schlange um ihre Knöchel gewunden auf einer Weltkugel balanciert; der heilige Christophorus, dessen Augen nach oben verdreht sind, als ob er den Geruch der getrockneten Blumen zu seinen Füßen nicht mehr länger aushalten könnte; und der heilige Johannes, der wie ein Bub aussieht und verwirrt dreinschaut, weil er sich die Karten, die man so vorsichtig an seinen Rock gelehnt hat, nicht erklären kann: Trauerkarten sind es, jede mit einem grobkörnigen Schwarzweißbild. Rosenaus Tote – alte Leute, blasse Kinder, Soldaten, erhaben in ihren Uniformen – stehen hier versammelt, um das tägliche Gebet für ihre Seelen zu verlangen. Die Ellenbogen Angelika steht ganz vorne, hohlwangig und mit wilden Augen, in denen sich ihr Krebsleiden zeigt. *Geliebte Mutter, treue Frau, liebevolle Schwester, heimgerufen in Ehren.*

Über alldem, im Winkel zwischen niedriger Decke und Wand, hängen, so befestigt, dass sie auf den Tisch hinunterblicken können, die größeren Bilder der eigenen Toten. Da hängt das Alte Weib, die Mutter der Grantigen Marie, inzwischen schon beinahe sechzig Jahre tot. Ihr Sepiabild verblasst immer mehr. *ER hat sie zu sich gerufen.* Da hängt der Wagenschmied. Seine Augenbrauen sind drahtige Geflechte aus Stahlgrau. Sein finsterer Blick brennt herunter, als werde er bei jedem Bissen, den man an diesem Tisch ohne sein Sagen verzehrt, vom Neid zerfressen. *Nach einem langen und fruchtbaren Leben.* Da hängen Katharinas Neffen. Michel sieht beinahe normal aus, sein Kopf ist nicht ganz so schräg wie sonst; Stantes schüchterne Augen, die starken Nackenmuskeln, die den Hemdkragen spannen: Konstantin und Michel Metzler, *1901–1938. Unschuldige Lämmer* steht in dünner, schwarzer Handschrift darunter. *Von uns genommen.*

Es ist still in der Küche, abgesehen von den Atemgeräuschen und dem Flattern der Karten. Die Frauen scheinen Katharina, so wie sie dasteht, vergessen zu haben; Katharina scheint vergessen zu haben, wie sie sich bewegen soll. Sie spürt sich über den alten Frauen schweben. Irgendwie fern von ihnen schaut sie, aufgehängt dort mit den anderen Toten, herunter auf die Szene. Das Licht spiegelt sich hell auf dem Wachstuch und blendet. Das ist nicht so schlimm, denkt sie, als sie ihren eigenen Körper, der den weißen Rahmkrug fest in einer Hand hält, unter sich sieht. Es erschreckt sie nicht, dass sie ihr eigenes blasses Gesicht sieht und es so deutlich in seinen Umrissen dem Gesicht ihrer Tochter gleicht.

Dann blickt Theres plötzlich nach oben, als spüre sie ihre Tochter über sich schweben. Sie zittert ein wenig.

Erschreckt steht Katharina wieder auf dem Boden und spürt die feuchten Schuhe an ihren Füßen. Sie hat die Aufmerksamkeit ihrer Mutter erregt. Es ist zu spät jetzt, noch unbemerkt wegzugehen.

Farbflecken erscheinen auf Theres' Wangen und Hals. Sie starrt ihre Tochter empört an. «Deine Vettern anschauen, so? Denkst du an die Zwillinge?»

Marie schaut auf. «Fang doch nicht damit an, Theres.»

«Die Buben sind tot und begraben, Theres», sagt Barbara mit müder Stimme. «Lassen wir sie in Ruhe.»

«Das weißt du nicht», fährt Theres sie an. Ihre Augen fordern eine jede von ihnen heraus, diese Schlacht gegen sie aufzunehmen, irgendeine von ihnen, egal welche. Aber am liebsten wäre ihr Katharina. Da würde sie gern laut sagen, was alle anderen denken, aber für sich behalten.

«Es ist ja nicht so, dass du je ein Wort für sie übrig gehabt hättest, wo sie noch gelebt haben», murmelt Marie.

Theres' Gesicht regt sich. Und Katharina sieht, was unter der geröteten Haut und den hellen Augen noch übrig ist von ihrer Mutter – und was die Zukunft bringen wird. Barbara sieht dies auch. Sie sieht Katharina voll Mitleid an.

«Sie hätte bei ihnen bleiben sollen», sagt Theres zur Grantigen Marie. Ihre Mundwinkel ziehen sich nach unten, machen aus dem Mund eine dünne Linie. «Die hätten sie gebraucht, damit ihnen jemand den Weg nach Hause hätte zeigen können.»

Marie schaut zu Katharina hinüber, wartet darauf, dass sie sich verteidigt, dass sie sich ihrer Mutter gegenüber behauptet. Wenn Katharina das tun könnte, wenn sie einfach alles anhalten könnte, indem sie einmal sagen würde, *Halt's Maul, du dummes altes Stück* – ein Satz, der sich in ihrem Kopf fortwährend wiederholt, immer wenn sie mit ihrer Mutter zusammen ist –, dann wüsste Marie, wie sie ihr zu Hilfe kommen könnte. Aber Katharina konnte noch nie etwas anderes, als die Bitterkeit ihrer Mutter akzeptieren. Sie hat zu ihrer eigenen Verteidigung nichts zu sagen. Sie hat nie etwas zu sagen gehabt, weil in dieser einen Sache ihre Mutter Recht hat. Und Katharina weiß das.

Obwohl alles sehr ordentlich und sauber ist, mag Katharina die Schmiede nicht. Sie mag die Leere in ihr nicht, das

Werkzeug, das in strenger Ordnung an den Haken hängt, den Rost auf dem Amboss, die Ruhe, den sauber gekehrten, ölbefleckten Boden. Lange blieb, nachdem der Soldat die Zwillinge abgeholt hatte – es ist jetzt zwölf Jahre her –, die Schmiede unverändert. Der Wagenschmied weigerte sich zu glauben, dass Stante weg war. Er ließ niemand anderen die Arbeit, die der halb fertig zurückgelassen hatte, durcheinander bringen. Dann starb der Wagenschmied, und die Schmiede ging an die Grantige Marie.

Die Tür steht halb offen wie immer. Eine Windböe wirbelt träge Schnee über den Boden. Katharinas Hände zittern. Und sie reibt sie aneinander, bevor sie anfängt, Rahm aus Maries Krug in ihren eigenen zu gießen.

Ein Schatten fällt über die Türschwelle. Sie schaut auf.

Ein alter Mann steht da und knetet eine abgetragene Mütze zwischen den Fingern. Die Sonne leuchtet hinter seinem Rücken, und es ist schwer, sein Gesicht zu erkennen. Er hat einen großen Kopf mit kurz geschnittenen, grauen Haaren – soweit sie das sehen kann. Etwas Seltsames ist in seiner Haltung. Er steht zusammengedrückt und zerknittert da wie ein Papierknäuel.

«Was kann ich für Sie tun?», sagt sie. Ihre Stimme klingt angestrengt und fremd.

Er macht einen kleinen Schritt vorwärts. Seine Augen schauen immer weiter auf und ab, vom Boden in ihr Gesicht und wieder zurück auf den Boden. Er hat sehr blaue Augen.

«Die Werkstatt ist geschlossen», sagt Katharina, doch jetzt etwas sanfter. Die weichen Haare in ihrem Nacken stellen sich auf.

Endlich richtet sich sein Blick ruhig auf sie, und sie kann ihn deutlich sehen: ein langes Gesicht, eine breite Nase und ein breites Kinn, ein deutlich geformter Mund. Seine Zunge schwingt heraus und streicht über die Unterlippe.

«Stante», sagt Katharina.

Ein Lächeln gleitet über sein Gesicht.

«Stante», sagt sie noch einmal.

Er schlurft vorwärts, nickt ihr zu, grinst. Sie macht einen Schritt zurück. Er stellt sich vor den Tisch, wo sie den Rahm umgefüllt hat. Seine Augen gleiten über die in Wachspapier eingewickelten Käsestücke, über den Klumpen Butter.

Katharina spürt, wie ihr Herz rast. Sie spürt, wie das Blut in großen Panikstößen durch sie hindurchpumpt, ihr das Gesicht überflutet, ihre Hände prickeln lässt. Die Werkstatt wird dunkel. Sie zwickt sich ins Fleisch zwischen Daumen und Zeigefinger, bis ihr Blick wieder klar wird.

«Wo ist der Michel?», fragt sie und ist überrascht, als sich ihr diese Frage aus dem Mund schält, als hätte jemand anderer sie dort hineingelegt.

Stante lehnt sich über die Käsekiste und greift mit zwei klauenähnlichen Fingern ein kleines Stück, das fast bis an die Rinde geschnitten worden ist. Er blickt versteckt zu Katharina hinüber, als erwarte er, dass sie es ihm wegnehmen würde.

«Wo ist dein Bruder?», wiederholt Katharina.

«Tot», sagt Stante und steckt sich die Rinde in den Mund.

Sie erkennen ihn sofort. Die drei Frauen flattern und stolpern übereinander und über ihn. Katharina tritt zurück und versucht, nicht zuzuschauen.

«Siehst du!», sagt Theres immer wieder triumphierend. «Siehst du! Siehst du!»

Noch nie hat Katharina die Grantige Marie so aufgeregt gesehen. Stante greift nach dem Brot, während er mit der anderen Hand den Suppenlöffel in gleichmäßigem Rhythmus vom Teller zum Mund bewegt. Barbara und Marie stellen immer wieder neue Fragen, fragen einander, fragen ihn, erhalten keine Antwort und fragen trotzdem weiter.

Plötzlich wendet sich Theres ihrer Tochter zu. «Geh, hol den Pfarrer», sagt sie.

Dies lässt die Grantige Marie aufhorchen. «Für was? Wir brauchen doch keinen Pfarrer.»

«Den Pfarrer», sagt Theres dickköpfig. «Es ist ein Wunder geschehen, der Pfarrer soll kommen.»

«Katharina», sagt Barbara. «Deine Schwiegermutter soll herkommen. Sie ist seine erste Base. Schade, dass das die Anna nicht mehr hat miterleben dürfen», fügt sie hinzu und schaut Stante an.

«Den Pfarrer», sagt Theres noch einmal.

«Sei doch still mit deinem Pfarrer», fährt die Grantige Marie sie an. «Eher den Doktor. Geh, hol den Doktor Treu, dass der den Buben untersuchen kann.»

Katharina nickt, nickt allen und keiner zu, und sie dreht sich um und geht. Sie ist erleichtert, einen Grund zu haben, dass sie gehen kann.

«Trina», sagt Stante. Sie steht still.

Alle drehen sich zu ihm. Suppe tropft ihm vom Kinn. Seine blauen Augen sind hell und begierig, alles in sich aufzunehmen. Er ist froh, hier zu sein, froh, zu Hause zu sein.

Aber er hat Katharina sonst nichts zu sagen. All die Dinge, die sie sich die Jahre über vorgestellt hat, die er sagen würde, sind einfach nicht da. Er lächelt sie kurz an, als sei es erst ein paar Tage her, seit er sie zum letzten Mal gesehen hat. Dann fällt er wieder über seine Suppe her.

«Kannst du uns sagen, wo du all die Jahre gewesen bist?», sagt Barbara zu ihm. «Und was ist mit Michel passiert? Was haben sie mit dir gemacht?»

Stante schaut kurz über seinen Löffel weg Katharina an, und dann Barbara. Seine Hand bewegt sich langsam zu seinem Schoß. Und Katharina sieht, dass er sich unter dem Tisch ein paar Mal mit einem krampfhaften Zucken der

Hand drückt. Sein Gesicht hat einen verwirrten und niedergeschlagenen Ausdruck.

«Er wird schon reden, lasst ihn erst einmal einen vollen Bauch haben», sagt die Grantige Marie.

Und Katharina weiß, dass dies zutrifft – dass er reden wird, dass er ihnen erzählen wird, was mit ihm passiert ist und wie Michel starb und wie es war. Alles. Als Katharina aus der Küche geht, ruft ihr ihre Mutter hinterher.

«Und all das für eine Fahrt in einem Automobil!», ruft sie.

Katharina geht den Gang vor. Den Rahm hat sie vergessen. Maries guter Umhang hängt an der Wand. Ihre Stiefel stehen darunter. Katharina zieht beides an. Die Taschen des Umhangs sind voll: feuchte Wollhandschuhe, ein paar Münzen, eine halbe Tafel Schokolade. Ohne sich umzublicken, geht Katharina die Treppen hinunter, hinein in den hellen Sonnenschein. Sie macht die Augen schmal im blendenden Glanz. Der Kirchplatz ist leer. Bauern halten an Sonntagnachmittagen einen Mittagsschlaf.

Sie schlägt den Weg ein, der vom Kirchplatz den Berg hinunter nach Ackenau führt. Doktor Treu hat sich dort an der Unteren Straße zwischen den zwei Dörfern ein Haus gebaut, um sich Wege zu sparen. Es ist ein neues Haus, von dem Katharina viel gehört hat, obwohl sie es selbst noch nie sah. Doch sie weiß, wonach sie suchen muss, und so geht sie los. Sie hält den Kopf geneigt und spürt, wie eng das Dorf sich hinter ihr zusammendrängt.

Sie geht an Hof um Hof vorbei. Ein- oder zweimal bemerkt sie ein Gesicht an einem Stubenfenster. Ein dumpfes Getöse dringt von dort herunter, wo die Erste und die Zweite Schwester sich aneinander lehnen. Dann dröhnt ein lauteres Motorengeräusch die Straße herauf. Es ist der gelbe Postbus, der sich auf seiner einzigen Sonntagsfahrt die Straße heraufmüht.

Katharina denkt, dass sie jetzt gleich an die Große Kehre kommen wird. Von dort sollte sie Doktor Treus Haus sehen können – verputzt und mit geschnitzten Holzbalkonen. Sie stellt sich die feinen Gardinen in den Fenstern vor und das auf der Straßenseite an die Hauswand gemalte Bild. Doktor Treu wird überrascht sein, sie zu sehen. Seine Frau wird ihn aus seinem Mittagsschlaf wecken. Er wird an die Tür kommen, sich seinen großen, widerspenstigen Schnurrbart glätten und eine Augenbraue hochziehen, wenn er sieht, wer es ist. Dem Alois seine Katharina, wird er denken. Wie ungewöhnlich. Und er wird wissen wollen, was sie braucht, wer in Not ist.

Katharina steht still auf der Straße. Die Ruhe trifft sie. Sie schlurft in Maries Stiefeln im lockerer werdenden Schnee. Es scheint nirgends ein Geräusch zu geben.

Was wird sie ihm sagen? Dass Stante von den Toten zurückgekehrt ist. Dass sie vor zwölf Jahren diesen Berg zwischen ihm und seinem Bruder hinuntergefahren ist und ihnen zugehört hat, wie sie heulten, und zuschaute, ohne ein Wort zu sagen, wie sie weggeführt wurden. Dass jeder, den man in Rosenau fragen wollte, einem sagen würde, was alle glaubten: dass die beiden Buben in einem von den Lagern, das die Nationalsozialisten gebaut hatten, verbrannt worden waren und dass sie nie wieder zurückkommen würden und dass Katharina die Letzte war, die die beiden gesehen hat. Dass sie sie hatte gehen lassen, ohne einen Segen über sie auszusprechen, ohne einen Abschied, ohne eine Träne, und dass sie zurück nach Hause gerannt war, so schnell sie konnte, bis jeder Muskel in ihr laut aufgebrüllt hatte vor Schmerz. Dass ihre Mutter, die bis zu jenem Tag nicht mehr als fünf Worte in der Woche gesprochen hatte, wieder angefangen hatte zu reden, aber nur über die beiden Buben.

Er ist ein guter Doktor. Er beklagt sich nicht über Sonntagsbesuch. Und er hat eine sanfte Art. Als die Hebamme die Grippe hatte, summte er die ganze Zeit, während er Lilimarlene auf die Welt brachte. Katharina erinnert sich, wie er zwischen ihren Schenkeln stand. Er kaute an einem Ende seines Schnurrbartes und hatte einen Blutspritzer auf der Wange.

Sie wird ihm also sagen, dass der Stante nach Hause gekommen ist, ganz einfach. Stante hat den Weg zurückgefunden von den Toten.

Der Doktor wird mit ihr ins Dorf hinaufgehen. Sie sieht ihn, wie er in der Küche steht, wo das Alte Weib und der Wagenschmied aus ihren Todesanzeigen auf ihn herunterschauen werden, und zusehen, wie er den Stante drückt und abtastet, das Herz abhört, ihn bittet, seine Hosen herunterzulassen, um nachzuschauen, ob das Gerede wahr ist, das man über die Nationalsozialisten hörte: dass sie mit allen schwachsinnigen Männern dasselbe gemacht hätten, was die Bauern mit jenen Bullen machten, die zu dumm oder zu schwach oder zu krummbeinig waren, als dass sie zur Zucht getaugt hätten. Sie kann Barbara sehen, ihr grimmiges, blasses Gesicht. Sie kann die Grantige Marie sehen. Sie kann ihre Mutter hören.

Während sie so dasteht und daran denkt, was ihre Mutter zu sagen haben wird, während sie an Stante denkt und seine um die Knöchel liegenden Hosen und an die drei alten Frauen, die über die Schultern des Doktors schauen, und an das Dorf, das darauf wartet, die Nachricht zu hören, kommt der Bus wieder mit lautem Gebrüll den Berg herunter und hält an. Die Tür geht auf.

«Ein bisschen später ist's geworden heute», sagt der Fahrer. «Ich bitte um Entschuldigung.» Er ist ein großer Mann, vielleicht fünfzig, ihm fehlen zwei Finger an der rechten Hand, und er hat eine Narbe unter dem linken Auge.

Katharina steigt in den Bus. Er zieht den Hebel, der die Tür hinter ihr schließt. Der Bus ist leer. Katharina setzt sich hinter den Fahrer und schaut zurück die Straße hinauf Richtung Kirchplatz. So kann sie das Eck des Sennhauses sehen, ein Stück des Schlafzimmerfensters, wo Alois heute Nacht schlafen wird. Wenn sie den Kopf streckt, kann sie ein weiteres Fenster erkennen. Vögel aus leuchtend buntem Papier sind an die Scheiben geklebt.

«Hinunter geht's», sagt der Fahrer, und der Bus setzt sich in Bewegung. «Nach Ackenau?», fragt er Katharina, ohne die Augen von der Straße zu wenden.

Auf der anderen Seite des Baches fliegt der Bachkehrenhof vorbei. Die Straße macht eine lange Kurve. Doktor Treus neues Haus kommt und fliegt vorbei.

«Ich bin seit zwölf Jahren nicht mehr in Ackenau gewesen», sagt Katharina fast nur zu sich selbst.

«Dann wird's langsam wieder einmal Zeit», lacht der Fahrer.

Die Straße ist rutschig. Unter dem Bus greifen die Schneeketten, klimpern wie eine Tasche voller Münzen. Über ihnen ächzen und rutschen in der stärker werdenden Mittagssonne die in die Steilhänge der Betenden Hände eingebetteten Schneefelder. Katharina hört sie, doch sie schaut sich kein einziges Mal um.

Martha
Schule Rosenau, 1959

Ich bin die Lehrerin in diesem Dorf. Alle Kinder, die hier geboren werden, kommen in meine Schule. Die meisten werden, wenn sie erwachsen sind, ihr Leben damit zubringen, sich um Felder und Wälder zu kümmern. Doch sie werden es nicht in Ignoranz tun. Diese Kinder lernen, leserlich zu schreiben. Sie zeichnen Landkarten von Afrika, multiplizieren und teilen Brüche und sagen Gedichte von Goethe und Rilke auf. Sie verstehen den Lebenszyklus von Weißdorn und Eiche und das Verhalten der Vögel.

Die Kinder bleiben bei mir, bis ich meine, sie sind bereit, weiter zu gehen. Manche bleiben eine ganze Weile bei mir. Immer wieder habe ich auch besondere Kinder, die mehr brauchen, als ich ihnen beibringen kann. Die gehen dann auf eines der Internate in Bregenz oder Dornbirn. Von dort gehen sie weiter auf die Universität oder an eine Fachhochschule. Aber auch diese Kinder lernen ihr Alphabet bei mir, und sie sind mir wie eigene Kinder. Ich halte mir bisher einen Ingenieur, zwei Pfarrer, eine Krankenschwester und einen Erdkunde- und Geschichtslehrer zugute. Sie sind alle weggegangen aus Rosenau. Aber sie schreiben mir.

Jeden Morgen um zehn Uhr schicke ich meine Kinder hinaus in unsere Bergluft. Ich stehe an der Tür und schaue zu, wie sie spielen. Da zeigen sie mir ihre wahren Persönlichkeiten: ihre Schwächen und Stärken, die versteckten, weichen Seiten, die sie in sich tragen, und die rissigen Stellen, die Fehler, die sie immer und immer wieder in ihrem Leben machen werden.

Kasparles Laura, die dasitzt und liest, während die anderen fleißig Seil hüpfen, sie wird immer etwas Besonderes haben wollen. Ich kenne den Ausdruck auf ihrem Gesicht, weil ich ihn selbst als Kind hatte.

Laura bleibt allein, nicht so sehr, weil die anderen Kinder sie nicht gern hätten oder nicht mit ihr spielen wollten oder weil sie zu hübsch wäre, um jemanden in ihre Nähe zu lassen. Nein, sie bleibt allein, weil es das ist, was sie von sich selbst erwartet. Seit ihre Mutter gestorben ist, lebt Laura auf dem Hof ihres Onkels, dem größten und vornehmsten Hof im Dorf. Ihr Urgroßvater war Ackenaus Bauerndichter, der Mann, den wir Fremden gegenüber als Beweis unserer bemerkenswerten Tradition präsentieren. Schon diese Dinge würden genügen, Laura zu etwas Besonderem zu machen, aber es ist auch so, dass sie keinen Vater hat – nie einen hatte. Und dieser Mangel ist etwas Seltenes und Kostbares für ein intelligentes Kind. Ohne diesen fehlenden Vater hätte Laura keinen Grund, anders zu sein. Laura weiß nicht, wer ihr Vater war. Ich würde sagen, dass sie damit mehr Glück hat als ich. Denn sie braucht nicht so zu tun, als wüsste sie es.

Im Sommer, als ich neunzehn war, schaute mein Vater – der Mann, den ich meinen Vater nannte – beim Mähen auf, verzog das Gesicht und starb, als er gerade mit der Sense ausholte. Dies beendete den Streit, den wir ein Jahr lang geführt hatten: ob er es sich leisten könnte oder nicht, mich auf eine Schule zu schicken. Zwei Tage nachdem wir ihn begraben hatten, begann Mutter meine Kleider in Ordnung zu bringen, während meine Großmutter Johanna unsere drittbeste Milchkuh und die alte Muttersau in die Stadt trieb. Sie feilschte, bis sie genug Geld hatte, mich rechtzeitig zum Herbstsemester auf die Lehrerakademie nach Innsbruck zu schicken.

Ein paar Wochen später, an einem klaren Morgen, an dem die Bergwände rings um Innsbruck mit frühem Schnee marmoriert waren, besuchte ich meine erste Biologievorlesung. Sie hatte den Titel: «Das Geheimnis des Samens – Gregor Johann Mendels Vererbungslehre». Im Laufe dieser Stunde lernte ich, dass blaue Augen rezessiv vererbt werden und dass zwei blonde, blauäugige Menschen wie meine Eltern nicht anders können, als Kinder mit blauen Augen und blonden Haaren zu zeugen.

In jener Nacht, während ich im polierten Metallspiegel über meinem Waschbecken meine Augen und Haare betrachtete – sie haben die Farbe einer schwarzen Walnuss –, wurde mir klar, dass die einzigen Geheimnisse, die wirklich etwas bedeuten, auf dem Ellenbogenhof versteckt lagen und darauf warteten, entdeckt zu werden.

Als Mädchen, als ich nichts so Konkretes besaß wie einen unbekannten Vater, an den ich meine Besonderheiten hätte heften können, hatte ich alle Hinweise übersehen: eine Schwester, die das genaue Gegenteil von mir war – hellblond, mit Augen von der Farbe eines heißen Sommerhimmels und einem schnellen und stürmischen Temperament. Und auch das Talent, das ich für die Schule hatte und das mein Vater misstrauisch betrachtete, hatte ich nicht zur Kenntnis genommen.

Die Distanz, mit der mein Vater mir begegnete, wäre wohl schwerer zu ertragen gewesen, hätte es da nicht meine Mutter und meine Patin gegeben, die fortwährend um meine Gunst buhlten, die aber vehement irgendeine Bevorzugung ableugneten. Sie waren zwei würdevolle Frauen, die sich in einen würdelosen Partisanenkrieg vertieft fanden. Und mein Lächeln war der Preis. Ich nützte sie schamlos aus in ihrer unvollkommenen Liebe.

Sie haben mich so geliebt, dass ich später erkennen musste, wie unmöglich es mir war, mit weniger auszukommen. Am Anfang war das auch nicht nötig. Der erste Mann, den ich liebte, war der beste. Doch er fiel im Krieg. Ich hätte vielleicht trotzdem geheiratet. Aber die meisten jungen Männer in meinem Alter starben in Frankreich oder Nordafrika oder Stalingrad. Diejenigen, die zurückkamen, fanden Frauen, die mit ihnen zusammen einen Hof umtreiben würden. Sie haben Familien gegründet. Und wenn es Zeit war, schickten sie ihre Kinder zu mir in die Schule. Und jeden Tag um zehn schicke ich sie hinaus zum Spielen. Dann zeigen sie mir ihr wahres Wesen.

Gleich gegenüber der Schule ist das kleine Haus, das ich mir damals schon, 1950, habe bauen lassen. Die Patin sitzt im Schopf hinter der niedrigen, geranienverzierten Wand und beobachtet die Kinder. Sie hat das jeden Schultag getan, seit sie im Sommer, als das Haus fertig wurde, bei mir einzog. Sie sitzt dort zu jeder Jahreszeit und achtet nicht darauf, was Kälte Knochen antut, die achtzig Jahre zählen und so brüchig sind wie Bonbons. An den kältesten Wintertagen nässen ihre blauen Augen. Doch sie sieht immer noch klar und scharf, auch wenn Tränen ihr über die roten Wangen laufen.

Die Berge schimmern in allen Herbstfarben. Die großen, rauschenden Farbflächen leuchten dieses Jahr heller als in vergangenen Jahren. Der Himmel wird klarer, bereit, dem Winter Platz zu machen. Bald treiben meine Schwester und ihre Familie das Vieh von den Herbstweiden auf dem Guntarhorn herunter und ziehen zurück auf den Ellenbogenhof. Dann kommen meine Neffen in die Schule zurück. Und in der Pause muss Laura auf dem Knie der Patin Platz machen für einen oder zwei dieser Neffen, oder für alle fünf auf einmal. Die Kinder umlagern Hanna, weil sie eine geborene Geschichtenerzählerin ist. Ihr Geheimnis, ich habe es beobachtet, besteht darin, dass sie ihre Geschichten nicht billig hergibt. Sie lässt die Kinder die Geschichten verdienen. Sie verteilt die Geschichten wie einen wertvollen Schatz. Und sie sind ein Schatz.

Manchmal, an einem langen Winterabend, wenn sie hinausstarrt in die Dunkelheit und lauscht, denke ich, jetzt sei die Zeit gekommen, dass sie mir das erzählen wird, was ich schon lange hören will, worauf ich schon lange warte: die Umstände meiner Zeugung im Sommer 1916 im Großen Krieg.

1938 eilte ich von Innsbruck mit meinem neuen Lehrerinnenzeugnis nach Hause, war bewaffnet mit sorgfältig formulierten Fragen, bereit, mit der Mutter um die Antworten zu kämpfen. Doch ich fand die Mutter vertieft in ihren eigenen Krieg. Ihr Krebs entwaffnete mich sofort. Er brauchte aber noch ein paar Monate, sie vollends zu zermahlen.

An ihrem letzten Lebenstag, als ich ein paar Minuten lang mit ihr allein war, nahm ich ihre Hand und bat sie, mir von meinem Vater zu erzählen.

«Der Krieg hat den Hans bitter gemacht», sagte sie, als habe sie auf diese Frage gewartet. «Als junger Mann war er nie bösartig.»

So ging sie von mir und nahm die Wahrheit mit sich.

Mit der Zeit hätte ich bestimmt Hanna gefragt. Doch bevor sich die Gelegenheit ergab, begann ein neuer Krieg. Und als dieser Krieg vorbei war, hatte ich die Lust auf die Wahrheit verloren. Es dauerte viele Jahre, bevor ich über die Farbe meiner Augen wieder mit Neugier nachgedacht habe.

Mutter war keine Geschichtenerzählerin. Ich habe ihr

endlich vergeben dafür. Es wird der Patin zufallen, die Geschichte zu erzählen. So hoffe ich. Obwohl ich manchmal fürchte, dass der Preis, den sie für diese Geschichte verlangt, überaus hoch sein wird.

Am Nachmittag, die Schüler sagen gerade auswendig Gelerntes auf, kommt das Läuten von Kuhglocken näher. Die Kinder werden unruhig. Vom Guntarhorn herab kommt die Herde an den Schulfenstern vorbei. Die Hornalp ist das letzte Vorschass, das dieses Jahr abzieht. Also lasse ich die Schüler aus ihren Bänken aufstehen und zuschauen.

Meine Schwester geht an der Spitze. Ihr Ältester, der Martin, und ihr Zweitjüngster, der Rudi, gehen rechts und links von ihr. Ihr Mann, der auch Martin heißt, macht den Schluss. Er reitet auf dem Pferd und hält den Jüngsten vor sich auf dem Sattel. Martins Holzbein steckt in einer eimerähnlichen Konstruktion, die ihm als Steigbügel dient. Die mittleren zwei Buben, fast gleich sehen sie aus mit ihrer braunen Haut und den hellblonden Haaren, gehen zwischen dem Vieh, schwingen locker ihre Stöcke hin und her und schreiten stolz vor ihren Schulkameraden vorbei. Sie zeigen, dass sie erfahrene Stallknechte sind. Es wäre eine schwere Verletzung ihrer Würde, wenn sie uns zuwinken würden. Doch meine Schwester winkt: Mikatrin lächelt herüber und hebt ihren Hut.

Bis heute glaubt Mikatrin, dass sie mir Martin weggenommen hat. Sie hat die Dinge immer ein wenig verschwommen gesehen. Das kann ärgerlich sein. Andererseits gibt es mir Freiheiten. Die Fehler, die sie in mir sieht, sind nicht so gravierend wie diejenigen, die ich wirklich habe. Mikatrin spürt keine Schuld wegen dem, was sie meint, getan zu haben. Sie hatte ihre Gründe. Und die meisten könnte sie laut sagen, ohne sich schämen zu müssen.

Jetzt, wo sie wieder zu Hause sind, wird die Patin sich den Rest der Woche nicht wohl fühlen. Sie wird ungeduldig auf den Sonntag warten. An dem fahren wir zum Mittagessen auf den Ellenbogenhof.

Nach der Messe spanne ich den Cäsar an und wir fahren los. Auf dem Weg über den Kirchplatz kommen die Buben gerannt und werfen sich hinten auf die Pritsche. Sie fahren mit hinauf. Dabei rufen und schreien sie einander an und johlen Kameraden zu, die das Pech haben, im Dorf zu wohnen. Schon länger überlege ich mir, ob ich ein kleines Auto kaufen soll. Doch dann fällt mir ein, dass ich, genauso wie meine Neffen, diese Sonntagsfahrten vermissen würde. Und deshalb warte ich noch.

Die Patin strahlt. Eingehüllt in ihren guten Umhang und mit ihrem zugespitzten Sonntagshut, der präzise auf der Krone ihrer Zöpfe sitzt, thront sie über dem Durcheinander von Buben. Ihre Hände ruhen auf dem Knauf ihres Gehstockes. Sie haben noch ein wenig ihrer alten Geschmeidigkeit in sich, trotz der knotigen Gelenke und der blau unterlaufenen Fingernägel. Sie murmelt etwas. Und Cäsar gehorcht ihr. Es spielt keine Rolle, wessen Hände die Zügel halten, solange Cäsar ihre Stimme hört. Dasselbe gilt für die Kinder: Hanna weiß, wie man mit wilden Kreaturen spricht.

Mikatrin und Martin waren in der Frühmesse. Als wir in den Hof rollen, steht ein riesiges Sonntagsessen auf dem Tisch. Bei einer klaren Knödelsuppe berichten sie von den sechs Wochen, die sie weg waren. Hanna erkundigt sich nach dem Herbst auf der Alp, nach dem Vieh und besonders nach den frischen Kälbern. Sie fragt nach dem Traktor, den Martin kaufen will. Wir reden über die Landwirtschaft, weil die Landwirtschaft alles ist, was sie wissen.

Sie fragen nicht nach der Schule oder dem Dorf. So ist es immer gewesen, seit sie geheiratet haben. Sie brauchen nichts und niemanden außer sich selbst und diesen Hof.

Martin ist still, als Mikatrin anfängt, von der Hornalp zu reden. Sie spricht von zerbrochenen Schindeln, von engen Kammern, vom veralteten Stadel. Ich kann mir vorstellen, dass er unzufrieden ist mit seiner Frau, weil sie jetzt wieder davon anfängt. Doch er beißt sich auf die Lippen und wartet ab. Das ist der Grund, weshalb sie zueinander passen.

Die Buben legen ihre Messer und Gabeln weg. Sie erwarten einen heftigen Streit, jene Art von Streit, der gewöhnlich anfängt, wenn die Patin und Mikatrin zusammen an diesem Tisch sitzen. Wenn Mikatrin feststellt, dass das alte Gebäude abgerissen und ein neues gebaut werden sollte, verliert Hanna in der Regel die Beherrschung. Und Mikatrins Stimme wird dann ebenfalls laut und erwidert im gleichen Ton.

Fest steht, dass die Hälfte von der Guntarhornalp der Patin gehört und dass ohne ihre Einwilligung Mikatrin nichts unternehmen kann. Dennoch listet Mikatrin noch einmal all ihre Gründe auf. Sie betont sie zusätzlich, indem sie ihre Finger hart auf die Tischplatte klopft.

Hanna wartet, bis sie fertig ist. Dann, zu unser aller Überraschung, lächelt sie.

«Wenn erst der Frühling kommt, kannst du mit der Alp machen, was du willst.» Sie senkt ihr Kinn und schaut uns alle der Reihe nach an. «Aber zuerst werd ich da droben den Winter verbringen. Allein.»

Mikatrin verschluckt sich beinahe an ihren gelben Rüben. Aber nun, da dies heraus ist, bin ich ruhig. Schon eine Weile war mir klar, dass die Patin etwas vorhatte.

Die Buben schauen unsicher hin und her zwischen Martin und Mikatrin. Sie warten darauf, dass jemand etwas sagt: ihr Vater, der beherrscht und vernünftig reden wird; ihre

Mutter, die zuerst ein wenig schrumpfen und dann explodieren wird.

«Es hat Feuerholz für acht Wochen, bei kaltem Wetter», sagt Martin sachlich. «Und genug Lampenöl.»

«Morgen geht der Felleles Willi hinauf, spaltet Holz und stapelt's. Er bleibt eine Woche droben und repariert alles, was repariert werden muss», sagt Hanna.

«Und das Essen», fragt Jok mit seinem Mund voll Nudeln.

«Ich habe genug eingemachtes Fleisch und getrocknetes Obst und ein Rad Käse und Maismehl und Weizenmehl und Kartoffeln und Zwiebeln.»

«Du magst doch Milch», sagt der jüngere Martin. Er ist besorgt, dass Hanna ohne sie auskommen müsste.

«Ich könnt mir eine Geiß kaufen.» Sie lächelt und legt eine Hand auf seinen Kopf.

Mikatrin blickt die Patin an, dann mich, und wieder die Patin. Sie hält ihre Wut kaum noch im Zaum. «Und ich nehme an», sagt sie, «du wirst all diese Sachen mit der neuen Seilbahn hinaufschicken wollen.»

Die Patin zieht eine Augenbraue in die Stirn. «Die Geiß wird zu Fuß gehen müssen, nehm ich an.»

Die beiden älteren Buben senken ihren Kopf wie auf ein Zeichen, weil jetzt zu lachen schmerzhafte Konsequenzen hätte. Ich weiß, was für ein Bild sie sich ausmalen. Sie sehen eine Muttergeiß, die über den Rand der Seilbahnkiste herausschaut, während die sich sanft am Kabel schwingend den Hang zwischen der Ersten und der Zweiten Schwester zur Alp hinaufbewegt. Dies ist eine amüsante Vorstellung, ohne Zweifel, und ich kann ein Lächeln nicht unterdrücken.

Meine Schwester wendet sich mir zu, starrt mich an. «Und wo soll das Geld herkommen?»

«Da brauchst du nicht die Martha anschauen», sagt die

Patin, hebt einen gekrümmten Finger. «Sie hört das auch zum ersten Mal. Ich will euch sagen, woher ich das Geld habe. Ich hab's gespart, bis auf den letzten Schilling. Ich habe vierzig Jahre gebraucht dafür, aber ich hab's zusammengebracht, und zwar allein.»

Martin räuspert sich. «Wir können dich nicht holen, wenn etwas passiert.»

In Mikatrins Wange zuckt es immer wieder. «Du wirst uns verrecken da droben», stößt sie heraus. «Und wir werden dich nicht holen können, bis es Frühling ist.»

«In dem Fall könnt ihr mich gleich an Ort und Stelle vergraben», sagt Hanna und nimmt eine weitere Portion Kartoffeln.

Hannas Umzug ist für den nächsten Samstagmittag geplant.

Am Montag kommt Mikatrin vorbei, nachdem sie ihre Einkäufe erledigt hat. Sie gibt zu bedenken, dass der erste Schnee schon vor Samstag fallen könnte. Dann müsste Hanna bleiben, wo sie hingehört. Am Dienstag findet sie mich nach der Abendmesse auf dem Friedhof und berichtet, dass Radio und Almanach eine Kaltwetterfront für den nächsten Tag vorhersagen. Am Mittwoch, der warm und sonnig ist, hat sie im Sennhaus zu tun und kommt an der Schule vorbei, gerade als ich zum Mittagessen nach Hause gehe. Sie will wissen, ob der Pfarrer oder Doktor Treu vielleicht Hanna ihre Torheit ausreden könnte. Am Donnerstag, auch der ist noch ungewöhnlich warm für Anfang Oktober, besucht sie Hanna, während ich in der Schule bin. Ich sehe, wie sie nach der Pause zu ihr hineingeht. Sie ist nicht mehr da, als ich zum Mittagessen nach Hause komme. Und die Patin strahlt vor Ruhe.

An all diesen Tagen ist Martin damit beschäftigt, Vorräte mit der Seilbahn auf die Hornalp hinaufzuschicken. Das ist keinesfalls, was Mikatrin im Sinn hatte, als sie diese Seilbahn plante und auf sie sparte. Ich stelle mir vor, dass es sie jedes Mal, wenn Martin wieder eine neue Ladung für die Patin mit der Seilbahn hinaufkurbelt, zwischen Stolz und Wut zerreißt.

Oben, auf dem Berg, lädt Willi, der Knecht, alles aus. Den Rest seiner Zeit verbringt er damit, Holz zu spalten und aufzustapeln, das Dach und den Ofen zu reparieren, einen neuen Graben für das gleich neben dem Stalleingang stehende Aborthäuschen auszuheben – und viel zu trinken. Wir wissen, welche Arbeiten er verrichtet, weil er in der leeren Seilbahnkiste mit der letzten Fahrt jeden Tag einen Zettel herunterschickt. Wir wissen vom Schnaps, weil das Papier Flecken hat und seine Handschrift zittrig ist. Willi war einer meiner ersten Schüler. Ich habe meine Sache bei ihm, so scheint es, nicht ganz ordentlich gemacht.

Hanna ist nicht müßig. Jeden Tag überrascht sie mich mit einem neuen, versteckten Vorrat: ein hoher Stapel von Zeitungen und Zeitschriften, manche zehn Jahre alt; drei Gläser Stachelbeermarmelade; noch frisch verpackte Spielkarten; ein ungeöffnetes Fläschchen Aspirintabletten; mehrere Schachteln voller Streichhölzer; ein Paket Kamille und ein Paket Fenchel für Tee; ein Vergrößerungsglas; einige Bücher, eines hat von Nässe gewellte Deckel.

«Was für ein Buch ist das?», frage ich und beuge mich darüber, um zu schauen. *Die Mythologie des alten Rom*. Sie zieht es mir unter der Nase weg, wird rot.

«Geht dich nichts an.» Dann sagt sie beschämt: «Lass mich machen. Ich vergess die Hälfte, wenn du nicht aufhörst mit deinem ewigen Bemuttern.»

Einen Moment später summt sie vor sich hin.

Im Haus herrscht eine erwartungsvolle Stimmung wie vor Weihnachten. Ich bemerke, dass ich beim Einkaufen extra

Sachen für sie in meinen Korb lege. Jetzt frage ich sie, ob sie wärmere Strümpfe, eine neue Schürze, noch Unterwäsche braucht. Ihr Rücken ist mir zugedreht, während sie in den Tiefen der Eichentruhe herumstöbert.

«Du schickst mich nicht auf eine Schule», sagt sie und schimpft mich freundlich dafür, dass ich ihr nicht von der Seite weiche. Dann krächzt sie und fördert einen Stickreif aus der tiefsten Ecke der Truhe zutage. Sie hält ihn hoch wie einen glänzenden Knopf, den sie von der Wäscheleine gestohlen hat. Es ist nicht nett, aber wahr: Jeden Tag wird die Patin mehr zu einer alten Krähe. Ihre zerknitterten schwarzen Röcke zieht sie hinter sich her wie abgetragene Federn. Die Haut zieht sich immer dünner über ihre schnabelähnliche Nase, so dünn, dass der Knochen durchscheint und zu einem gelben Fleck zwischen ihren Augen wird.

Ich sollte Angst haben um sie. Aber ihre gute Laune überwältigt meinen gesunden Menschenverstand.

Am Freitagmorgen sind die Kinder unruhig und aufgeregt. Ich habe die Schule für Samstagmorgen abgesagt. Und so erscheint es mir zunächst wie die gewöhnliche Heiterkeit, die mit dem Ende einer jeden Schulwoche aufkommt. Doch in der Pause verstehe ich endlich, wie abgelenkt ich gewesen bin. Die Kinder haben es geschafft, hinter meinem Rücken etwas vorzubereiten. Ich bin wirklich überrascht, als sie, jedes Einzelne, zum Haus hinübermarschieren, wo die Patin in ihrem Schaukelstuhl sitzt. Jedes von ihnen angelt etwas aus der Tasche und legt es ihr in den Schoß: Schokolade oder ein Bonbon oder ein Stück Obst.

Zwei Kinder bleiben länger bei der Patin. Laura lässt einen ganzen Wortschwall los. Ihre Hände wirbeln in der Luft herum. Martin steht an ihrer Seite, seinen Kopf gesenkt, und nickt ab und zu. Es ist Zeit, die Pause zu beenden. Doch dieser Anblick hält mich zurück: die zwei Kinder, entschlossen und ernst bis zum Schmerz; die alte Frau, die zuhört, während ihre Augen sich von einem Gesicht zum anderen wenden.

Als Laura eine Pause macht, redet Martin weiter, Hanna nickt ihm mit derselben Aufmerksamkeit zu. Schließlich streckt sie ihre Hände vor und nimmt beide Kinder bei der Hand. Nach einer Weile gehen sie mit gesenkten Köpfen von ihr.

Ich würde alles, was ich besitze, darum geben, zu wissen, was sie ihnen gesagt hat, zu hören, wie sie sich von ihnen verabschiedet hat.

Am späten Nachmittag, als die Schule aus ist, gibt es immer noch kein Anzeichen von Mikatrin. Ich weiß, dass sie noch nicht aufgegeben hat. Deshalb bin ich nicht überrascht, als Martin ankommt, während wir im Schopf sitzen und Wäsche zusammenlegen. Er kommt mit dem kleinen Viehwagen und lädt seine beste Geiß und einen Käfig mit zwei Legehennen aus. Doch seine Bewegungen sind langsam. Ich vermute, Mikatrin hat ihn geschickt, mehr als nur diese Tiere hier abzuladen.

Als Martin es den Tieren in meinem kleinen Stall bequem gemacht hat, kommt er und lehnt sich an die Schopfwand. Mit seinem hölzernen Bein klopft er gegen die unterste Treppenstufe. Er ist nervös und unglücklich. Er schaut uns schräg von unten an.

«Fang du jetzt nicht auch noch an, Martin», murmelt die Patin. «Du hast mir eine gute Geiß gebracht. Und ich dank dir dafür. Ich werd an deine Güte denken, wenn ich ihre Milch trinke.»

«Schon recht.» Er schielt in Gedanken versunken zu mir herauf. Martin ist ein guter Mann. Während ich ihn so dastehen sehe, weiß ich, er denkt an Mikatrin, die zu Hause auf ihn wartet und sich von ihm Dinge erhofft, die er ihr nicht geben kann. Mein Ärger über Mikatrin und meine Sorge um die Patin werden kleiner. Ich habe Mitleid mit ihm.

«Wir sagen der Mikatrin, dass du eine ganze Weile gebrüllt und gewettert hast», schlage ich vor. «Aber umsonst.»

«Ganz umsonst», fügt die Patin hinzu und grinst.

Martin runzelt die Stirn. «Das ist eine ernste Sache. Und ihr zwei benehmt euch wie Kinder.»

«Nennst du mich verkalkt, Martin?»

«Nein, Hanna», antwortet Martin. Er seufzt. «Ihr werdet der Mikatrin sagen, dass ich geredet und gebrüllt habe?»

«Über eine Stunde lang», versichere ich ihm.

«Dann hätten wir noch Zeit für eine Tasse Kaffee», sagt er und kommt die Stufen herauf.

Während wir bei Kaffee und Kuchen sitzen, kommen die Leute vom Dorf vorbei. Zuerst die Sennhaus Olga. Sie ist die beste Freundin der Patin, seit die ins Dorf heruntergezogen ist; sie reden über vergangene Zeiten, über Olgas Großvater, den Bengater Alois, der ein Bauer im alten Stil und ein guter Freund der Patin war. Über Olgas Brüder, die alle im Krieg gefallen sind: Leo, Mikatrins erster Mann, in Norwegen, Toni und Jos in Russland und der Jakob in Italien.

Olga legt wortlos eine gestrickte Decke auf den Schoß der Patin. Gerne trinkt sie eine Tasse Kaffee mit uns.

Als Nächster kommt der Lorenz vom Halbmondsenkenhof mit einer Flasche selbst gebranntem Schnaps unterm Arm. Seine Mütze dreht er zwischen den geschwollenen Fingern. Ihm auf den Fersen folgt Laura.

Sie ist nicht so schüchtern wie die meisten Kinder, die zu mir in die Küche kommen. Ohne zu zögern, tritt sie vor und legt der Patin ein kleines Päckchen auf den Schoß. Es ist in rotes Papier eingeschlagen und hat eine sorgfältig gebundene weiße Schleife: Form und Größe verraten ein Buch. Vorne drin steckt in einem selbst gemachten Umschlag eine Karte.

«Und was ist denn das?», fragt Hanna hocherfreut.

«Du sollst kein Weihnachten ohne Geschenke verleben müssen da droben», sagt Laura. «Versprich, dass du es bis dahin nicht aufmachst?»

«Das wird ihr schwer fallen, so ein Versprechen zu halten», sage ich zu Laura.

«Da hast du Recht», lacht die Patin. «Die Neugier war immer mein Verderben.»

Laura beobachtet all dies nachdenklich.

«Vielleicht hilft ihr ein Wink, dass sie's bis dahin aushält», schlägt Olga vor.

«Klar», sagt Martin. «Ein Wink wär das Richtige.»

«Es ist über ein Land, das weit weg ist», sagt Laura. «Irgendwo, wo es warm ist.»

«Gut, dann hast du etwas, über das du nachdenken kannst, wenn auf dich der Januarschnee herunterdrückt», sagt Lorenz.

Dies lässt uns verstummen. Wir alle sehen dasselbe Bild vor uns: das Guntarhorn, überwältigt vom Schnee.

Ihre Freunde tröpfeln herein, einer nach dem anderen: die Grantige Marie und Stante vom Altersheim; der Pfarrer, der immer noch ein Fremder für uns ist, obwohl er seit dem Ende des Krieges hier seines Amtes waltet; andere, die ich längere Zeit nicht mehr gesehen habe. Bald ist die Küche voll. Immer wieder mache ich Kaffee, stelle Gebäck und Kuchen auf den Tisch, bis alles leer ist.

Martin steht auf und gibt mir ein Zeichen, ihm in den Gang zu folgen.

«Deine Schwester», er kratzt sich am Kopf. «Sie hat Angst», sagt er schließlich.

«Sie ist wütend.»

«Das auch.»

Darüber denken wir eine Weile nach.

«Es wird der Patin arg sein, wenn die Mikatrin sich nicht besinnt und kommt, sich zu verabschieden», sage ich.

«Ich schau, was sich machen lässt. Aber du kennst ja deine Schwester.»

Besser als du, denke ich, aber es gibt keinen Grund, dies zu sagen, überhaupt keinen.

Am Abend ist die Patin erschöpft. Sie sitzt still am Küchentisch und beobachtet, wie Felder und Berge in der Dunkelheit schwinden.

Ich bin nervös. So nervös, dass ich mich beim Rühren mit Suppe bespritze, so nervös, dass ich nicht wage, Brot zu schneiden. Ich bin nervös, weil die Patin weggeht, vielleicht für immer. Ich bin aber nicht so selbstlos und uneigennützig, wie es den Anschein haben mag. Ich bin nervös, weil ich von ihr etwas will, bevor sie geht. Die Hitze meiner Vorstellungen bringt mich ins Schwitzen. Ich spüre Schweißtropfen auf meiner Stirn.

Wenn du sie jetzt nicht fragst, wirst du die Wahrheit nie erfahren, sage ich mir. Und dann: *Ist das so schlimm?*

Während ich mit mir selbst streite, schöpfe ich Suppe.

Plötzlich sagt die Patin, ohne mich dabei anzuschauen: «An was erinnerst du dich zuerst, wenn du ans Horn denkst?»

Sie hat mich überrascht. Dankbar, einen Grund zu haben, meine eigenen Gedanken beiseite zu legen, überlege ich mir meine Antwort.

«Damals, wo ich in die Brennnesseln gefallen bin.»

«Drei warst du. Der Hans war gerade aus dem Krieg zurück. Und an nichts davor?»

«Ich entsinne mich an nichts.»

«Und innen drin? Wie ist's mit dem, was drinnen ist?»

Dieser Ton in der Stimme meiner Patin ist ungewöhnlich. Plötzlich erinnere ich mich daran, wann ich diesen Ton zum letzten Mal gehört habe. Es war während des Krieges, durch eine knisternde Telefonleitung. An dem Tag war die Patin hinuntergefahren nach Rosenau, um das Telefon in der Fabrik zu benutzen. Sie wartete den ganzen Tag, bis sie eine Verbindung hatte. Und dann wartete sie wieder, bis sie mich gefunden und zum Telefon gebracht hatten. Ihre Stimme war verschwommen vor Schmerz und Sorge, genau wie jetzt. Sie berichtete die Dinge, von denen sie meinte, dass ich sie wissen sollte: dass Mikatrins einziges Kind, ein kleines, vierjähriges Mädchen, in der Quelle ertrunken war, während ich in einem anderen Land wohnte und anderer Leute Kindern Lesen und Schreiben beibrachte.

Sie wartet auf meine Antwort.

«Ich erinnere mich, dass ich morgens aufgewacht bin und das Horn im Himmel gesehen habe, wie einen Finger.»

Ich sehe, dass dies nicht ist, was sie hören will. Sie dreht sich auf ihrem Stuhl mir zu. Ihr Gesicht besteht nur aus Knochen. Ich scheue zurück vor seinen Mulden und Schatten.

«Erinnerst du dich an die Zeichnung, die an der Wand hing?»

«Die, auf der du drauf warst? Die, die verschwunden ist? Nur, weil ich gehört habe, wie die Mutter sich deswegen Sorgen machte, weil Sachen aus der Hornalp gestohlen wurden.»

«All die Jahre habe ich mir überlegt, ob du mich je nach diesem Bild fragen wirst.»

«Was ist damit?»

Hanna zuckt die Schultern. «Wo es herkam. Wer es gezeichnet hat.»

«Wer hat es gezeichnet?», frage ich wie betäubt.

«Dein Vater hat es gezeichnet in jenem Sommer, in dem du gezeugt worden bist, gerade dort droben auf der Alp.»

«Der Vater hat nicht zeichnen können», antworte ich. Dann plötzlich wird mir klar, was sie gesagt hat.

«Der Vater hat nicht zeichnen können», wiederhole ich.

«Dein Vater hat zeichnen können», sagt sie.

Ich stelle die Suppe auf den Tisch und ordne die Löffel. Meine Finger sind wie aus Holz und ungeschickt. Ich denke noch einmal daran, das Brot zu schneiden. Aber das Deckenlicht in der Küche ist so hell, dass ich vor dem grellen Schein auf dem Messer die Augen zusammenkneifen muss. Ich setze mich und schaue der Patin in die Augen.

Sie streckt ihre Hände über den Tisch. Ihre Finger sind heiß und trocken. Sie greifen mir ins Fleisch.

«Du bist nicht überrascht. Was für Gerüchte hast du gehört?»

Zitternd ziehe ich meine Handgelenke zurück. «Keine Gerüchte.»

«Woher hast du gewusst, dass der Hans nicht dein Vater ist?»

Endlich sind die Worte ausgesprochen. Endlich kann ich mich an ein Bild erinnern: ein Mann mit blonden Haaren, die über eine knochige, sonnenverbrannte Stirn fallen. Er hat blaue Augen und ist nicht mein Vater.

Ich zeige auf mein Gesicht. «Wegen meiner Augen. Meiner Haare. Er muss dunkel gewesen sein. War er dunkel?»

Sie nickt. «Angelika hat in Angst gelebt, dass es herauskommen könnte. Dass der Hans draufkommt.»

Meine Kehle ist völlig trocken. «Patin, versteh ich dich? Mein Vater – war nicht vom Dorf?»

Ihr Kinn zuckt nach oben. «Nein!»

«Aber in dem Sommer war er auf dem Horn?»

Sie nickt.

«Er hat das Bild von dir gezeichnet und mich gezeugt und ist dann weggegangen? Die Mutter hat ihn nie wieder gesehen?»

Die Stimme meiner Patin Johanna zittert. «Angelika hat ihn nie gesehen.»

Ich brauche eine Weile, bis diese Worte einen Sinn ergeben. Sie wollen sich in meinen Gedanken nicht einordnen lassen.

«Ich versteh nicht», sage ich, obwohl ich es schon weiß. Ich sehe die Wahrheit auf ihrem Gesicht. Sie ist rot geworden. Ihr Kinn bebt, doch sie hält es trotzig in die Höhe, als erwarte sie, dass ich ihr Einhalt gebiete.

Ich könnte ihr Einhalt gebieten. Ich könnte aufstehen und weggehen.

Als sie sicher ist, dass ich nicht weggehe, sagt sie: «Im Sommer 1916 habe ich mich in einen Soldaten verliebt. Er hat mir dich geschenkt. Und als du auf die Welt gekommen bist, gab ich dich meiner Schwester.»

Kein Wort mehr.

Ich erinnere mich an ein Bild. Eine Frau sitzt im Stadel auf einem Schemel und hält ein Ferkel zwischen den Knien. Mit einer Schere fährt sie dem Ferkel ins Maul und schneidet die messerscharfen Eckzähne heraus. Das Ferkel quietscht, als sie es loslässt.

Los, lacht sie. *Zurück zur Mutter jetzt, wenn sie dich noch will.*

Ich bin ein dunkelhäutiges Kind. Mir ist nicht wohl in meiner Haut. Ich frage sie: *Will seine Mama ihn denn nicht?*

Sie greift nach mir und umarmt mich fest. Ihre Schürze riecht nach dem Garten, wo sie all ihre freie Zeit verbringt, nach Erde und Sonne an grünen Pflanzen, nach Tomatenpflanzen.

Natürlich will sie ihn, sagt sie mir. *Sie könnte nicht leben ohne ihn.*

«Was ist mit dem Soldaten passiert?», frage ich.

«Ich bin nicht sicher», sagt Johanna. «Aber du könntest es herausfinden, wenn du willst.»

Sie zieht einen Umschlag aus ihrer Bluse, und aus dem Umschlag zieht sie ein Stück Papier, etwa so groß wie ihre Hand. Sie legt es auf den Tisch und glättet es vorsichtig. Dies muss die Zeichnung sein, die an der Wand auf der Alp hing und dann verschwand im Jahr, als der Krieg zu Ende ging. Eine Bleistiftzeichnung, weiche Linien und Schatten. Eine Frau, keine junge Frau, aber jünger als ich. Sie sitzt auf dem Boden, ihre Beine zur Seite gestreckt. Eine Hüfte ragt unter den Röcken nach oben, die verkrüppelte Hüfte, zwei Fäuste aus Knochen. Ihre Haare sind nicht geflochten. Sie fallen über die Schultern, fließen in Wellen. Sogar auf dieser einfachen Zeichnung ist dieses Haar voll Licht und Schönheit.

Hanna streckt ihre Hand aus und dreht das Blatt um. Auf der Rückseite ist eine Landkarte von der Alp und den umliegenden Bergen. Die Karte ist gekonnt gezeichnet. Doch Hanna zeigt auf etwas anderes: ein paar Zeilen eines Gedichts. Weiter unten steht ein Name, geschrieben in einer sicheren Handschrift, die nicht ihre eigene ist. Fast gegen meinen Willen beuge ich mich vor, um zu lesen, was mein Vater vor dreiundvierzig Jahren auf dieses Stück Papier geschrieben hat. Ich lese einen Namen, der mir nichts bedeutet. Eine Adresse in Tirol, oder was einmal Tirol war und seit 1919 zu Italien gehört. Eine andere Adresse in Verona.

«Du hast nie geschrieben.»

«Nein.»

«Warum nicht?»

«Weil ich es nicht wissen wollte.»

«Was?»

Die Patin schüttelt den Kopf.

«Warum erzählst du mir das alles jetzt?»

«Weil ich ein eitles, altes Weib bin», sagt sie. «Weil ich selbstsüchtig bin.»

Spät in der Nacht, ich kann nicht schlafen, kommt Bengater Peters Jakob zu mir. Der Jakob fiel im Krieg. Doch er weigerte sich, beerdigt zu werden. Seit sechzehn Jahren nun schon kommt er und besucht mich, wenn ich unruhig bin.

Jakob kommt und erinnert mich an den Tag, an dem sein Bruder Leo meine Schwester Mikatrin geheiratet hat. Er erinnert mich daran, wie wir uns zusammen von der Hochzeitsfeier schlichen, als alle tanzten, wie er mich mit sich zog – ich lachte und wehrte mich, war aber wild vom Schnaps und der Lust auf ihn –, wie er mich mit sich zog in Hannas Gemüsegarten und mich zwischen Gelbe Rüben und Kartoffeln hinlegte. Ich entsinne mich, jetzt, wo er mich daran erinnert, wie das spitzenverzierte Kraut der Gelben Rüben in dem Moment mein Gesicht streichelte, als er in mich hineinfand. Wie intensiv der Geruch der Erde war, der mich umfing. Ich erinnere mich an den Mond, an eine goldene, runde Scheibe, die in den Nachthimmel gestanzt auf Jakobs Schulter ruhte.

Er erinnert mich auch, wie er es manchmal tut, ohne nachtragend zu sein, an die Männer, die ich im Krieg tröstete, als ich weit weg war – nahe an die Front geschickt, um dort zu unterrichten. Die Namen und Gesichter werden auf einmal gegenwärtig, obwohl ich an viele von ihnen jahrelang nicht mehr gedacht habe. Martins Gesicht gleitet an mir vorbei und ist verschwunden.

Als Jakob mich verlassen hat – es ist kurz nach drei Uhr morgens –, stehe ich auf und kleide mich an. Der Mond scheint hell genug, mir den Weg durch eine in Grau- und Blautönen feucht vor mir liegende Welt zu weisen, doch ich weiß, wohin ich gehe. Der Weg führt mich zur Tür hinaus und die Gasse hinunter, über eine Fußbrücke und über den Kirchplatz.

Das Friedhofstor steht ein Stück offen. Seine schmiedeeiserne Tür schwingt weiter auf, ohne einen Ton von sich zu geben. Auf dem Weg knirscht Kies unter meinen Schuhen.

Am Morgen, an dem meine Mutter begraben wurde, bot ich an, zu melken und allein die Milch im Sennhaus abzuliefern. Leo versuchte verzweifelt, das schon gemähte Heu noch einzufahren, bevor die Trauergäste kamen. Er war mir dankbar für die Hilfe, aber zu abgelenkt, einen Moment innezuhalten und es mir zu sagen. Johanna bemerkte es kaum, dass ich ging. Sie hielt die Totenwache bei der Mutter. Ihr Rosenkranz klopfte leise an die Seite des Sarges, während Gebet für Gebet die Perlen vorbeiglitten.

Mikatrin war noch im Wochenbett. Ihre Tränen fielen auf das Gesicht des kleinen Mädchens, das an ihrer Brust trank.

Was ich ihnen nicht gesagt hatte, als ich den Milchwagen anspannte und mit ihm davoneilte, war, dass ich auch etwas zu erledigen hatte, dass ich ein Ziel vor Augen hatte an jenem Morgen, an dem meine Mutter beerdigt würde. Ich stellte das Pferd und den Wagen am Sennhaus ab und ging davon. Und ich kam hierher. Ich schlich am frühesten Morgen auf diesen Friedhof, schaute dem Mesner bei der Arbeit zu, schaute, wo meine Mutter liegen würde. Genau hier stand ich, auf der Kirchenseite ein Stück weit weg, wo er mich nicht bemerken konnte. Die frühe Morgensonne war schon heiß. Sein Nacken leuchtete braun und hart wie Sattelleder.

Er arbeitete schnell. Schaufel um Schaufel hob er aus dem Familiengrab, das sich erst vor kurzem gesetzt hatte, nachdem der Vater zur Ruhe gelegt worden war. In der Zeit, die ich auf der Schule verbrachte, ging die Familie jeden Sonntag nach der Messe ans Grab, um zu beten. Und als Erwiderung war das Grab immer ein bisschen weiter nach unten gesunken, hatte ihn weiter und weiter weggenommen von den Lebenden.

Der Grabstein ist eine Säule, so groß wie ich. Alle vier Seiten sind bedeckt mit Namen, die meisten von ihnen sind inzwischen verblasst. Unten auf der Vorderseite gab es einen Platz für den Namen meiner Mutter. Und während der Mesner arbeitete und Platz machte für ihren Körper, genauso, wie es einen Platz gab für ihren Namen, wurde ich zornig, zornig über die Ungerechtigkeit, dass der Name der Mutter ganz unten stehen sollte, unter dem Namen ihres Mannes und unter all den Namen seiner Verwandten, die vor ihm gestorben waren, wo doch ihre Knochen auf den anderen ruhen würden. Und als ich darüber nachdachte und damit kämpfte, als ich mir wünschte, dass es genug Land gäbe, damit jeder von uns eine eigene Ruhestätte haben könnte, wünschte, dass wir am Ende nicht alle so eng aufeinander gedrängt liegen müssten, hörte ich die Schaufel auf etwas Hartes schlagen.

Der Mesner fing an, große Schaufeln voller dunkler Erde, lehmig und klebrig, herauszuheben. Die Teile vom letzten Holzsarg, der diesem engen Ort überlassen worden war, kamen zum Vorschein und dazu die Knochen des Mannes, der ihn belegt hatte, des Mannes, den ich Vater genannt hatte, und die Knochen seiner Vorfahren.

Der Mesner stand bis an die Hüften im Grab. Während er so arbeitete und für kurze Zeit diese Menschen von ihrem Ruheplatz verdrängte, sich immer wieder unterbrechend, um größere Knochen sauber am Rand des Grabes aufzuschichten, war ich plötzlich betroffen bei dem Gedanken, dass diese Knochen mit jeder Beerdigung erneut durcheinander gewirbelt worden waren. Jedes Mal, wenn einer der Ihren sich zu ihnen gesellte, drängten sich die Toten zusammen, nicht nur, um Platz zu machen, sondern auch, um eine neue Perspektive zu bekommen, wie Kinder, die sich gegenseitig wegschieben, wenn sie sich um die guten Plätze an einem Tisch streiten, wenn sie nahe am Herd oder weit weg vom wachsamen Auge des Vaters sein wollen, wenn sie die Gelegenheit haben wollen, zum Fenster hinaus in die helle Sonne oder in den Regen oder in den Schnee zu schauen.

Und plötzlich war all mein Zorn verschwunden. Ich stellte mir die Mutter an diesem Tisch vor. Sie war wieder ein junges Mädchen, umgeben von Menschen, die sie bei sich aufnahmen und die sich freuten, dass sie gekommen war.

Wenn ich in einer Nacht wie dieser auf den Friedhof gehe, was ich ab und zu tue, scheint es mir, als könnte ich sie miteinander reden hören.

Jetzt, all die Jahre nachdem die Mutter zur Ruhe gelegt worden ist, will ich mit ihr reden. Ich will wissen, ob es eine Rolle spielt, woher ich gekommen bin, und ob sie eines Tages, wenn meine Zeit gekommen ist, zusammenrücken werden und Platz machen und glücklich sein werden, mich in ihrer Mitte aufzunehmen, so wie sie sie aufgenommen haben.

Schließlich habe ich keine Mitsprache. Doch das macht nichts. Ich erinnere mich, dass es meine Mutter ist, die hier liegt. Und in ihren Armen ruht Mikatrins kleines Mädchen, Maria. Die Mutter wusste, wie man kleine Mädchen tröstet. Sie flüstert Maria zu. Da bin ich sicher. Sie summt die Lieder, die sie mir einmal sang. Und dabei wartet sie auf den Tag, wenn die Schaufel die Tür öffnen und der Nächste von uns – vielleicht Johanna, nach dem Winter – hereinschreiten wird. Und dann werden sie alle da sein, werden auf mich warten. Und wenn ich bereit bin, zu ihnen zu kommen, werden sie einander umarmt haben und zu einer Frau geworden sein, die Mutter und Schwester und Tante und Tochter ist. Und ich werde nicht wählen müssen zwischen ihnen.

Auf dem Rückweg mache ich kurz Halt in der Schule, weil es in der kleinen Bibliothek, die ich dort zusammengetragen habe, ein italienisches Wörterbuch gibt. An meinem Schreibtisch zu Hause arbeite ich an dem Gedicht, das mein Vater für Johanna aufgezeichnet und das er Petrarca zugeschrieben hat. Ich behelfe mir, so gut ich kann, mit meinem Schullatein. Beim Morgengrauen habe ich aus diesen wenigen Zeilen Italienisch so viel herausgeholt, wie ich kann.

Diana gefiel ihrem Geliebten niemals so sehr,
wenn er sie nackt in kalten Wassern baden sah,
wie das einfache Bergbauernmädchen mir gefällt,
wenn sie das Kopftuch wäscht, das ihre Haare umfängt,
sodass sogar im heißen Sonnenlicht
sie mich erzittern lässt im Schaudern der Liebe.

Ich schreibe diese Zeilen noch einmal in meiner besten Handschrift ab, falte das Blatt in der Mitte und schiebe es in einen Umschlag. Dann suche ich Lauras Geschenk und öffne vorsichtig das Geschenkpapier. Nachdem ich meinen Umschlag ins Buch geschoben habe, damit Johanna ihn am Heiligabend finden wird, verpacke ich das Geschenk wieder. Ich lege die Zeichnung wieder zurück auf den Küchentisch.

Mit Anbruch des Tages denke ich an Jakob. Ich denke an ihn nicht als den Mann, der in der Dunkelheit zu mir kommt, sondern an seine Gebeine, die irgendwo unter einem weiß glühenden Mittelmeerhimmel zerstreut liegen und zu Sand werden. Mit Tagesanbruch wage ich mich zu fragen, ob mein Vater in der Nacht zu Johanna kommt.

Ich sitze an meinem Schreibtisch, als ich sie durchs Haus gehen höre. Sie macht sich fertig. Sie macht das Frühstück, so wie sie es nun schon seit vielen Jahren jeden Morgen getan hat. Es ist mir bis dahin noch nicht eingefallen, dass ich morgen mein eigenes Frühstück machen muss, und auch am Tag danach. Ich höre, wie das Maismehl ins heiße Fett der Pfanne fällt, wie die Tassen auf den Tisch gestellt werden, wie Johanna das Radio einschaltet.

Als sie fertig ist, setze ich mich mit meiner Mutter an den Frühstückstisch.

Der letzte Hof, an dem wir vorbeikommen, ist Bengat, wo Klaus seine Geranien gießt. Er hebt eine Hand zum Gruß. Und Johanna erwidert ihn mit ihrem Stock. Cäsar biegt auf den breiten Waldweg ab, der hinauf und immer weiter hinauf bis auf die Alp führt. Unser kleiner Wagen ist gut geschmiert und gleichmäßig beladen. Er rollt hinter Cäsar her. Von meinem Platz vorne am Halfter werfe ich einen Blick zurück, um mich zu vergewissern, dass die Ladung sicher verschnürt ist: die vielen Schätze, die zu wertvoll sind, um sie in der Seilbahn hinaufzuschicken – die Hühner in ihrem Käfig, das Federbett der Patin, Lauras Geschenk in glänzendem, rotem Papier. Die Geiß schlendert an ein langes Seil gebunden hinter uns her.

Die Patin hockt hinten auf dem Wagen und hält ihren Stock quer über den Schoß gelegt. Wenn es nachher steiler hinaufgeht, wird sie ein Stück zu Fuß gehen müssen. Da wird Cäsar sie nicht auch mitziehen können. Ich mache mir Sorgen deswegen. Doch es gibt keine andere Möglichkeit, als es zu versuchen. Während wir weiter hinauffahren, öffnet sich der Wald ab und zu und enthüllt in der Ferne das Dorf, die Kirche, mein kleines Häuschen. Von hier können wir den Ellenbogenhof nicht sehen, doch der wird mit der Zeit auch erscheinen.

Die Patin kreischt auf. Ich stolpere kurz, als ich mich überrascht umwende. Ich sehe, was sie sieht: Auf einem Stück hügligem Weideland weit unter uns schreitet eine Frau mit langen Schritten zum Waldweg hin. Sie ist eine halbe Stunde hinter uns zurück. Es ist Mikatrin.

«Sollen wir auf sie warten?»

«Nein!», sagt die Patin und winkt vorwärts. «Sie wird uns einholen.»

«Dem Cäsar würde eine Pause gut tun», sage ich, während ich meinen Rock glätte und mich neben die Patin auf die Kante des Wagens setze. «Erzähl mir eine Geschichte.»

«Hast du nicht eine Weile genug von Geschichten?» Doch sie lächelt, als sie dies sagt. Dann blickt sie um sich, als erwache sie aus einem langen Schlaf. «Ich frag mich, wie oft ich diesen Weg hinauf- und hinuntergegangen bin.»

«Erzähl mir, an was du dich erinnerst.»

«April 1917», sagt sie. «Ich habe deine Mutter überredet, früh hinauf auf die Alp zu gehen und nach dem Rechten zu sehen. Wir haben Geißenkäs Willis Klaus geholt, dass der auf dem Hof drunten nach dem Vieh schaut, nur zwei Nächte lang. Das Wetter ist gut gewesen. Ich war hochschwanger und habe genug davon gehabt, mich vor den Leuten verstecken zu müssen. Ich habe einfach droben auf der Hornalp bleiben wollen. Vielleicht habe ich gehofft, dass dein Vater zurückkommt.

In der ersten Nacht sind wir in einem Schneesturm aufgewacht. Der hat uns überrascht. Wir haben für ein paar Tage Essen gehabt. Aber Angelika machte sich Sorgen, dass sie dich auf die Welt bringen müsste. Sie war verzweifelt und hat nicht gewusst, was tun, falls etwas schief ginge.»

Die Patin holt ein paar Mal tief Luft.

«Ich habe nicht auf sie gehört, wie immer. Ich habe erwartet, dass du erst Ende des Monats kommen würdest. Aber dann am nächsten Tag, es war drei Uhr mittags, ist mein Wasser gebrochen. Die Angelika hat sich nicht entscheiden können, ob sie mir sagen soll, sie hätte mich doch gewarnt, oder ob sie vor Angst sterben sollte. Und Mikatrin, das arme Kind, wusste ganz und gar nicht, was auf sie zukommt.

Sobald der Schneefall nachließ, haben wir den Holzschlitten aus dem Stadel gezogen und uns in alle Decken und Federbetten gewickelt, die es auf der Alp gab.

Angelika hat sich die Tränen aus dem Gesicht gewischt und den Nero angespannt und mich und die Mikatrin mit einem langen Seil auf die Pritsche gebunden. Dann ist's losgegangen hinab nach Bengat. Angelika war nervös wegen der steilen Strecken. Sie meinte, dass wir zu schnell werden könnten und dann über eine Felswand hinabstürzen. Aber ich wusste, der Nero würde uns sicher hinabbringen. Was ich nicht wusste, war, wie schwer es sein würde, dich der Angelika zu geben. Wie schwer mir das fallen würde.»

Sie nimmt meine Hand in ihre.

«Ich habe von dieser Schlittenfahrt seither oft geträumt. Der Wald lag in tiefem Schlaf. Nur Neros Hufe und das Rauschen der Kufen durch den Schnee waren zu hören. Alles leuchtete weiß in weiß. Die Bäume waren ganz mit Eis behangen, durchwoben mit den Farben der letzten Sonnenstrahlen. Unter uns lag das Dorf, wo die Lampenlichter verstreut hier und da eins ums andere angebrannt wurden. Dann ging der Vollmond auf, der in jener Nacht rot geleuchtet hat. Und der Himmel wurde immer dunkler. Da war das Kind, das sich in mir nach unten bewegt hat, und der Schmerz, der langsam und in Wellen einsetzte. Mikatrin hat sich an mich gelehnt. Sie hat meinen Trost gebraucht.»

Die Patin hält inne. Mikatrin kommt auf dem Weg auf uns zu. Ein Ahornblatt, tief scharlachrot, hat sich in ihren Haaren verfangen. Sie ist eine erwachsene Frau, ihr Gesicht gezeichnet vom harten Willen, von Sorge und Angst.

«Das ist die letzte Geschichte, die ich zu erzählen habe», sagt die Patin. Und sie streckt ihre andere Hand meiner Schwester entgegen.

Lilimarlene
Bengathof, 1974

Als Lilimarlene ihren Kündigungsbrief überreichte und erklärte, sie verlasse das Städtische Krankenhaus, um zurück nach Rosenau zu ziehen, schaute die Oberschwester sie an, von oben bis unten, nicht wütend, eher überrascht. Sie sagte: «Du wirfst eine glänzende Karriere weg.» Und: «Was hast du vor?»

An diesen Blick zögernder Bewunderung erinnerte sich Lili oft, wenn sie auf ihrem Motorroller von einem Hausbesuch zum nächsten fuhr und die eine Bergstraße hinauf- und die nächste hinunterkurvte. *Ich hatte eine glänzende Karriere – in einem warmen, sauberen Krankenhaus*, murmelte sie manchmal vor sich hin, wenn das Wetter besonders schlecht war oder ihr Patient schlimmer roch als alles, was er auf den Haufen vor seinem Stall geworfen hatte.

Doch die Morgenstunden gefielen ihr. Sie hatte vergessen, wie es war, bei Tageslicht im Freien zu sein, wie das Licht mit den Bergen spielen konnte, wie die Luft hier oben roch. Jeden Abend gab Doktor Treu ihr eine Liste für den nächsten Morgen. Bei Tagesanbruch fuhr Lili los, wechselte Verbände, schaute in entzündete Ohren, prüfte Nabelschnüre und zog Fäden.

Die Leute freuten sich, wenn sie sie plötzlich in der Tür

stehen sahen. Besonders die Alten versuchten, sie so lange wie möglich bei sich zu behalten, indem sie ihr von Schmerzen erzählten, Geschichten auftischten und listig nach jedem möglichen Klatsch bohrten, den sie vielleicht mitgebracht haben könnte. Sie nannten sie «dem Alois seine Älteste» und «du armes Lämmle». Und sie steckten ihr für den Heimweg Süßigkeiten in die Tasche, so als sei sie noch immer ein Schulmädchen und nicht die ordentlich angestellte Dorfschwester der Dörfer Ackenau und Rosenau. Trotzdem wollten alle wissen, warum sie zurückgekommen war.

Bei den kleineren Kindern konnte sie die Frage im Gesicht ablesen, auch wenn sie zu viel Ehrfurcht hatten, ihr überhaupt eine Frage zu stellen. Die Mädchen lächelten sie aus der Zimmerecke heraus an, während Lili die pfeifenden Lungen der jüngeren Brüder abhorchte. Die älteren Schwestern waren Frauen in Lilis Alter mit schon zwei oder drei Kindern. Sie hatten in der Küche und im Stall und auf den Wiesen zu viel zu tun, um auf Lili neidisch zu sein. Und sie waren ihrer Männer zu sicher, um eifersüchtig zu werden. Aber auch sie fragten sich, warum Lili zurückgekommen war. «Jetzt schau, wen uns der Wind daherweht», sagten sie, wenn Lili vorbeikam, um eine Verstauchung anzuschauen oder Fieber zu messen. «Hätte nie gedacht, dass wir dich hier heroben nochmal sehen.»

Die Alten waren direkter. An einem Junimorgen, bald nachdem Lili zurückgekommen war, stand sie auf dem Kirchplatz und schaute auf den neuen ADEG-Großmarkt. Der war jetzt da, wo bis zum Brand der Hof ihres Großvaters gestanden hatte. Der Gabelmacher Gottfried stieg von seinem Traktor, denn er wollte mit ihr reden. «Jesus na», rief er und schüttelte ihre Hand. «Da bist du also!» Dann nickte er Richtung ADEG, der einen weißen Putz und ein Schaufenster hatte. Ausgetrocknete Kohlköpfe und grüne Pfirsiche aus Italien lagen in den Kisten vor dem Laden.

«Sollen die Leute vom Wagenschmied sagen, was sie wollen», sagte Gottfried, «aber sein alter Hof hat besser zu uns derben Leuten gepasst. Deine Mama ist hier geboren und aufgewachsen. Erinnerst du dich an den Wagenschmied?»

«Der ist gestorben, bevor ich auf die Welt gekommen bin.»

«Klar», sagte Gottfried, räusperte sich und grinste sie an. «Und jetzt? Was machst du jetzt bei uns, Kleines? Suchst vielleicht einen Schatz?»

Das war eine weit verbreitete Annahme: dass sie ihre Karriere aufgegeben hatte, weil sie keinen Mann finden konnte, oder dass sie irgendeinen exotischen Mann von drunten, vom Flachland, an eine Frau aus der Stadt, die zu viel Makeup trug, verloren hatte. Lili war immerhin mehr als alt genug zum Kinderkriegen. Sie war siebenundzwanzig.

«So ist's, Gottfried», sagte Lili. «Wenn jetzt nur du noch zu haben wärst, dann wär alles viel einfacher.»

«Schon. Aber so einen wie mich kriegst du nie», lachte er. «Ein Bauer braucht kein übergescheites Weibsbild. So ein gebildetes Mädchen wie du wüsste ja gar nicht, was anfangen mit einem Bauern.»

Lili wusste, dass er Unrecht hatte. Trotzdem gab ihr diese Bemerkung einen Stich.

«Was für einen Schatz hattest du denn im Sinn für mich?», fragte sie.

Er zuckte die Schultern. «Habe gefragt, ob du suchst. Habe nie gesagt, dass du einen findest.»

Wenn sie nicht mehr genug Zeit hatte, zwischen ihrem letzten Hausbesuch und ihrer Arbeitszeit im Altersheim hinauf

auf Bengat zu fahren, dann aß Lili ihr Mittagessen im Adler. Die Wirtin hatte sich Lilimarlene zu ihrer Aufgabe gemacht. Mit jedem Teller servierte sie einen neuen Vorschlag. Heute war's der Kirchenchor, der immer noch eine Altstimme brauchen konnte, eine Stimme, die sich behauptete gegen diese vorlauten Soprane. Und, übrigens, ob es ihr etwas ausmache, fragte Hedwig, die Katze kurz anzuschauen? Die Leute würden Lili vielleicht noch lange misstrauen, doch hatten sie einen gesunden Respekt vor ihrer Ausbildung und ihren Erfahrungen in der Medizin. Auf alle Fälle war sie billiger als der Tierarzt.

Der Kater war einige Tage verschwunden gewesen und hatte sich, als er heimkam, unter die Theke gelegt und dort zu einem erbärmlichen Bündel zusammengerollt. Vom Schlurfen der schweren Holzschuhe um ihn herum merkte er nichts. Lili zog ihn unter der Theke vor und fuhr ihm mit einer Hand über den Kopf. Er maunzte einen müden Gruß und schmiegte sich in ihre Arme. Er hatte ein wüst zerbissenes Ohr und eine frische Kampfwunde über einem Auge. Nur noch Knochen und Sehnen war er.

Die Bauern stellten ihre Maßkrüge Ackenauerbräu ab und prüften Lilis Manieren am Bett.

«Dem fehlt nichts, was ein bisschen Fressen nicht wieder herstellen würde», sagte Sattlers Stefftone.

Tanner Hansers Tonile grinste. «Der war halt beim Jagen, Hedwig.»

«Sein eigenes Fleisch zuschanden machen für ein bisschen vom andern», sagte Kasparles Jos. Dabei schaute er aber nicht den Kater an. Lili spürte seine Augen an ihrem Körper.

Plötzlich sah sie Jos als Buben deutlich vor sich. Sie waren zur gleichen Zeit in die Schule gegangen. Er hatte spät das Lesen gelernt. Aber im Kopfrechnen war er schneller gewesen als das Fräulein Martha. Und er hatte immer eine besondere Art gehabt, mit gesprochenen Worten umzugehen. Er hatte Dialektgedichte geschrieben. Deshalb hatten die anderen sich immer wieder über ihn lustig gemacht. Ab und zu stand ein Gedicht von ihm in der Zeitung. Er hatte es also nicht aufgegeben.

«Recht hast du», stimmte ihm Lilimarlene zu und reichte Hedwig den Kater. «Der tut nur, zu was der Instinkt ihn treibt.»

Sie aß weiter und wusste, dass die Bauern sie anschauten, dass sie mit den Augen die Breite ihrer Hüften und die Fülle ihres Busens messen mussten, dass sie sich fragten, was für Instinkte es bei ihr gab und wozu die sie trieben.

Die Nachmittage im Altersheim forderten sie stark. Es gab fünf Bewohner: den alten Mesner, der beide Beine unterhalb vom Knie durch Diabetes verloren hatte; die Johanna vom Ellenbogenhof, die mit ihren vierundneunzig Jahren die meiste Zeit schlief und den Rest tagträumte, die jedoch viel Pflege brauchte; Gides Hannes, den hoffnungslos verwirrten letzten Veteranen vom Ersten Weltkrieg; Wagenschmieds Stante und die Grantige Marie, die beide Blutsverwandte von Lili waren. Schwester Peter Josef und Schwester Maria Theres hielten die Bewohner sauber, fütterten sie zuverlässig, lasen ihnen vor und beteten mit ihnen. Aber alle Bewohner außer Stante brauchten auch ärztliche Betreuung. Stante war dreiundsiebzig und immer noch so gesund, dass er es mit viel jüngeren Männern aufnehmen konnte.

Stante hätte auf Bengat wohnen können. Dort hätten Lilis Onkel Christian und Klaus ihn gern bei sich aufgenommen. Er war umgänglich und zeigte eine heroische Ausdauer bei der Heuernte. Aber er blieb der Grantigen Marie im Altersheim treu. Und so lebten Stante und sie im Heim, wo seine angenehme, ausgeglichene Art nie ganz ihre bösen Launen und schlechten Angewohnheiten aufwiegen konnte.

Lili vermutete, dass Marie mit ein Grund war, weshalb Doktor Treu sie immer wieder gebeten hatte, als Krankenschwester zurückzukommen. Die anderen Bewohner hatten zwar auch ihre schlechten Tage, doch hatten sie Verwandte, die regelmäßig zu Besuch kamen und halfen; Marie dagegen war nur auf die Nonnen angewiesen. Und sie zögerte nicht, deren guten Willen bis an die Grenzen herauszufordern. Doktor Treu erklärte Lili, Marie brauche jemanden, der ihr gleich doppelt, aus beruflicher Pflicht und Blutsverwandtschaft, verbunden sei. Und Lili wusste, dass er Recht hatte.

«Zeit für die Arznei», sagte Lili zu Marie, denn sie hatte gelernt, dass Höflichkeit keine magischen Kräfte besaß, dass sie manchmal die Dinge nur schlimmer machte.

«Deine Mutter muss das machen», schnauzte Marie, ohne sich vom Fenster abzuwenden. Ihre Hände klammerten sich an die Armlehnen ihres Rollstuhls wie Wurzeln, die der Frost aus der Erde getrieben hat. Ihre Fingernägel wurden gelb. Ihre Gelenke schwollen an. Doch ihr Herz schlug stark. Und ihr Lebenswille war noch stärker. Lili konnte sich leicht vorstellen, dass in fünf Jahren das Dorf zusammenkommen würde, Maries hundertsten Geburtstag zu feiern, und dass man sie auf einer mit Girlanden verzierten Pferdekutsche um den Kirchplatz fahren würde wie eine Reliquie vom Heiligen Kreuz. Jetzt allerdings waren ihre Gedanken woanders.

«Meine Mutter ist tot», sagte Lili ruhig und ging die Wasserkaraffe füllen.

«Wer hat dir das gesagt!», rief Marie hinter ihr her. «So ein Unsinn!»

Lili legte den Löffel auf den Nachttisch, dosierte das Medikament und faltete das Handtuch zusammen. Marie beobachtete sie misstrauisch. Sie konnte kaum noch sehen, aber ihre Ohren hörten alles.

«Was ist das?»

«Deine Arznei», sagte Lili. «Für den Kreislauf.»

«Will ich nicht.»

«Aber du brauchst sie.»

«Die Katharina soll sie mir geben.»

«Meine Mutter ist tot», wiederholte Lili. «Das weißt du. Der Postbus, der von der Lawine ins Tal gerissen wurde. Auf der Ackenauer Straße.» Sie hörte Stantes Schlurfen hinter sich.

«Neunzehnhundertfünfzig», sagte er deutlich.

«Sie ist meine Halbschwester», sagte Marie, ohne auf Stante zu achten. «Wir haben beide den Wagenschmied zum Vater. Ich wüsst, wenn sie tot wär.» Sie spitzte den Mund. «Sie würd kommen und es mir sagen. Wenn sie tot ist, warum kommt sie nicht und sagt's mir?»

«Mund aufmachen», murmelte Lili.

Maries Augenbrauen zitterten. Sie presste die Lippen hart aufeinander.

Lili hielt den Löffel in der rechten Hand und streichelte mit einem Finger über Maries Wange. «Du brauchst die Arznei.»

«Ich brauch deine Mutter», verbesserte Marie, und Lili schob ihr den Löffel in den Mund.

Die letzte halbe Stunde, bevor Lili nach Hause ging, setzte sie sich zu Marie. Wenn Marie überhaupt gute Stunden hatte, waren es die Stunden der Dämmerung an Sommerabenden. Also kam Lili noch einmal herein, nachdem sie mit dem alten Mesner fertig war.

Marie fing gleich an. «Du glaubst nicht an Geister.»

«Du weißt, dass ich nicht an Geister glaube», sagte Lili.

«Die gibt's überall. Frag die Johanna von nebenan. Die hat eine richtige Geisterbande, von der sie besucht wird. Seit der Krebs die Martha geholt hat, sind's noch mehr. Wer weiß, ob die Mikatrin überhaupt Platz hätte zum Hinsitzen, wenn sie einmal käm.»

«Ich habe noch nie einen Geist gesehen», sagte Lili.

«Da siehst du wieder, was Bildung wert ist», schnaubte Marie. «Hast du je Gott gesehen? An den glaubst du doch, oder?»

Lili stand auf und zog die Vorhänge zurecht.

«Frag deinen Onkel Klaus», sagte Marie. «Frag ihn nach dem Jakob.» Dann war sie still. Nach einer Weile seufzte sie. «Was hat deine Mama überhaupt gemacht in dem Postbus?» Das Abendlicht leuchtete Marie rot auf den Schoß. Ihre Finger zuckten und kneteten die Wolle ihres Umhängetuchs.

«Ich weiß nicht», sagte Lilimarlene. «Das werden wir nie wissen.»

Marie saß still. Ihre Augen schossen hin und her, als beobachteten sie ein Gespräch zwischen zwei Personen, die schon lange nicht mehr da sind. «Deine Mama hat's gut gemeint», sagte sie. «Und lass dir von den Leuten nichts anderes erzählen. Sie hat dich gut versorgt zurückgelassen. Hat der Alois dich nicht genau wie seine eigenen Kinder behandelt? Klar hat er das.»

Diese Frage wurde Lili immer wieder gestellt und dann sogleich für sie beantwortet.

«Ich verrate dir etwas, das die meisten Leute nicht zugeben wollen, weil sie zu feig sind», sagte Marie. Ihr Kopf zitterte. «Manchmal ist es besser, überhaupt gar keine Mutter zu haben als die, die man bekommen hat. Deine Oma Theres war das Allerschlimmste für deine Mutter. Erinnerst du dich an sie?»

Lili schüttelte den Kopf.

«Gut.» Marie nickte. «Gut. Die vergisst man am besten.»

Plötzlich lehnte Marie sich in ihrem Stuhl vor und griff mit kalten Fingern Lilis Handgelenk. «Warum bist du zurückgekommen?»

«Das frage ich mich selbst auch», sagte Lili.

Lili hatte wählen können, wo sie wohnen wollte. Sie hätte zurück ins Sennhaus ziehen können. Das Sennhaus war immer noch ihr Zuhause. Dort wohnten ihr Vater und ihre Stiefmutter. Sie nannte sie Däta und Mama. Sie hatte dort mit ihnen über der Sennerei gewohnt, bis das Fräulein Martha Alois überredet hatte, sie auf die Schule draußen im Tal zu schicken. Immer noch nannten die Leute sie Sennhaus Lili, obwohl sie all die Jahre nur an Festtagen und Wochenenden dort gewesen war.

Aber sie hatte zu lange im Schwesternwohnheim gewohnt und hatte genug von der Gesellschaft von Frauen. Als die Onkel ihr eine Heimat auf Bengat anboten, freute sie sich und nahm an. Sie gaben ihr den Gado, das große Schlafzimmer mit Blick auf die Betenden Hände. Und sie schlief im selben Bett, in dem ihre Großmutter Olga auf die Welt gekommen war. Schon nach ein paar Wochen wusste Lili, dass sie sich richtig entschieden hatte. Sie war froh, aus dem Dorf herauszukommen, obwohl der Weg schlecht, obwohl Bengat der einzige Hof in Rosenau war, der immer noch keine Toilette im Haus hatte. «Du wirst deine Meinung schon ändern, wenn du nachts im Januar draußen im Häuschen sitzt», hatte ihr Vater gesagt. Doch er hatte es ohne Groll gesagt. Lili nahm an, dass es ihm gleichgültig war: Ihre drei Halbschwestern waren noch zu Hause. Und Alois brauchte kein fünftes Frauenzimmer um sich, solange Lili in der Nähe blieb und ihn fast jeden Tag besuchen konnte.

Die Onkel hatten sich gefreut, dass sie sich für Bengat entschieden hatte. Sie hofften, sie würde mitmachen bei ihren Streitereien und beim Jassen am Samstagabend. Sie waren ledige Bauern, keine besonders guten, aber sie ernteten genug Heu, damit sie ihre paar Stück Vieh durch den Winter bringen konnten; sie fuhren genug Milch in die Sennerei, damit etwas Bargeld da war. Christian verdiente noch dazu, indem er alle möglichen Ledersachen flickte, die die Leute vorbeibrachten. Klaus kochte, seit Oma Olga gestorben war. Und er kümmerte sich ums Haus. Den Rest seiner Zeit verbrachte er damit, den Katzen zuzuschauen und den Garten und die Blumenkästen zu pflegen. In denen blühten Petunien und Geranien in den grellsten Farben, violette und rote und orange, alle durcheinander. Die Onkel waren noch jung, Klaus noch keine vierzig. Aber sie waren komische Käuze, hatten lange Bärte und badeten jeden Morgen um halb fünf im eiskalten Wasser. Das genügte, um zukünftige Bräute zu verscheuchen.

Als sie an diesem Abend beim Essen saßen, drehte sich Lili zu Klaus hinüber. «Die Grantige Marie meint, ich soll dich nach Geistern fragen. Nach dem Jakob.»

Christian brummte in seine Kaffeetasse.

Klaus erzählte von seinem Onkel Jakob, der im letzten Krieg geblieben war, der aber trotzdem den Weg nach Hause gefunden hatte und jetzt manche Leute besuchte. Klaus hatte ihn zweimal gesehen, einmal als kleiner Bub, gleich nach dem Krieg, und einmal kurz bevor seine Mutter – Lilis Großmutter – gestorben war.

«Und die Oma Olga? Hat er sie auch besucht?»

«Klar. Sie hat ihn gesehen. Kurz vor ihrem Herzschlag. Sie ist am Fenster gestanden. Sie war enttäuscht, dass er den Vater nicht mitgebracht hatte, wo er doch gekommen war, sie zu holen.»

«Kommt er immer noch vorbei?», fragte Lili.

Klaus zuckte die Schultern «Habe in letzter Zeit nicht viel von ihm gehört. Vielleicht kommt er nicht mehr so gern zu uns, seit das Fräulein Martha gestorben ist. Manche sagen, die beiden hätten etwas miteinander gehabt.»

Christian schnaubte. «Manche reden viel.»

«Haben die Oma oder das Fräulein Martha je jemanden besucht?», fragte Lili.

Klaus starrte sie an, eine ganze Weile. «Die beiden waren bereit», sagte er geduldig, so, als ob es Lili peinlich sein müsste, etwas so Offensichtliches nicht zu verstehen. «Der Jakob war nicht bereit.»

Lili schaute zu, wie Christian Milch in seine Kaffeetasse goss. Die dünne Haut, die oben auf der heißen Milch schwamm, rutschte über den Topfrand. Christian fing sie mit dem Löffel auf und schob sie in den Mund.

«Du fragst dich, ob deine Mama Besuche macht», sagte er endlich, ohne Lili anzuschauen. Christian hatte auch böse Tage. Er konnte grausam sein. Aber er war klüger als Klaus und hatte keine Angst, das auszusprechen, was er deutlich vor sich sah.

«Hast du je den Geist von meiner Mama gesehen?», fragte Lili, ihre Stimme war plötzlich rau.

«Nein», sagte Klaus, antwortete an Christians Stelle. «Die hat wohl nie den Drang zum Wandern verspürt.»

An diesem Abend ging Lili mit ihren Onkeln zum Kirchweihtanz. Christian und Klaus stritten so lang, ob sie den Traktor oder die Motorroller nehmen oder zu Fuß gehen sollten, dass Lili sich schließlich allein auf den Weg machte. Bald holten die beiden sie ein, und sie stellte sich hinten auf den Traktor, hielt den Rock hoch und weg von den Rädern und ließ sich die warme Abendluft übers Gesicht streichen.

Sie kamen spät zum Adler. Aber es standen immer noch Männer draußen. Lili sah, wie sie ihr mit den Augen folgten, fand Anklang und stieß auf Argwohn. Die Männer beobachteten den Kirchplatz. Immer wieder glitten ihre Blicke zurück auf Lili, als sie die Treppenstufen zum Eingang hinaufstieg.

Stante stand gleich hinter der Tür. Wenn im Adler etwas los war, war Stante dabei. Während die Grantige Marie schlief, ging er zu Hochzeiten, Faschingstänzen, Sitzungen des Schweinezüchtervereins oder des Gemeinderats, zu Jassturnieren und Heimatabenden für Touristen. Er konnte nicht fehlen. Und niemand störte sich an ihm. Bräute warfen ihm Küsse zu. Die Bräutigame sorgten dafür, dass Stantes Bierglas immer voll war. Er tanzte nie. Er betrank sich nie. Manchmal half er anderen, die nicht so gemäßigt waren, nach Hause. Jetzt grinste Stante Lili an, schlurfte ein paar Schritte vorwärts und nahm ihre Hand in seine beiden Hände. «Hübsch», sagte er. «Hübsch.»

Der Tanz begann. Rauch und laute Gesprächsfetzen erfüllten den Saal. Die Musikanten saßen in roten Westen und Lederhosen auf der Bühne. Blechinstrumente blitzten unter den Lichtern auf. Sie spielten einen Zweischrittdreher. Lili erlaubte Klaus, sie hinauszuziehen auf die Tanzfläche. Nachdem ihre drei Tänze vorbei waren, tanzte sie mit Christian und dann mit ihrem Vater.

Den ganzen ersten Tanz sagte ihr Vater kein Wort, außer dass er wissen wollte, ob sie morgen vorbeikommen könnte, weil die Nini einen bösen Katarrh, vielleicht gar die Grippe habe. Alois' Stimme war tief und rau. Er sprach selten. Trotzdem zweifelten seine Kinder nicht an seiner Zuneigung. Während Lili weg war, auf der Schule und dann im Beruf, schrieb er ihr jede Woche eine Postkarte, immer dieselbe, mit dem herbstlichen Kirchplatz von Rosenau darauf. Sie hatte alle aufbewahrt, Hunderte von ihnen.

«Hast du je Geister gesehen?», fragte sie ihn plötzlich und spürte, wie seine Arme zuckten.

«Die Grantige Marie hat heute von Geistern geredet», erklärte sie schwach.

«Geister haben wir in der Familie», sagte er nach einer Weile. «Die brauchen wir nicht zu suchen.»

Ich schon, wollte Lili sagen. *Es scheint, als ob ich sie suchen müsste.*

Sie tanzte mit jedem, der sie aufforderte. Das gehörte sich so. Manche Männer brachten sie zum Lachen. Andere fragten sie nach einem Mittel gegen Rückenschmerzen oder erzählten ihr von den Gänsen oder Geißen oder Preissauen oder Motorrädern, die sie besaßen. Manche fragten sie nach ihrer Meinung zur Politik oder übers Enthornen der Kühe oder ob der alte Aberglaube, dass das Haareschneiden bei abnehmendem Mond zu Haarausfall führe, vielleicht doch nicht ganz unbegründet sei.

Lili tanzte gern. Besonders mochte sie die Schleifer und die Zweischrittdreher, die man «Stolperer» nannte, die aber nicht viele Männer beherrschten. Die schnellsten Tänze ließen den Saal kreisen. Lili wartete auf die hohen, jauchzenden Jodler. Die Männer schleuderten sie durch den Saal, wenn der Tanz auf seinem Höhepunkt war. Auf den Fußballen bewegten sich die Männer und schlugen dann die Fersen so hart auf den Boden, dass das Glas in den Fensterrahmen im rhythmischen Stampfen ihrer schweren Schuhe zitterte. Sie ließ sich von den Männern führen, erlaubte es sich, das Geführtwerden zu genießen. Die Muskeln der Oberarme, die hart unter ihrer linken Hand lagen, und der wechselnde Druck der Handflächen genügten, sie wissen zu lassen, was sie wissen musste – wie sich bewegen. Walzer mit weiten Schwüngen, rechtsherum, linksherum.

Zwischen den Tänzen setzte sie sich zu ihrer Stiefmutter und ihrem Vater und trank Ackenauerbräu. Die Onkel waren in der Gruppe von Junggesellen verschwunden, die sich wie eine Herde Jungvieh in der Nähe des Ausgangs bewegte.

Männer, an deren Namen sie sich kaum erinnern konnte, kamen und forderten sie auf. Der Tanzboden war jetzt voll. Die Leute hatten getrunken und die Füße wurden träger. Ein großer Mann von Nenau in rot kariertem Hemd schob sie durch die Menge. Seine Sprache verriet, woher er kam. «Kennen tu ich dich nicht», sagte er, «aber tanzen kannst du.» Ein Ellbogen schob sich zwischen sie. Der Mann fluchte. «Jetzt kommt's gleich zur Schlägerei, grad wenn ich eine Tänzerin gefunden habe.»

Ellenbogens Rudi stand hinter ihr und wollte mit ihr tanzen. Sie fragte sich, ob er sich daran erinnerte, dass er sie einmal im Keller des Schulhauses geküsst hatte. Sie musste neun gewesen sein, er ein Jahr jünger. Er war immer groß gewesen für sein Alter. Hände wie Bretter und krumme Zähne hatte er. Aber weiß und sauber waren seine Zähne. Eine Strähne roter Locken fiel ihm vor die Augen.

«Du siehst aus wie der Martin», sagte sie zu ihm. Martin war sein älterer Bruder.

«Aber ich tanz besser.»

«Bescheidener bist du auch», lachte sie.

«Der Martin hat seine Laura geheiratet», sagte Rudi. «Du solltest bei mir bleiben.»

Lili erwartete, dass er nun anfangen würde zu reden, von seinem neuen Haus, das er gebaut hatte, und von seinem Geschäft. Aber er war mit dem Tanzen zufrieden. Schließlich fragte sie ihn nach jenem Kuss. Sie wusste, dass das Bier ihr Mut gegeben hatte.

«Das war nicht ich», sagte Rudi. «Aber wir könnten etwas arrangieren, wenn du das Küssen im Sinn hast.»

«Klar warst das du», sagte Lili.

«Muss recht dunkel gewesen sein in dem Keller, wenn du den Unterschied zwischen mir und dem Kasparles Jos nicht mehr bemerkt hast.»

Sie erschrak. «Woher weißt du das?»

«Alle wissen das, Lilimarlene. Der Jos hat schon immer ein Aug auf dich gehabt. Schau ihn doch an, da drüben. Er schaut dir schon den ganzen Abend zu.»

Sie spürte ein Kribbeln im Nacken, denn es stimmte. «Ein Mann, der nicht mit mir tanzen will, kommt mir kaum wie einer vor, der mich im Schulhauskeller geküsst haben könnte», sagte sie. Und Rudi warf den Kopf nach hinten und lachte.

Dann war der Tanz vorbei. Er nahm sie am Ellbogen und führte sie zurück auf ihren Platz neben ihrem Vater.

Rudi ging direkt weiter zu Jos. Lilis Gesicht brannte. Sie spürte ein Kitzeln in den Händen. Die Finger tanzten ihr auf dem Schoß. Was tun? Ein Lächeln wollte sich zeigen; Lili verscheuchte es. Morgen würde es das ganze Dorf wissen. Benommen sah sie, wie Jos durch den Saal auf sie zukam. Es war zu spät, um zu flüchten. Nicht, dass sie flüchten wollte, sagte sie zu sich selbst. Nicht, dass sie dieser Sache nicht gewachsen wäre.

An ihn gedrückt auf dem Tanzboden versuchte Lili, sein Gesicht nicht anzuschauen. Und dann erkannte sie: Er war der beste Tänzer, mit dem sie je getanzt hatte. Sie überlegte, ob sie ihm ein Kompliment machen sollte oder ob er dann auf dumme Gedanken käme.

«Der Rudi hat übrigens Recht», sagte er nach einer Weile. «Das war ich damals im Keller. Ich hab's wegen einer Wette gemacht.»

Sie musste lachen. «Das glaub ich dir nicht», sagte sie.

«Warum sollte ich lügen?»

«Als Nächstes sagst du mir, ich hätte dir das Herz gebrochen, als ich wegging auf die Schule.»

«Nein, das sag ich dir nicht.»

Sie versuchte, sich auf das Tanzen zu konzentrieren. Ihre rechte Hand lag in seiner linken. Er hatte Narben in der Handfläche und saubere Fingernägel. Sie hielt den Rücken gerade, tanzte nur mit den Füßen und Beinen und folgte seiner Führung, schnell und schneller. Seine Fußarbeit war präzise, aber mit einer kleinen, außergewöhnlichen Betonung auf dem dritten Taktschlag. Die hatte nur er. Seine Gesicht war rötlich, sein Mund fest und sicher. Das Plateau seiner Schultern breit und eben, eine Rückenlinie wie die eines guten Zuchtbullen, dachte sie, überrascht und beunruhigt, weil sich dieses Wort aus der Landwirtschaft so unaufgefordert bei ihr eingestellt hatte.

Lili überlegte, ob sie sagen sollte, sie habe seine Gedichte in der Zeitung gesehen. *Nein, das werde ich dir nicht sagen.*

Sie konzentrierte sich jetzt auf die Mulde unter seinem Adamsapfel, die schweißfeucht glänzte. Sie spürte, wie die Haare ihr um den Kopf schwangen. Sie fühlte, dass er sie ansah.

Der Tanz war zu Ende, und sie wollte weggehen. Aber er fing ihre Hand und zog sie zurück zu sich, zog sie näher, hielt sie neben sich.

Der Tanzboden hatte sich geleert. Sie hatten Platz, einen Dreischrittdreher zu tanzen. Der Saal rauschte in einem Wirbel von Tönen vorbei. Lili überlegte, ob sie nach diesem Tanz je wieder miteinander reden würden oder ob sie auf der Straße aneinander vorbeigehen würden, immer nur mit einem Nicken und einem Gefühl des Bedauerns. Noch ein Walzer. Sie drehten sich durch den Saal, vorbei an einer Fensterbank. Hedwigs Kater lag da, bereit, in die Nacht hinauszuspringen.

«Schau dir den an», sagte Jos. «Der kann's nicht lassen.»
Lili lachte.

«So ist's besser», sagte er.

«Was ist besser?»

«Du bist nicht mehr so steif.»

«Warum sollte ich steif sein?»

Jos schaute sie an. Sein Blick war ruhig. Blaue Augen, dachte sie. Ich hatte seine Augen vergessen.

«Der, der den letzten Tanz hat, begleitet dich heim», sagte er. «Falls du vergessen hast, wie's bei uns zugeht.»

«Ist das der letzte Tanz?»

«Ja.»

«Was, wenn niemand den letzten Tanz hat?»

«Dann gehst du mit deinen Leuten heim.»

«Was, wenn du nicht willst, dass der, der den letzten Tanz hat, dich heimbegleitet?»

«Dann gehst du mit deinen Leuten heim.»

Lili zögerte. «Es ist weit.»

«Du redest wie ein Mädchen aus der Stadt. Wir werden Zeit haben zum Reden.»

Worüber, wollte sie fragen, doch hielt sie das Wort zurück. «Die Leute werden reden», sagte sie.

«Die reden sowieso.»

Lili schaute sich um nach ihrem Vater und der Stiefmutter und sah, dass sie nicht mehr da waren. Die beiden Onkel waren auch schon gegangen.

«Die sind schon vor einiger Zeit los», sagte Jos, las ihre Gedanken. «Ich wette, sie lassen das Hoflicht brennen.»

Nicht alle ihre Leute waren nach Hause gegangen. Stante wartete auf der Treppe und hielt seine Mütze zwischen den Händen. Er ging mit ihnen los Richtung Bengat. Lili überlegte, ob er vielleicht dachte, er müsse sie beschützen. Sie schaute hinüber zu Jos, schaute weg, als er ihren Blick erwiderte.

Der Himmel war wolkenlos und klar, die Nacht tief und still. Die Sterne leuchteten. Jos, Lili und Stante gingen, jeder für sich, auf dem Weg. Jos ging auf der einen, Lili, die Arme um sich geschlungen, auf der anderen Seite, Stante in der Mitte zwischen ihnen. Lili schaute hinauf zu den Sternen, zu den Bergrücken, zu den still daliegenden Höfen, überallhin, nur nicht zu Jos.

Sie überlegte, ob sie zu Stante etwas sagen sollte, ihn zurück in die andere Richtung schicken sollte, nach Hause.

«So, bist du am Sonntag noch zu deinem Fußballspiel hinuntergekommen?», fragte Jos. Und Lili war verwirrt, bis sie begriff, dass er mit Stante sprach, nicht mit ihr.

«Klar.» Stante nickte. «Der Markus hat zwei Tore geschossen», sagte er. «Hättest du sehen sollen.»

Lili stolperte. Sie konnte sich nicht erinnern, je einen so langen Satz aus Stantes Mund gehört zu haben. Immer erstaunter hörte sie zu, wie Jos und Stante redeten. Jos sagte, was ihm in den Sinn kam, Stante antwortete manchmal, manchmal blieb er still. Schockiert verstand sie plötzlich, dass Stante nicht ihretwegen mitgekommen war, sondern um mit Jos zu reden. In der Nacht war Stante ein einfacher, alter, wortkarger Mann. Lili schämte sich, weil sie sich das bisher nicht hatte vorstellen können.

Sie kamen zur Unteren Brücke, und Stante hielt plötzlich an. Er schaute sich um, als sei er überrascht, sich noch zu so später Stunde hier draußen zu finden. «Geh besser heim», sagte er, lehnte den Kopf zurück und schaute hinauf in den Himmel.

«Die Sterne bewegen sich, wenn du sie lange genug anschaust.» Stante drehte sich zu Jos. «Du begleitest sie hinauf auf Bengat?», fragte er und nickte zu Lili hinüber. Dann schüttelte er Jos und Lili die Hand. Lilis hielt er länger, blickte ihr dabei in die Augen.

Sie schauten ihm von der Brücke aus nach.

«Hätte ich nie gedacht», sagte Lili, als er sie nicht mehr hören konnte.

«Was?»

«Dass der Stante reden kann. So reden. Sätze.»

«Der erzählt dir ganze Geschichten, wenn du ihn fragst.»

«Vielleicht bist du der Einzige, der dran denkt, ihn etwas zu fragen», sagte Lili. Sie vergaß, Jos nicht anzuschauen.

«Der Stante erinnert sich an Sachen vom Ersten Weltkrieg, die die meisten damals, als sie passiert sind, nicht einmal bemerkt haben», sagte Jos. «Er erzählt dir auch, was sie mit ihm gemacht haben, als sie ihn mitnahmen, wenn du ertragen kannst zuzuhören.»

«Hat er dir je etwas von meiner Mutter erzählt?»

«Ich habe ihn nie nach ihr gefragt. Du könntest das machen.»

Lili nickte. «Das werde ich», sagte sie.

Sie standen und lauschten in die Nacht hinein. Um sie senkte und hob sich der weiche See der Bergweiden, ein Flickenteppich aus Silber und Schatten. Der Mond hing tief und voll am Himmel. Sie setzten sich auf den Rand der Brücke und ließen knapp über dem Wasser die Füße baumeln.

In der Ferne über ihnen hockte der Bengathof wie ein Vogel weit draußen auf dem Schrofen.

«Ich habe nicht das Gefühl, dass ich daheim bin», sagte sie mehr zu sich selbst als zu Jos und war überrascht – von sich, von der Wahrheit.

Lili ließ sich hinüberziehen zu Jos. Sie versuchte, sich zu erinnern, wann sie das letzte Mal jemanden geküsst hatte, wann das letzte Mal war, dass sie jemanden hatte küssen wollen. Sie spürte seine Hände auf ihrem Gesicht, seinen Mund, den Kuss wie ein Willkommen. Es war, als hätte sie ihn vorher nicht wahrnehmen können, bis er sie nun auf diese Art berührte, bis sie nun seine Haut schmecken konnte. Sie schälte ihn und öffnete ihn wie einen Pfirsich, schwamm hinein und ließ sich treiben im Genuss seines Kusses.

«Lilimarlene», flüsterte er ihr in den Mund. «Es ist daheim. Es ist dein Daheim.»

«Willst du mich nicht fragen, warum ich zurückgekommen bin?», sagte sie und wusste, dass sie ihm etwas anvertraute, eine Möglichkeit, einen Anfang.

«Du brauchst keinen Grund, heimzukommen», sagte Jos. «Du brauchst einen Grund, wegzubleiben.»

Sie fragte ihn: «Glaubst du an Geister?»

Jos zuckte die Schultern. Seine Finger bewegten sich auf ihren Schultern. «Wüsst keinen Grund, warum ich's nicht tun sollte.»

«Ich würde gern an sie glauben», sagte Lilimarlene. «Aber ich kann's mir nicht vorstellen.» Sie schaute hinauf in die stillen, unbeweglichen Sterne. Und weil sie die Worte nicht kannte, mit denen sie den Geist ihrer Mutter hätte herbeirufen können, beschwor Lili die einzige Erinnerung, die sie von ihrer Mutter besaß. Sie sah ihre Mutter, wie sie mit einem Rahmkrug in der Hand vom Haus wegging. Ihre Schultern waren, weil es kalt war, eng an den Körper gezogen. Den Kopf hatte sie nach vorn gebeugt. Sechsundzwanzig Jahre alt, älter wurde sie nicht.

Wie seltsam, dachte Lili, aber sie vertraute Jos nicht genug, es laut zu sagen, noch nicht; wie seltsam es ist, dass manche in ihrem Grab nicht ruhig liegen können und dass andere sich abwenden können von den Lebenden.

Laura
Ellenbogenhof, 1977

An dem Tag, an dem für Ellenbogen Martins Laura, die früher einmal Kasparles Laura hieß, der sechste Monat ihrer vierten Schwangerschaft begann, geschahen zwei Dinge: Sie hörte auf, fortwährend an ihr letztes Kind zu denken, das sie verloren hat, und ihr Ehering zerbrach.

Es war früher Abend, als sie die Kinder nahm und mit ihnen losging, die Milchkannen, die vorne an der Straße auf dem Milchbock standen, zurückzuholen; Annile fuhr auf ihrem Roller den schmalen, sichelförmigen Pfad hinunter, der durch die abgeheuten Wiesen führte. Laura nahm Jakob auf den Arm und stapfte ihrer Tochter hinterher. Ihre Muskeln zuckten und ihr Nacken leuchtete vor Schweiß. Ihre Haare lagen schwer und nass unter einem von Heustaub silbernen Kopftuch. Vorne am Milchbock war sie froh, dass sie Jakob hinter die leeren Milchkannen in den Wagen setzen konnte. Der Bub war schwer geworden.

Dann gingen sie los, kämpften sich den Berg hinauf zum Kuhstall zurück. Annile und Laura schoben den Wagen, stemmten ihre nackten Füße gegen den Rand der Fahrrillen. Oben, wo es ebener wurde, bestand Annile darauf, dass sie es nun allein konnte. Annile stemmte sich in ihre Aufgabe. Ihr kleines, braunes Gesicht spannte sich an vor Konzentration.

Und bei einem kräftigen Schub kippte der Wagen auf die Seite.

Laura griff schnell in den Wagen, richtete ihn wieder auf, bevor Jakob herausfallen konnte. Als sie wieder einen Schritt zurücktrat, spürte sie ein seltsames Schneiden in ihrer Handfläche. Sie schaute hinunter. Und da lag er: ihr Ehering, in zwei Teile zerbrochen. Ein roter Striemen war an ihrem Finger. Und sie erinnerte sich an den ersten Sommer, nachdem sie geheiratet hatten: wie dieser Ring bei der Heuernte sich am Rechenstiel im Rhythmus des Rechens auf und ab bewegt und wie er in der Sonne aufgeblitzt hatte. Jetzt steckte sie ihn in die Tasche. Er war matt und dünn und so zerrissen, dass er nicht wieder repariert werden konnte.

«Diesmal hast du ihn ziemlich weit bekommen», sagte Laura zu Annile. «Lauf schon vor und hol die Kühe rein. Der Vater ist fast so weit, dass er mit dem Melken anfangen kann.»

Dann stand sie einen Augenblick still und betrachtete den Himmel im Westen, wo es nach Regen aussah. Sie dachte daran, was sie alles im Haus aufarbeiten könnte, wenn es einen kühlen, nassen Tag gäbe, an dem Feldarbeit nicht möglich war. Sie dachte an eine Fahrt in die Stadt und zum Uhrmacher, der eine kleine Auswahl an Ringen hatte. Doch am westlichen Horizont, wo die Berge widerwillig dem Rhein Platz machten und wo der Rhein ins warme Wasser des Bodensees mündete, sah Laura in rosa Schattierungen einen tiefblauen Streifen. Also fand sie sich mit dem Gedanken an einen weiteren Nachmittag auf den Heuwiesen ab.

Ihre Schwiegermutter würde zum Heuen kommen. Sie würde die Brüder mitbringen. Sie würde ihren Rechen wie ein Schwert führen: eine hartnäckige, kleine Frau, die sich immer wieder ein Stück vorwärts arbeitete zwischen den fünf wortlosen Männern, die mit weit ausholenden Bewegungen über das Feld glitten. Sie würde sie mit einem Aufseufzen, einem Nicken, einer in die Stirn gezogenen Augenbraue zur schnelleren Arbeit antreiben. Den ganzen Nachmittag würde sie wie ein Tier neben Laura arbeiten und kein einziges Wort sagen. Doch wenn sie fertig wäre, würde sie noch eine Weile dableiben – zum Reden. Sie würde mitten in der Küche stehen und Laura erzählen, was es im Dorf Neues gab, würde erzählen vom Abendessen, das sie für den Pfarrer gekocht hatte. Und dabei würden ihre Augen die ganze Zeit hin- und herschießen: von den mit Fliegendreck übersäten Fensterscheiben zum Unkraut im Garten, vom Staub in den Ecken zu den Rotznasen der Kinder und den grau gewordenen Windeln.

Und zu einem nackten Ringfinger.

«Du wirst sehen», hatte Mikatrin vor der Hochzeit zu ihr gesagt, als sie aus- und Laura eingezogen war. «Du wirst sehen, dieser Hof nutzt alles ab.»

Martin hatte Laura an einem regnerischen Sonntag mit nach Hause gebracht und in die überfüllte Küche, wo seine jüngeren Brüder über Schweinebraten und Knödel, Kraut, Apfelsalat und frische Tomaten gebeugt saßen, ohne Umschweife verkündet: Sie wollten heiraten. Die Brüder wandten sich um und musterten Laura. Laura begegnete den Blicken mit erhobenem Kopf. Rudi war der Erste, der wegschaute. Die anderen senkten die Köpfe auch.

Dann nahm Mikatrin Laura mit und zeigte ihr die Wohnung im zweiten Stock.

«Ein Zuhause in einem Zuhause», sagte Mikatrin, als sie Laura durch die zwei Zimmer und das Bad führte.

«Genau passend», fuhr sie fort, als sie auf den kleinen Balkon unter dem Vordach schauten, wo Seite an Seite zwei Liegestühle standen.

Mikatrin hatte die Wohnung für Touristen eingerichtet, die von Deutschland für lange Wochenenden über die Grenze wanderten. Getrocknete Blumen standen in einer Vase, und ein durchsichtiges Plastiktuch lag auf dem rot karierten Tischtuch. Grün geblümte Vorhänge mit Kühen auf dem Saum hingen in den Fenstern. In der Küche stand ein Herd mit zwei elektrischen Kochplatten.

«Du wirst mit uns essen», sagte Mikatrin und schlug mit ihrem Taschentuch nach einem bisschen Staub auf der Kommode.

Laura schaute zum Fenster hinaus, schaute auf den Gemüsegarten und die Viehherde, die am nassen Berghang graste. Jetzt verstand sie, wie die Dinge in dieser Familie geordnet waren: geflickte Schuhe, aber 1a Futter fürs Vieh, fünf Brüder in einer Kammer, aber eine Ferienwohnung für die Touristen.

Mikatrin wandte sich von Laura ab, befeuchtete einen Finger mit Speichel und rieb damit über einen Flecken auf der Küchenablage aus Linoleum. «Martins Vater ist ein guter Bauer gewesen», sagte sie zu Laura. «Er hat schwer gearbeitet.»

Später fand Laura die Kraft, dieses Arrangement abzulehnen. Sie verstand, dass es unmöglich war, diesen Haushalt mit ihrer Schwiegermutter zu teilen, dass sie, wenn sie sich im Spiegel selbst anschauen würde, eine Frau sähe, die Tag für Tag mehr einer Tochter und weniger einer Ehefrau glich.

«Manchmal fragst du dich, warum», war alles, was Mikatrin sagte, als Laura ihre Entscheidung bekannt gab.

Zu ihrem Sohn hatte Mikatrin mehr zu sagen. Doch schließlich war es Martin wichtiger, Laura zu heiraten, als seiner Mutter zu gefallen. Und so warteten sie. Sie warteten zwei Jahre, bis jeder der Brüder ein Handwerk gelernt hatte. Die Zwillinge gingen zum Schreiner nach Ackenau in die

Lehre. Rudi eröffnete einen Laden, wo er Radios und Kassettenrekorder, Küchenmixer und elektrische Fleischschneidemaschinen verkaufte. Jok lernte, wie man diese reparierte. Alle vier Brüder zogen zusammen mit Mikatrin in das kleine Häuschen, das sie vom Fräulein Martha geerbt hatte. Mikatrin gewöhnte sich an, spät aufzustehen und, wenn sie dazu aufgelegt und nicht gerade mit ihrem Garten oder den Familiengräbern beschäftigt war, Kunden in Rudis Laden zu bedienen. Die meiste Zeit machte sie es sich zur Aufgabe, dem Ellenbogenhof fernzubleiben. Doch wenn die Heuernte anstand und Martin und Laura nicht allein alles schaffen konnten, dann sammelte sie die Buben zusammen und kam einen Nachmittag lang herauf.

Die Wohnung im zweiten Stock stand jetzt leer. Sie vermieteten sie manchmal an Skifahrer, wenn es Schnee gab.

Laura hatte bekommen, was sie wollte.

Jetzt schaute Laura ihrer Tochter zu, wie die auf die weidenden Kühe zurannte, ihnen zurief und mit ihrer hohen Stimme schimpfte: «Hü-ho, hü-ho, auf geht's! Hü-ho!»

Der kleine Jakob lachte, seine Hände flatterten um sein Gesicht. Und Laura lachte mit ihm. Sie hob ihn aus dem Wagen und setzte ihn, während sie die Milchkannen zur Stalltür trug, auf die Erde zwischen die Hühner. Martin kam ihr entgegen, zog sich im Gehen noch seine Melkkleidung an. Zusammen beobachteten sie Jakob, wie er einem Huhn, das mit ihm spielen wollte, hinterherkrabbelte.

«Meinst du, der wird laufen, bevor das Nächste da ist?», fragte er und lehnte sich über ihre Schulter, damit er mit seinen Bartstoppeln ihre Wange kratzen konnte.

«Vielleicht», antwortete Laura. Ihre Hand, die Hand mit dem roten Striemen, streichelte seine Wange.

«Schau», sagte sie nach einer Weile.

Er nahm ihre Hand und drehte die Handfläche nach oben. «Die Mutter hat vier Ringe durchgearbeitet, wenn ich's recht weiß, bevor sie ganz aufgehört hat, einen zu tragen», sagte er.

Jakob kreischte plötzlich auf, und Laura lief hin und nahm ihn hoch. In diesem Augenblick verschwand Martin in den Stall. Sie nahm den Kleinen auf den Arm und ging auf die Haustür zu.

«Laura!», rief Martin ihr nach und lehnte sich dabei zur Stalltür heraus.

Sie stand still. Ihre Finger bearbeiteten in ihrer Schürzentasche die scharfen Kanten des Ringes.

«Hast du Zeit, nach der Sau zu schauen?»

Sie nickte, spürte, wie Tränen sich in ihren Augenwimpern verfingen. Was hast du erwartet?, fragte sie sich. Was hast du denn erwartet von ihm?

Der Saustall war groß, weil die Sau groß war und noch größer wurde. Dazu war sie da: zu wachsen und Ferkel zu produzieren, die so viel Arbeit und guten Profit brachten. Es gab zwei Boxen, die große Box der Sau mit einem Trog und die kleinere mit einer Wärmelampe. Die beiden waren durch eine Schiebetür verbunden, die nur geöffnet wurde, um die Ferkel in regelmäßigen Abständen an der Sau saugen zu lassen. Man ließ sie nicht in der großen Box, bevor sie nicht alt genug waren und klug genug, der Muttersau aus dem Weg zu gehen. Dennoch wurde das eine oder das andere eingeklemmt. Schlaff und kalt musste es unter der schlafenden Sau vorgezogen werden. Wenn es so aussah, als sei noch ein Funke Leben in dem kleinen Körper, wurde das Ferkel zur Rettung unter die Wärmelampe gelegt. Schweine sind zähe Viecher, die halten viel aus, sagte Mikatrin gern.

Laura lehnte sich über die Wand, um genauer sehen zu

können. Die hochträchtige Sau lag unbequem auf der Seite, brummte ein wenig, als Laura ihr eine Hand über die kleinen, hellen Augen rieb. Die Wehen konnten jederzeit einsetzen. Heute Nacht würde Laura hin- und herziehen müssen zwischen Bett und Stall, um Martin alle paar Stunden beim Wachen abzulösen.

Die Wiesenblumen, die sie im vorderen Gang in einer Tonvase so sorgfältig arrangiert hatte, ließen die Köpfe hängen und verstreuten in einem Halbkreis Blütenblätter auf dem Boden. Laura beobachtete eine Weile, wie die Blätter fielen, und ging zurück in die Küche, die von der Mittagssonne, die durchs Fenster schien, heiß war. Fliegen schwirrten umher. Auf dem Spültisch türmten sich mehrere Stapel Geschirr. Buntes Spielzeug lag über Tisch, Stühle und den Boden verstreut. Zwei Körbe, einer voll Bügel-, der andere voll Flickwäsche, standen auf dem Boden. Durch das offene Fenster hörte sie die Leintücher im Wind flattern. Eine Birne schlug weich auf dem Boden auf.

Das Leuchten in ihrem Gesicht verschwand noch ein wenig mehr.

«Komm», sagte sie plötzlich zu Annile, die vom Boden heraufschaute. «Wir haben noch eine gute Stunde Sonne. Wir machen einen Spaziergang.» Sie setzte sich Jakob fester auf die Hüfte und nahm seinen Sonnenhut vom Haken.

Sie eilten den alten, steinigen Pfad hinauf, der durch die Hofweide und weiter in den Wald und hinauf zur Hutlerwiese führte. Von dort ging der Weg weiter zu den rauen Felswänden der Betenden Hände.

«Darf ich mit den Ferkeln helfen, wenn sie kommen, Mama?»

«Klar», sagte Laura langsam. «Wenn sie bei Tag kommen.»

Bei ihrem letzten Wurf hatte es bei der alten Muttersau an einem kalten Märzmorgen vor Sonnenaufgang angefangen. Annile war eben aufgestanden. Laura war mit ihr in den Stall gegangen. Die Sau rutschte hin und her, knurrte dabei. Ein glänzendes Paket rutschte heraus: das Ferkel in der Fruchtblase. Es war ein frühes Ferkel und stark. Es kämpfte sich allein frei. Diejenigen, die später kämen, würden nicht so kräftig sein. Anniles Aufgabe war es, den Vater zu rufen, sollte wieder eines kommen. Martin würde über Tiere und Melkschemel springen, um die Fruchtblase wegzuziehen. Laura zeigte Annile, wie man den Schwanz der Sau hochheben musste, um zu sehen, ob es vorwärts ging. Dann lief sie zurück in die Küche an den Herd.

Als Martin und Annile zusammen zum Frühstück hereinkamen, trug Martin ein kaltes, schlaffes Ferkel auf dem Arm. Die Backröhre hatte sich etwas abgekühlt. Laura legte das Ferkel auf ein Blech und schob es hinein. Sie hätten es wohl vergessen, wenn es nicht angefangen hätte zu quietschen, als sie gerade dabei waren, sich zum Frühstück hinzusetzen. Martin trug es zurück zu den anderen. Es war vollständig wiederhergestellt.

«Wie ist das passiert?», fragte Laura ihn, als er an den Tisch zurückkam.

«Wie's halt manchmal so geht.» Er schaute nicht auf das Kind, das seinen Kopf über die Milchtasse hängte.

Laura sah dies. Sie stellte sich Annile vor, wie sie im warmen, dampfenden Stall schlief. Die Fenster waren beschlagen von der Feuchtigkeit und Wärme der Tiere. In der Luft hingen die schweren, süßen Gerüche von Heu und Mist und heißer Milch. Anniles Kopf lehnte gegen die Wand des Saustalls und wurde vom rhythmischen Rauschen der in den Metalleimer zischenden Milch in den Schlaf gewiegt. Laura stand auf, um den Eimer Milch, den Martin an diesem Morgen hereingebracht hatte, in den Milchtopf zu leeren. Sie blieb einen Augenblick hinter Martin stehen und strich ihm mit der Hand durch die Haare.

An all dies dachte sie, und daran, wie sich Martins Haare immer anfühlten. Sie kamen an einen Drahtverhau. Laura hob den Zaun in die Höhe, damit das Kind darunter durchrutschen konnte; sie selbst machte einen Schritt darüber hinweg. Der Boden wurde moorig. Dann war da eine Quelle.

Sie machten es sich auf einem Baumstamm bequem, der quer über das kleine Rinnsal lag. Laura senkte langsam ihre geschwollenen Füße hinein, verschluckte sich beinahe beim Schock der Kälte und versuchte, das unruhige kleine Kind auf ihrem Schoß ins Gleichgewicht zu bringen. Aber Jakob jammerte so lange, bis sie ihn am Wasserrand auf die Erde setzte. Während er sein Hinterteil und die Fäuste in den Matsch hineinarbeitete, belohnte er sie mit einem Lächeln.

«Schau dir diese Sauerei an», beklagte sich Annile. «Jakob, der alte Sauigel.»

«Wie gefällt er dir besser, dreckig oder grantig?»

Annile zuckte die Schultern.

Laura griff hinunter in die Quelle und ließ sich eine Kaulquappe in die Handfläche schwimmen. Sie spürte das Zittern des zögernden Lebens, so wie sie einmal diese Kinder gefühlt hatte, die jetzt unwiderruflich, unerklärlich getrennt waren von dem Beben in ihrem Inneren.

Bei beiden Kindern hatten die Wehen plötzlich und hart eingesetzt, während Martin sich beeilt hatte, an diesen beiden Morgen noch fertig zu melken. Bei Jakob war es zu schnell gegangen. Sie hatte vornübergebeugt auf Martin gewartet – hatte sich so vom Drücken abgehalten. Dann waren sie doch noch ganz bis zur Hebamme gefahren. Martin hatte das alte Auto in einen kränklichen und widerwilligen Galopp gezwungen, hatte die Fahrt nur verlangsamt, als sie über den Kirchplatz fuhren, um Rudi, der gerade den Gehweg vor seinem Laden kehrte, zum Autofenster hinaus zuzurufen, dass er Mikatrin auf Ellenbogen hinausschicken solle, sie hätten alles nur so zurückgelassen. Annile schlafe in ihrem Bettchen. Und die Kühe warteten ungeduldig darauf, auf die Weide gelassen zu werden.

Und als sie nach Ackenau und zur Hebamme gekommen waren, hatte Laura nicht mehr aus dem Auto steigen können. Martin hatte gesehen, wie es mit ihr stand, hatte sich über sie gebeugt und sie herausgehoben. Er nahm zwei Stufen auf einmal, kam dabei nicht einmal außer Atem und stellte sie, als er über der Schwelle war, vorsichtig auf die Beine. Dort lehnte sie sich gerade rechtzeitig nach vorn und fing das Kind selbst auf, heiß und nass und stark nach dem Mutterleib riechend. Die Hebamme stand da und streckte ihre Hände aus. Ihr Gesicht zeigte Sorge und Ärger zugleich.

Dies hatte ihnen beiden Angst gemacht. Damals konnte sich Laura nicht vorstellen, dass sie je wieder solche Angst haben würde. Dann, im darauf folgenden Winter, wachte sie mitten in der Nacht auf, das Leintuch klebte mit ihrem eigenen Blut, und sie wurde eines Besseren belehrt. Am Tag, als sie aus dem Krankenhaus zurückkam, das Bild ihres zerbrechlichen, blassen Säuglingsbündels brannte vor ihren Augen, hatte Mikatrin auf sie gewartet.

«Ich habe mein erstes Kind verloren, da war sie vier», erinnerte sie Laura. «Danach habe ich noch einmal zwei verloren, beide früh, wie deines.» Sie war damit beschäftigt, Handtücher zusammenzulegen.

«Dreimal», flüsterte Laura und wartete darauf, dass Mikatrin mehr sagen würde.

Mit dem Rücken zu Laura sagte Mikatrin: «Das hast du doch wollen, oder? Das ist das Leben, das du wolltest.»

Laura streckte ihre Hände vor und zeigte ihrer Tochter die Kaulquappe: ein Geschenk, ein Blick in die Zukunft. Annile wollte aus den zu einer Schale zusammengepressten Handflächen trinken.

«Nein, sonst springt sie heraus», sagte Laura. Doch sie neigte ihre Hände zum kleinen, roten Mund hin. Die Kaulquappe sprang verzweifelt, sprang dem erschrockenen Kind an die Wange und fiel zurück in die Quelle.

Das Wasser kräuselte sich und tanzte; Laura sah, wie sich dort ihr Spiegelbild veränderte. Sie schaute ins Wasser und beobachtete, wie es das Bild einer jüngeren Frau zeichnete, einer Frau in einem dunkelgrünen, am Kragen mit weißer Spitze besetzten Kleid. Ihre Haare waren lang und glänzten gepflegt, ihre Hände weich und weiß, ihre Nägel sauber und glatt.

«Wer ist das?», fragte ihre Tochter, folgte dem Blick ihrer Mutter. Sie spielte gern dieses alte Spiel, in dem sie die Träume ihrer Mutter hören konnte.

«Ja, das ist eine junge Frau, die ich kenne», antwortete Laura. «Eine Lehrerin.»

«Was macht sie, Mama?»

Sie zog das Kind zu sich herauf auf den Baumstamm, warf einen Blick hinüber auf den Kleinen, der im Matsch herumgrub. «Also, sie hat gerade angefangen mit dem Unterrichten. Sie hat eine eigene kleine Wohnung gefunden, mit Blick auf die Drei Schwestern in der Ferne. Manchmal sitzt sie ganze Abende lang in einem großen, bequemen Sessel und liest. Sie näht gerne. Sie hat sich das Kleid selbst genäht, das sie zum Tanz anziehen wird. Ihr Kavalier kommt jeden Freitagabend in einem dunkelgrauen Anzug, und manchmal gehen sie zum Essen aus. Ab und zu macht sie eine Reise. Nach Griechenland. Da schwimmt sie im Meer.»

Annile dachte eine ganze Weile lang nach.

«Bist du je da gewesen?»

«Nein, das nicht. Ich habe aber ein Buch über Griechenland gekauft und der Urgroßtante Johanna geschenkt, als ich ein Mädchen war.»

«Bist du dieses vornehme Fräulein Lehrerin?»

Laura strich dem Kind die Haare aus dem Gesicht und schaute wieder in die Tiefen der Quelle.

«Nein, das war ich nie. Aber vielleicht wirst du das einmal. Vielleicht kannst du da weitermachen, wo deine Großtante Martha aufgehört hat. Sie war eine ausgezeichnete Lehrerin.»

«Die Oma sagt, ich werd einmal eine Bäuerin», sagte Annile.

Mikatrin.

Ich bin nie davongegangen und habe eine Küche voller Arbeit zurückgelassen. Laura stellte sich vor, wie Mikatrin dies sagen würde.

Aber sie sind nur eine kurze Weile klein, antwortete sie, während sie ihre Kinder zusammenholte, um sich auf den Rückweg zu machen.

Der Tag verebbte. Trotzdem gingen sie langsam. An der Wegbiegung hinter dem Wald zögerte Laura. Annile setzte sich an eine Stelle, wo Blumen wuchsen, vereinzelt nur noch, da der Sommer seinem Ende zuging. Laura schaute auf zu den Drei Schwestern, betrachtete die Wiesen, das Leben auf den Weiden um Martins und ihren kleinen Hof herum. Eine Oase zwischen all den Bäumen und Bergen, in den Schattierungen der herannahenden Nacht. Im Gemüsegarten, über den sich die länger werdenden Schatten streckten, sah sie Kinder spielen. Das Kind, das sie verloren hatte, war kräftig gewachsen und zu Streichen aufgelegt. Verstohlen guckte es in einem endlosen Versteckspiel aus einer blätterüberwachsenen Ecke hervor. Die anderen Kinder, die sie gebären oder verlieren würde, bevor sie vierzig erreicht hätte, spielten da – und die Enkelkinder, die bald darauf kommen würden.

Aus dieser Ferne beobachtete Laura, wie Martin die jetzt frisch gefüllten Kannen auf den Traktor hob, um sie an die Straße hinunter auf den Milchbock zu bringen. Sie wusste, dass er in Gedanken die Arbeiten abhakte, die er getan hatte, und die Minuten zählte, bis er Feierabend machen und ins Haus kommen und dort mit ihr zusammen unter dem runden Lichtkegel in der Küche sitzen könnte.

Wenn er nur heraufschauen würde, dann könnte er sie alle sehen, wie sie ihn beobachteten.

Er beugte sich über die Anhängerkupplung des Traktors.

Ich wünschte mir, die Mutter hätte mit uns abends einen Spaziergang gemacht. Sie stellte sich vor, wie er das zu ihr sagt.

Ich auch, antwortete sie ihm.

Und ein Meer von Lust auf ihn rollte über sie hinweg, ließ sie erzittern. Er muss kommen und nach ihr suchen. Er muss seine Arme um sie legen und sehen, was sie gesehen hat. Laura wünschte sich, dass er mit seinen langen, schnellen Schritten den Weg zu ihnen heraufkäme. Sie sah, wie er lächelte, seine Hände vorstreckte, ihr den schlafenden, schmutzigen Buben abnahm, stehen blieb und mit einer Hand über die wachsende Rundung ihres Bauches streichelte.

Ich nehm ihn, hörte sie ihn sagen. *Schon du deine Arme.*

Und dann: *Morgen gehen wir und besorgen einen neuen Ehering.*

Und das Heu?, fragte sie.

Das kann warten, sagte er.

Nach einer Weile wusste sie, dass das nicht möglich war, dass er das nicht konnte. Und sie schüttelte sich und ging hinunter zu ihm.

Familienstammbäume

Die folgenden drei Stammbäume zeigen die Verwandtschaftsbeziehungen der in diesem Roman vorkommenden Personen. Die amtlichen Namen stehen in den Rechtecken, die im Dorf benutzten Hausnamen sind außerhalb der Rechtecke angegeben; die mit einem Stern gekennzeichneten Personen kommen in mehreren Familienstammbäumen vor.

Die Bengat-Sippe

- **Alois Sutterlüty (1845–1925)** — *Bengater Alois*
  & Isabella Sutterlüty, geb. Schwendiger (1847–1922) — *Bengater Alois' Isabella*
  - **Peter Sutterlüty (1874–1939)** — *Bengater Alois' Peter*
    & Anna Sutterlüty, geb. Fink (1877–1947) — *Bengater Peters Anna*
    - **Olga Natter, geb. Sutterlüty (1900–1973)** — *Bengater Peters Olga* oder *Geißenkäs Willis Klaus' Olga* oder *Sennhaus Olga*
      & Klaus Natter (1899–?) — *Geißenkäs Willis Klaus*
      - **Christian Natter (1936–)**
      - **Klaus Natter (1938–)**
      - **Alois Natter (1928–)** — *Sennhaus Alois oder Sennhaus Wiese**
        & Katharina Metzler, geb. Sutterlüty (1924–1950) — *Wagenschmieds Katharina* oder *Sennhaus Wieses Katharina**
        - **Lilimarlene Natter (1947–)** — *Sennhaus Wieses Lilimarlene* oder *Sennhaus Lilimarlene**
    - **Josef Sutterlüty (1905–1940)** — *Bengater Jos*
    - **Anton Sutterlüty (1908–1942)** — *Bengater Toni*
    - **Leopold Sutterlüty (1910–1942)** — *Bengater Leo**
      & Maria Katharina Sutterlüty, geb. Feuerstein (1914–) — *Ellenbogen Mikatrin**
      - **Maria Sutterlüty (1938–1942)***
    - **Jakob Sutterlüty (1918–1943)** — *Der Wanderer*
  - **Luise Wirth, geb. Sutterlüty (1871–1939)**
  - **Margit Sutterlüty (1873–1884)**
  - **Barbara Feuerstein, geb. Sutterlüty (1875–1949)** — *Bengater Alois' Barbara* oder *Halbmondsenken Franz Michels Barbara*
    & Franz Michel Feuerstein (1870–1900)

Die Ellenbogen-Sippe

- **Josef Anton Lang (1850–1903)**
  & Rita Lang, geb. Treu (1854–1890)
  - **Angelika Feuerstein, geb. Lang (1885–1938)** — *Ellenbogen Angelika*
    & Hans Feuerstein (1884–1936) — *Hans vom Berg* oder *Ellenbogen Hans*
    - **Maria Katharina Sutterlüty, geb. Feuerstein (1914–)** — *Ellenbogen Mikatrin**
      & (1) Leopold Sutterlüty (1910–1942) — *Bengater Leo* oder *Bengater Peters Leo**
      - **Maria (1938–1942)**

      & (2) Martin Schwendiger (1916–) — *Schuhmachers Jüngster* oder *Schuhmachers Martin*
      - **Rudolf (1948–)**
      - **Kaspar (1950–)** — *Jok*
      - **Markus (1949–)**
      - **Martin Schwendiger jun. (1947–)** — *Ellenbogen Martin*
        & Laura Schwendiger, geb. Ritter (1950–) — *Kasparles Laura* oder *Ellenbogen Martins Laura*
        - **Jakob (1975–)**
        - **Anna (1972–)** — *Annile*
    - **Martha Feuerstein (1917–1973)** — *Ellenbogen Martha* oder *Fräulein Martha*
  - **Johanna Lang (1879–1975)** — *Ellenbogen Johanna* oder *Hanna*
    & Francesco Donati (1870–?)

Die Wagenschmied-Sippe

- **Josef Metzler**
  & Maria Ursula Metzler, geb. Metzler
  - **Ignaz Metzler (1852–1946)** – *Der Wagenschmied*
    - **& (1) Anna Katharina Metzler, geb. Greber (1845–1890)** – *Altes Weib*
      - **Richard Metzler (1878–1902)** – *Wagenschmieds Richard*
        & Rosa Metzler, geb. Fink (1880–1901) – *Bachkehren Rosa* oder *Wagenschmieds Rosa*
        - **Konstantin Metzler (1901–)** – *Wagenschmieds Stante*
        - **Michael Metzler (1901–1938)**
      - **Maria Metzler (1879–1980)** – *Wagenschmieds Marie* oder *Grantige Marie* oder *Die Posthalterin*
    - **& (2) Theresia Metzler, geb. Bischof (1897–1952)** – *Müllers Theres* oder *Wagenschmieds Theres*
      - **Katharina Metzler (1924–1950)** – *Wagenschmieds Katharina* oder *Sennhaus Wieses Katharina**
        & (1) Ahmed – *Der Marokkaner*
        - **Lilimarlene Natter (1947–)** – *Sennhaus Lilimarlene**

        & (2) Alois Natter (1928–) – *Sennhaus Alois* oder *Sennhaus Wiese**

Bräuche der Namensgebung

Zusätzlich zu ihren amtlichen Namen besitzen die meisten Einwohner dieser Dörfer Vorarlbergs auch einen oder mehrere so genannte Hausnamen. Dieser Brauch kam auf, weil es in diesen Dörfern ein Dutzend oder weniger sich wiederholende Nachnamen und, besonders in der älteren Generation, sich sehr oft wiederholende Vornamen gibt.

Diese Hausnamen sind nicht statisch. Mit der Zeit kommen neue auf, und alte werden nicht mehr benutzt. Es gibt drei Hauptformen dieser Namensgebung:

1. Eine dominante Familienpersönlichkeit, gewöhnlich ein Mann, aber nicht immer, dient als Bezugspunkt für die gesamte Sippe – *Kasparles Laura*, *Annabüblis Rudolf*, *Kolobaner Kaspars Kaspar*. Diese Art von Hausnamen können sehr kompliziert werden: *Dokwiesers Alois' Peters Maria*. Dies wird im Allgemeinen von rechts nach links verstanden: Maria, verheiratet mit (oder Tochter von) Peter, Sohn des Alois, Sohn des Dokwiesers.

2. Ein Familienberuf oder -handwerk dient zur Identifizierung: *Sennhaus Katharina* (Katharina von der Sennhaus-Sippe); *Adlerwirts Hedwig* (Hedwig, aus der Adlerwirt-Sippe).

3. Der Ort des Familienhofes gibt der Sippe ihren Namen: *Bengater Alois; Ellenbogen Johanna.*

Manchmal finden mehr als nur eine dieser Methoden Verwendung: *Bengater Peters Anna*, was als Anna, Frau (oder Tochter) vom Peter vom Bengathof verstanden wird; *Sattlers Antons Marikatrin*, was als Marikatrin Frau (oder Tochter) von Anton von der Sattler-Sippe verstanden wird. Diese

Form wird gebraucht, wenn es mehr als einen Zweig der Sattler-Familie gibt. Wenn Frauen die Familie verlassen, um zu heiraten, erhalten sie in der Regel einen neuen Sippennamen, zumeist den ihres Ehemannes.

Vornamen werden oft variiert, indem man zwei Vornamen verbindet, zum Beispiel Mikatrin (Maria Katharina) oder Kasparnazi (Kaspar Ignaz).

Mundartbegriffe

Alp. Wohnquartier in höheren Bergregionen, das nur im Hochsommer etwa zwei Monate lang bewohnt wird. Das Vieh wird in der Regel direkt vom Vorschass auf die Alp getrieben, damit es dort die Hochweiden, von denen kein Heu geerntet werden kann, abgrast. Eine Alp ist oft ein genossenschaftliches Unternehmen. Eine Gemeinschaft von Bauern heuert einen Älpler an, der meist ein junger, im Käserhandwerk ausgebildeter Mann ist. Einige Alpen sind jedoch ausschließlich für Jungvieh bestimmt, und es gibt keine Käseherstellung. Der Begriff «Alp» wird nicht synonym für «Berg» benutzt.

Gado. Das Hauptschlafzimmer des Bauernhofes. Es wird in der Regel von den Eltern benutzt.

Juppe. Vor dem Ersten Weltkrieg gewöhnlich verwendete Bezeichnung für die Art von Tracht, die die Bauersfrauen im Bregenzerwald trugen: in der Regel fein plissiert und gestärkt, mit einem Mieder getragen, an Arbeitstagen mit einer dunklen Unterbluse und einer blauen, oft gemusterten Schürze (von der es auch eine etwas weniger dunkle Sonn- und Feiertagsversion gab). Nach dem Krieg wurde die Juppe langsam durch eine Vielzahl von Moden, die von außerhalb kamen, ersetzt. Heute wird die Juppe hauptsächlich an Sonn- und Feiertagen und nicht von allen Frauen getragen.

Schopf. Eine überdachte, teilweise eingeschlossene Galerie, manchmal auch zwei Stockwerke hoch. Alte Bauernhöfe haben auf der Nord- oder Westseite einen Schopf. Der Haupteingang zum Haus wird durch diese Galerie erreicht, wo die Familie oft isst und bei warmem Wetter abends zusammensitzt. Der Schopf ist der Ort für eine Vielzahl von Aktivitäten, angefangen vom Nähen bis hin zum Brautwerben. Die Fenster des oberen Geschosses haben manchmal phantasievolle Schnitzereien; die fensterähnlichen Öffnungen des Untergeschosses können mit Läden gegen das Wetter geschützt werden.

Stadel. Der Vorrats- und allgemeine Arbeitsbereich, der den Wohnteil des Hofes mit dem Stall verbindet.

Stopfar. Weißes Maismehl mit Milch aufgekocht, dann in Butterfett geröstet, wird gemeinsam aus einer Pfanne gegessen; in der Regel wird jeder Löffel voll in eine Tasse Milch oder Kaffee gedippt. Stopfar ist ein weit verbreitetes Frühstücksgericht, doch es wird manchmal auch zum Abendessen verzehrt.

Vorschass. Ein allgemeiner Begriff für die Wohnstatt in mittlerer Höhenlage, wohin die Familie für einen Zeitraum von mehreren Wochen im Frühjahr und wieder im Herbst zieht, damit das Vieh die Bergweiden abgrasen kann, während das Gras im Tal für die Heuernte wächst. (Auf Hochdeutsch in der Regel «Voralpe» oder «Vorsäß».)

Dank

Ich stehe tief in der Schuld der Frauen aus dem Bregenzerwald, die in den letzten zwanzig Jahren ihre Lebensgeschichten so offen mit mir teilten. Insbesondere möchte ich den Frauen zweier Familien danken, die mir das Gefühl gaben, dass ich in ihren Dörfern ein Zuhause habe: in Großdorf den Wiar-Frauen, Rosa und Martha und ihrer Mutter Laura, und in Andelsbuch den *Sennhus*-Frauen, Olga und ihren Töchtern Maria, Katharina, Elisabeth, Margit und insbesondere Rita. Schließlich ist es mein tiefster, doch unmöglicher Wunsch, ich könnte Marlies Nenning verstehen lassen, was mir ihre Freundschaft und Offenheit diese vielen Jahre über bedeutet hat.

Dieses Buch hätte nicht geschrieben werden können ohne die Unterstützung meiner Freunde: Emmy Liston, Marty Calvert, Janet Gilsdorf, Gene Case, Amy Czarnecki und David Karraker. Besonders dankbar bin ich Rosellen Brown und Charlie Baxter, die mir Worte der Ermutigung zuteil werden ließen, als diese am nötigsten gebraucht wurden.

Dankbar verbunden bin ich auch meiner Agentin Jill Grinberg für ihren beharrlichen Glauben an diese Geschichten und dafür, dass sie Joy Johannessen von Delphinium auf sie aufmerksam machte. Jeder Satz klingt ein wenig richtiger dank Joys absolutem Gehör. Ich schätze mich glücklich, dass ich ihre Führung und Hilfe in der letzten Phase des Schaffens dieses Buches erfahren konnte.

Schließlich verlasse ich mich weiter auf Bill, auf seinen felsenfesten Glauben an mich, und auf Elisabeth, die mich gelehrt hat, an mich selbst zu glauben.